AF187331

Alessandro Nonno

Commissario Carabello

Rom-Krimi Nr 1

Der Tod kommt lautlos durch die Nacht

3. verbesserte Auflage

Villa Carlotta, Lecce, Italia, 20.9.2019

Herausgeber:

Peter Nohynek, AT-8580 Köflach, © 2019

Herstellung und Verlag:

BoD- Books on Demand, Norderstedt

ISBN: 978-3-7494-6630-6

Website:

romkrimi.beepworld.de

Kontakt zum Autor:

office@abs.or.at

Weitere Rom-Krimis von Alessandro Nonno mit dem jungen Commissario Celestino Carabello (CCC), finden Sie samt Textauszügen auf den letzten Seiten dieses Buches.

Der Tod kommt lautlos durch die Nacht

Eine Geschichte von Verbrechen und Liebe

1

Der berühmte römische Rechtsanwalt Bruno Tedesci lehnte in der stillsten aller römischen Nächte an der steinernen Brüstung der Ponte Sant´ Angelo und blickte hinab in den Tiber. Nichts war zu hören, gar nichts, nicht einmal das Fließen des Wassers tief unter ihm. Nur eine Brückenlaterne surrte leise im heranziehenden Nebel. Schon seit einer Stunde lehnte er dort und dachte an seine Frau Beatrice. Sie ging ihm auf die Nerven, sie stand ihm im Weg, er wollte sie loswerden. Und er wusste auch schon wie, denn er kannte die gesamte römische Unterwelt. Rizzardi würde es für ihn erledigen. Hunderttausend Anzahlung, hunderttausend nach der Tat. Rizzardi, der arbeitslose Kampftaucher würde ein Boot, mit Beatrice an Bord, auf einem stillen See zum Kentern bringen. Er aber, der Rechtsanwalt Bruno Tedesci und Ehegatte Beatrices, wäre derweil in Südamerika und niemand würde ihn verdächtigen können, so dachte er bis ans Ende der tiefen, stillen Nacht und blickte hinunter in den Tiber. Das Wasser kräuselte sich. Er war

allein. Kein einziger Passant war auf der Fußgängerbrücke, nur er, Bruno Tedesci, der berühmte römische Anwalt, lehnte an der steinernen Brüstung, tief
nach vorn gebeugt. Manchmal streckte er seine Arme
zum Wasser hinunter, als wollte er es mit seinen Fingern berühren. Er dachte an seine Geliebte, an Donatella, die schönste aller römischen Frauen, das Mädchen aus der Höhlenstadt Matera im Süden Italiens,
das stolze Höhlenmädchen, die Primadonna, die er
gegen seine alternde Beatrice eintauschen wollte. In
die Stille hinein dachte er an diese beiden Frauen. An
die eine, von der er gerade gekommen war, an die andere, zu der er jetzt gehen sollte. Er setzte sich auf die
Brüstung und ließ die Beine hinunterhängen, als
wollte er ins befreiende Wasser springen, dann
drehte er sich im Sitzen auf die eine Seite zur Engelsburg hin. Dort, in der steinernen Festung könnte
seine Geliebte, die schöne Donatella, wohnen, dann
drehte er sich zur anderen Seite und blickte direkt auf
den Piccolo Palazzo, in dem er und seine Frau wohn-
ten. Er fühlte sich längst nicht mehr zuhause dort. Er
stellte sich wieder auf den Boden, blickte geradeaus
den Tiber entlang flussabwärts und streckte seine
beiden Arme weit zur Seite. Er nahm Maß zu den beiden Gebäuden. Er stand genau in der Mitte. Dann
lehnte er sich weit vor auf die Brüstung und schaute
ins Wasser, wie es sich kräuselte. Plötzlich war es
ihm, als surrte die Laterne ein wenig lauter. Einen
ganz kleinen Hauch nur, der sich unmerklich aber
rasch zu einem Zischen verstärkte. Ein Zischen, das

rasend schnell auf seinen Rücken zukam. Da versetzte es ihm auch schon einen heftigen Schlag und dumpfen Stoß und er stürzte über die steinerne Brüstung hinab in den Tiber. In seinem Rücken steckte ein langer Pfeil mit einer scharfen Spitze. Er versank im Wasser. Die Fluten des Tiber schlugen über ihm zusammen. Die Nacht blieb still. Es war Sonntagmorgen.

Erst drei Tage später meldete Beatrice Tedesci die Abwesenheit ihres Mannes bei der Polizei. Es war nichts Ungewöhnliches, dass Bruno, der Anwalt, nicht nachhause kam, es war eher die Normalität, denn Bruno liebte Beatrice schon lange nicht mehr. Sie ihn aber umso mehr. Sie kämpfte um ihn, sie wollte ihn behalten, sie wollte Signora Tedesci bleiben, das würde sie nicht einmal für eine hohe Abfindung im Fall einer Scheidung aufgeben, denn Bruno, der Anwalt, war durch seine Prozesse reich geworden. Alles, was in Italien Rang und Namen hatte, ließ sich von Bruno bei Gericht verteidigen und alle, ausnahmslos alle, hatte er zu freien Leuten gemacht. Nur in Einzelfällen wurden symbolische Strafen verhängt, dann musste man eine Stunde in der Woche Gutes tun und in einem Altenheim Witze erzählen oder ähnliche Lappalien. Die führenden Köpfe des Landes waren Klienten bei Bruno und er musste seine Kanzlei laufend vergrößern, sosehr überrannten ihn die Mächtigen mit Mandaten und Beatrice hielt ihm dafür den Rücken frei. Nächtelang arbeitete er in seiner Kanzlei, so erzählte er es Beatrice und sie glaubte ihm. Nächtelang aber war er bei Donatella, der schönsten der Schönen von ganz Italien. Der Diva, der Primadonna, der wilden Rose aus dem Süden, so nannte er sie, der Bruno Tedesci, der berühmteste der römischen Anwälte, der jetzt schon seit drei Tagen im Tiber dahintrieb, mit einem langen Pfeil im Rücken.

Erst nach fünf Tagen hatte er sich irgendwo an einem Ufer im Gestrüpp verfangen und war direkt vor die Stiefel eines Fischers gespült worden. So landete der Fall bei Commissario Carabello, der für Pfeile, Stricke, Gewehrkugeln, Gift, Hammerschläge, Würgemale, Axthiebe und sonstige Tötungsarten zuständig war. Und es bestand kein Zweifel am Mord: Bruno Tedesci war erstens tot und hatte sich den Pfeil zweitens nicht selbst in den Rücken gestoßen. Auch dass er unglücklich in einen aufrecht stehenden Speer hineingestürzt war, konnte Carabello ausschließen, denn der Commissario war ein kluger Mann. Zwar jung an Jahren doch reich an Erfahrung, denn schon sein Vater und auch sein Großvater waren Kommissare im Dezernat für Mord und hatten dem kleinen Celestino Carabello schon als Kind alles erzählt, was man als Polizist wissen muss. Es waren ihre Gute-Nacht-Geschichten, erzählt am Bett des Kindes Carabello. Und jede Geschichte endete mit der Verhaftung des Mörders, was Celestino auf seine Vorfahren stolz machte und ihn zufrieden einschlafen ließ. Ohne Verhaftung oder gar mit Freilassung eines Mörders hätte der Knabe wohl keinen Schlaf und keinen Frieden gefunden. So hatte er viele hundert Fälle gelöst, die dann weiter dem Gericht zugeführt wurden, wo der Anwalt Bruno Tedesci die Mörder wieder herausschlug, dass sie ohne Strafe in Freiheit entlassen wurden. So ging das Spiel jahraus, jahrein und schon bei seinem Vater und seinem Großvater war es so gewesen, denn auch die Vorfahren Bruno Tedescis waren Anwälte und in allen Gewerben tätig: dem Herausschlagen von Verbrechern, ob aus der Unterwelt, der Mafia, der Politik oder der Wirtschaft.

So besah sich Celestino Carabello den Toten, erkannte ihn sofort und empfand eine gewisse Genugtuung, dass es den Winkeladvokaten, seinen Gegner, nun selbst erwischt hatte. Solche Gefühle dürfen bei der Arbeit eines Kommissars aber kein Übergewicht erlangen und so machte sich Celestino mit seinen Leuten an die Ermittlungen dieses Mordfalles. Sofort musste er sich bei seinem obersten Vorgesetzten, melden dem Questore Pizzo, dem mächtigen und diplomatischen Vermittler zwischen hoher Politik, nobler Gesellschaft und reicher Halbwelt, der jeweils klug zwischen allen Interessen zu vermitteln wusste. Er war von beeindruckender Statur und Größe, ein wenig erinnernd an Bud Spencer oder an Luciano Pavarotti, weshalb ihn seine Untergebenen in ihrer Umgangssprache auch so nannten. Am ähnlichsten aber sah er Orson Welles. Und er war immer bestens gekleidet. Glatt rasiert, hatte ein freundliches Gesicht und listige Augen.

„Tedesci ist also tot!", raunte der Questore Pizzo, „Ermordet also!" Celestino nickte, denn er wusste, was jetzt kommen würde.

„Er ist tot, unser Freund. Unser aller Freund ist also tot!" Pizzo wiederholte wichtige Teile seiner Gedanken gern, bevor er zum eigentlichen Inhalt seiner Rede überging. „Sie wissen, mein lieber Carabello," und Celestino nickte schon an dieser Stelle, denn er kannte die Fortsetzung, „sie wissen, mein lieber Carabello, dass es sich hier um einen glamourösen Fall handelt." Celestino nickte. „Um einen besonders glamourösen Fall sogar!" Celestino nickte wieder.

„Einen der glamourösesten Fälle, der letzten Jahre, eigentlich!" Celestino nickte.

„Vielleicht, um den glamourösesten überhaupt!"

Celestino nickte freundlich, denn er kannte Questore Pizzo schon aus den Erzählungen seines Vaters und seines Großvaters.

„Sie können gehen.", sagte der Questore und Celestino ging. Der Questore sagte aber noch: „Seien Sie vorsichtig, mein lieber Carabello, seien sie klug und vorsichtig!" Celestino nickte im Hinausgehen. „Und seien sie weise!", hörte er noch hinter sich, doch auch das kannte Carabello und er musste nur noch innerlich nicken, denn er war bereits im Flur. Es war ein altes Spiel, das der Questore immer wieder zur Aufführung brachte, das aber alle längst kannten.

„Klug und weise?", fragten seine Leute, die im dritten Vorzimmer des Questore auf Celestino warteten und Celestino nickte. Auch seine Leute wussten, wie das gemeint war. Der Commissario ging mit seinen Leuten anschließend zu Monteneri´s, einer Prosecco- und Cafébar. Dort trafen sie immer zusammen, nachdem sie zum Questore geladen waren und manchmal war auch er, der Mächtige, der Große Questore dort und nickte herüber. Heute aber waren sie unter sich, der Commissario, seine Assistenten, seine Subassistenten und eine Sekretärin. Sie besprachen den Fall kurz, Celestino teilte die Aufgaben zu und man ging in verschiedene Richtungen auseinander. Carabello aber ging zur Signora Tedesci, der Witwe. Klug und gewissenhaft hatte er sich vorbereitet.

Am Eingang des kleinen Palazzo im Zentrum Roms, dem Palazzo Tedesci, am einen Ende der Ponte Sant´Angelo also läutete Celestino. Das Hausmädchen öffnete, hatte verweinte Augen, war blass im Gesicht, zittrig in der Stimme und wusste bereits, wer das war, der da am Eingang stand. Noch nie hatte sie ein Verbrechen, einen Mord gar, so nahe erlebt, wie jetzt den ihres Padrone. Denn dass es Mord war, wusste selbst dieses schüchterne Mädchen, ohne jegliche Erfahrung in der Welt des Verbrechens.

Celestino ließ sich bei Signora Tedesci melden. Er musste warten. Er wurde vorgelassen. Die Signora saß im Salon in einem weißen Sofa, sie selbst war grau gekleidet. Sie musste stundenlang geweint haben, so sah sie aus. Nun aber fasste sie sich und sah Celestino mit trüben Augen an. Ein gebrochenes weibliches Wesen von edler, aber verlöschender Schönheit.

„Mein Mann ist tot. Bruno ist nicht mehr!", flüsterte sie und erneut begannen sich ihre Augen mit Tränen zu füllen. Klug und einfühlend sah Celestino auf die Dame des Hauses, klug und einfühlend drückte er sein Mitgefühl aus, sein tiefes. Er habe den Anwalt Tedesci persönlich gekannt, begann Celestino im Stehen, ehe ihm die Signora einen Platz anbot. Einen Platz neben sich auf der riesigen Couch. Er habe ihn gekannt und geschätzt, ja sogar verehrt, meinte Celestino und er sagte es vorsichtig, sehr vorsichtig sogar. Dennoch begannen die Augen der Madame von zuerst leisen Tränen auf stärkere zu wechseln. Wieder weinte sie und atmete dabei tief. Celestino stellte leise und klug die üblichen Fragen, nämlich wo und wann und ich welchem Zustand sie ihn zuletzt gesehen habe und fragte jeweils mitfühlend und zurückhaltend.

„Ihr Mann, der große Dottore Tedesci, ist bereits am Sonntag ums Leben gekommen, sagen die Gerichtsmediziner, Ihre Meldung über seine Abwesenheit kam am Mittwoch.", sagte Celestino leise und die Signora weinte wieder auf und erklärte, dass er sehr oft ganz, ganz spät nachhause gekommen war und immer, immer arbeiten musste für die hunderten Klienten aus der Gesellschaft.

Und er hat bestimmt nur gearbeitet, das wisse sie ganz genau, denn niemals hatte der Dottore etwas anderes im Sinn als seine Arbeit. Die Zeit drängte ja, wie der Commissario bestimmt wisse, weil die Gerichtstermine keinen Aufschub duldeten. Celestino nickte, denn er wusste es. Und dass es ganz bestimmt nur sein Pflichtbewusstsein gewesen war, das ihn nächtelang an die Kanzlei gebunden habe und schon gar nicht, aber ganz und gar nicht, eine andere Frau dahinterstecke, denn das wisse sie erst recht. Der Dottore war immun gegen weibliche Schmeicheleien. Und wieder weinte sie, weil sie es wirklich ernsthaft zu glauben schien. Celestino verabschiedete sich mit einer Verbeugung. Er war überzeugt von Signora Tedescis Angaben, denn auch seine letzte Frage, wer denn möglicherweise hinter der Tat stehen könne, beantwortete die Signora mit einem glaubhaften Aufschluchzen: „Ich habe keine Ahnung."

So verabschiedete sich Celestino respektvoll von Signora Tedesci und auch sie erhob sich und dankte ihm: „Sie sind ein netter junger Mann, einer, wie ihn sich jede Mutter als Schwiegersohn wünscht." Doch die Signora hatte keine Tochter, sie hatte überhaupt keine Kinder.

So trafen sich Celestino und seine Leute ein paar Stunden später in der Questura und jeder berichtete, was er in Erfahrung gebracht hatte. „Wer könnte ein Motiv haben?", fragte der Commissario in die Runde. „Jeder zweite in Italien!", kam die Antwort wie von einem Chor.

„Von ganz oben, bis ganz unten!", meinte etwa Tomassoni, der einfache Chauffeur des Commissario und kein Polizist, denn auch er war klug, wie das

Volk immer klug ist in Sachen Motive für Verbrechen in Italien und immer weise war im Antworten, denn wer in Italien nicht weise oder gar überhastet antwortet, der habe ein kurzes Leben, so erzählt es der Volksmund. Man musste sich also durchs Volk fragen, durch die Halbwelt, durch die Medien, durch die Angestellten, die Partner, die Gegner des Dottore Tedesci aber es blieben nur winzige Steinchen eines großen Mosaiks.

Und niemals aber auch gar niemals würde es wohl möglich sein, die wahren Gedanken des Rechtsanwalts Tedesci zu ergründen, wie etwa den, dass er seine Gattin Beatrice loswerden und Donatella heiraten wollte. Dies alles sollte der Polizei verborgen bleiben, dabei wäre es so wichtig gewesen.

2

Kennengelernt hatte sie Bruno seine spätere Geliebte mit dem schönen Namen Donatella nach einem Empfang der Abrazzi, als er noch in einem Hotel auf einen Klienten warten musste. Ihm gegenüber, auf dem anderen Sofa, nahm eine auffällige Dame Platz, eine Primadonna. Es war eine Mischung aus Marlene Dietrich, Ornella Muti und Amal Clooney. Vielleicht war auch ein Hauch Sophia Loren dabei. Die Primadonna betrachte ihn im Vorbeischauen aus den Augenwinkeln, sie suchte den Kontakt. Bruno auch. Das merkte er in aller Deutlichkeit, denn er war zwar verheiratet und bisher eher treu gewesen, versicherte er allen, die es wissen sollten, als ihn die Dame gegenüber auch schon ansprach: „Sie waren gestern bei Abrazzi.", lächelte sie stolz, „Aber sie hatten nur Augen für andere. Da musste ich mich mit Enrico begnügen!"

„Er ist schön, der junge Abrazzi."

„Ein Versager. Und er hatte nur Augen für die Frau eben Ihnen. Wer war sie?"

„Ich weiß es nicht. Worin versagt Enrico?"

„In allem. Beim Geld, beim Denken, bei den Frauen!" Bruno Tedesci, der berühmte Anwalt, den jeder in Rom kannte, lächelte zurück: „Dann waren Sie heute Nacht einsam?"

„Einsam, gemeinsam. Ich konnte machen, was ich wollte, wenn Enrico schläft, dann schläft er! Ich aber habe die ganze Nacht wach gelegen."

„Sie hätten mich besuchen können, ich habe auch geschlafen.", lächelte er sie an. „Sono Bruno!"

„Sono Donatella." Dann stand sie auf und ging mit federnden Schritten durch die Lobby, verfolgt von einer Wolke von Parfum und arabischer Düfte. Nur wenige Männer blickten auf, kaum einer blickte ihr nach. Zu viele Donatellas hat man hier schon gesehen. Als sie nahe dem Ausgang war und ihr der Portier die Türe aufhielt, „Signora Donatella!", mit einer fröhlichen Verbeugung sagte, da kehrte sie nochmal um. Geradewegs kam sie auf den Dottore zu, reichte ihm ein kleines Kuvert und verschwand wortlos zum

Ausgang. „Signora Donatella!", verbeugte sich der Portier abermals höflich und die Signora war entschwunden, samt ihrer Duftwolke. Bruno Tedesci, der doppelt so alt war als sie, schaute ihr durch die riesigen Fenster des Hotels noch etwas nach, dann öffnete er das Kuvert. Drinnen fand sich ein vorgedrucktes Kärtchen: „Signora Donatella Rizzardi erwartet Sie in der Via Nicola Salvi 15, letzter Stock." Und mit der Hand war hinzugefügt: „Um 3 Uhr zum Pranzo!" Bruno hatte keine Lust auf eine Affaire, aber er hatte Hunger. Also ging er zu Donatella. Drei Uhr Nachmittag ist zwar spät für ein römisches Mittagessen, doch für Donatella gingen die Uhren anders.

An der Pforte des Hauses Numero 15 läutete er an der obersten Glocke bei D.R. und wurde eingelassen. Der Lift brachte ihn in die oberste Etage, wie damals in Paris zu Beatrice, seiner jetzigen Frau. Doch anders als in der Rue de Rivoli öffnete ihm hier keine festlich gekleidete elegante Dame sondern es empfing ihn etwas ganz anderes. In schwarzem Kleid, mit der weißen Schürze einer Köchin und in Pantoffeln öffnete eine ältere Dame mit breitem, aber skeptischem Lächeln: „Bruno!", rief sie erfreut, " Sono la Mamma, la Mamma!", nahm ihn an der Hand und führte ihn ins einzige Zimmer, das zugleich die Küche war. Die Blumen, die er vorsorglich mitgebracht hatte, nahm sie ihm sogleich aus Hand und küsste ihn auf beide Wangen: „Grazie, grazie molto!", im festen Glauben, die Blumen wäre für sie bestimmt. „Endlich ein Mann mit Geschmack!", rief sie aus dem Nebenzimmer.

„Die meisten kommen mit einem billigen Riechbesen von der Tankstelle und glauben, das würde einer Frau reichen. Aber wir Frauen, wir sind etwas Besonderes, wir nehmen nur das Beste, das Beste! Da, schauen Sie aus dem Fenster!" Und mit großer Geste zeigte sie ihm den Blick aus der letzten Etage ihres Hauses direkt auf das gegenüber- und fast schon darunterliegende Kolosseum. „Il Colosseo!", sagte sie stolz, „Es gibt kein Gegenüber. Nur Il Colosseo, Parks, Bäume und in der Ferne wieder Rom. Hinter uns ist die Stadt, vor uns ist Rom, unter uns die Regierung, neben uns die Ämter." Mamma Rizzardi führte den Anwalt zum Tisch. Es war nur für eine Person gedeckt, für Bruno. Und La Mamma servierte. Wie ein Wächter stand sie hinter ihm und beobachtete ihn beim Essen und ob es ihm ja schmecke. Das Essen war wunderbar, natürlich, wie bei jeder italienischen Mamma und Bruno drückte es auch aus. Dann servierte sie il secondo piatto und noch Dolci. „Donatella schläft", sagte sie leise. " Sie verschläft ihr Leben, sie verschläft die schöne Aussicht aufs Colosseum. Siamo da Basilicata, aus der Basilicata kommen wir. Wir sind aufgewachsen in einer Höhle in Matera. In den Sassi sind wir aufgewachsen. Sie, ihr Bruder und ich. Ihr Vater, mein seliger Mann,", sie blickte zum Himmel und bekreuzigte sich, „ist erschossen worden bei der Feldarbeit. Ganz allein sind wir aufgewachsen in dieser verdammten Höhle. Nass, finster, winzig. Wir sind Höhlenmenschen. Und hier, da schauen sie!" und wieder zog sie Bruno zum Fenster, um ihm die Aussicht zu zeigen. Es war wirklich eine Pracht. Donatella aber schlief.

„Einen Mann braucht sie! Einen richtigen Mann. So einen, wie Sie einer sind! Aber sie kommt mir nur mit halben Knaben, mit Milchgesichtern ohne Hoden kommt sie daher. Mit Schwulen vielleicht sogar!" Und wieder blickte sie zum Himmel und bekreuzigte sich. Da ging die Tür vom Stiegenhaus auf und ein vierschrötiger Mann trat ins Zimmer. Er sagte kein Wort, setzte sich mürrisch an den Tisch und Mamma Rizzardi eilte, auch ihm zu servieren. Er würdigte Bruno keines Blickes, sah nur auf seinen Teller, aß und schlang geräuschvoll hinunter, was ihm Mamma Rizzardi servierte. „Mio Figlio!", sagte sie leise, um sein Schlürfen nicht zu übertönen. „Il fratello di Donatella."

Das hatte sich Bruno schon gedacht, als er am Fenster stand und den Bruder betrachtete. Irgendwie kam er ihm bekannt vor. Seine Haare waren von schwarzer Dichte, sein Wuchs kräftig und hoch, seine Arme und Schultern breit und klobig, seine Kleidung die eines einfachen Arbeiters. An seinen Händen sah man, dass sie gewürgt hatten, an seinen schwarzen Augen, dass er gemordet hatte. Mamma fragte ihn nicht, ob es ihm schmecke, das verstand sich von selbst, weil er schlang und schlürfte. Hätte es ihm nicht geschmeckt, hätte er wohl den Teller aus dem Fenster ins Kolosseum geschleudert. Als er fertig gegessen hatte, leerte er noch eine halbe Flasche Rotwein in ziemlich einem Zug, stand auf und verließ die Wohnung ohne Gruß, ohne Wort, ohne Kuss. Als er weg und die Eingangstür wieder geschlossen war, flüsterte Mamma Rizzardi immer noch leise, als ob ihr Sohn noch da wäre: „Er war beim Militär. Er war Kampftaucher. Er hat geübt, Schiffe zu versenken. Völlig geräuschlos machte er das. Aber dann…!", La Mamma blickte zum Himmel und bekreuzigte sich, „Dann hat er seinen Offizier gewürgt, dass der fast daran erstickt wäre. Wir sind Höhlenmenschen! Wir können nicht anders!"

Und weiter und ausführlich erzählte Mamma Rizzardi von ihrem entsagungsreichen Leben, von ihrer Not mit Donatella, von ihren Sorgen um ihren mürrischen Figlio. Nur der Blick aus dem Fenster, aus diesem Fenster da, entschädigte sie für ihr hartes Leben ohne Mann und dass Donatella selten, aber wenigstens von Zeit zu Zeit, einen Herrn mitbrächte, einen richtigen Herrn, der ihr Essen zu würdigen wisse. Donatella esse ja fast gar nicht zu Hause, immer nur in der Nacht und bei den großen Festen, von denen sie nahezu täglich zu einem geladen war. Der Ausblick und diese Wohnung hier entschädigten sie für all das Ungemach - keine Ahnung wie Donatella sich diese Wohnung leisten konnte und wer weiß womit. Die Augen gingen zum Himmel, das Kreuz schlug sich fast von selbst. Über sechs Stunden waren vergangen, seit Bruno hier eingetroffen war, ohne Absichten, dennoch aber mit einer gewissen Erwartung. Er wäre jetzt gern ins Schlafzimmer zu Donatella gegangen und hätte sich neben sie gelegt, Mamma Rizzardi hätte bestimmt nichts dagegen einzuwenden gehabt. Sie hätte die Tür zum Schlafzimmer sogar bewacht und auch gegen ihren Sohn verteidigt. Der Gedanke an den Frevel freute Bruno, dennoch wollte er, der Römer, nicht selbst zum Höhlenmenschen werden. Einen winzigen Blick ließ ihn La Mamma ins üppig ausgestattete, abgedunkelte Zimmer Donatellas werfen: „Da, sehen Sie! Ist sie nicht schön?!" Und Donatella lag in tiefer Seide und weichen Kissen in einem fürstlichen Himmelbett auf dem Bauch. Ihr linker Arm hing zum Bett heraus, den Daumen der anderen Hand hatte sie im Mund. Ihre schwarze, lockige Mähne bedeckte ihren nackten Rücken, eine Brust quoll unter ihrem Körper hervor, wo sie sich in der Seide des Bettes verlor. Brunos Hand formte sich bereits, sie zu greifen. La Mamma seufzte, blickte zum Himmel, bekreuzigte sich und schloss die Tür zum Schlafzimmer. Leise und sacht, wie es nur Mütter können und wie es La Mamma bereits bei vielen Besuchern ihrer Donatella zeigen konnte. Zuletzt auch schon beim Doktor von Grüningen aus der Schweiz, beim Conte Paolo Carnero aus Sardinien und zuletzt bei Eugenio Laveraville von Trotta, dem Finanzagenten aus Paris. Denn La Mamma Rizzardi war daran gelegen, Donatella, ihre einzige Tochter, gut verheiratet zu wissen. Und so hatte Dottore Bruno und die anderen Besucher wahrscheinlich recht, dass Mamma Rizzardi nichts dagegen einzuwenden gehabt hätte, wenn sie ins Schlafzimmer der

Donatella gegangen und sich zu ihr ins Bett gelegt und die Hochzeitsnacht gewissermaßen vorgezogen hätten, zumindest einer von ihnen. Mamma Rizzardi hätte fürsorglich draußen gewacht und wäre sogar als Zeugin vor Gericht gegangen, das Hochzeitsversprechen an ihre Tochter zu beeiden. Doch keiner der Kandidaten wollte soweit gehen, waren doch alle von ihnen aus gutem Haus und es hätte schon des Charakters eines Naturmenschen oder den eines grenzenlosen Künstlers bedurft, um einen solchen Akt auszuführen. So beließen es alle Kandidaten bei den Vorstellungen an die Sünde einer solchen Tat und erfreuten sich einfach nur daran. Manche bis zur inneren Zerfressenheit und Abhängigkeit von diesem Höhlenmädchen und alle, ausnahmslos alle, wollten das Gierige und Wilde mit ihr durchleben, gerade der Dottore Bruno Tedesci, der seiner angetrauten Beatrice bisher eher treu gewesen war und tatsächlich nächtelang in seiner Kanzlei für seine Klienten gearbeitet hatte, zumindest die meiste Zeit, wie er sich selbst oft vorsagte. Bis zu dem Zeitpunkt, an dem ihm Mamma Rizzardi einen Blick ins Bett der Donatella hatte werfen lassen. Seit diesem Zeitpunkt war es um Bruno geschehen und ab diesem Zeitpunkt rührte er sein Gatten nie wieder an. Zu sehr hatte ihn der Anblick der halbnackt Schlafenden an die Pforte der Hölle gezogen. Nun war ihm alles egal. Er wollte den Teufel umarmen.

3

Von alldem wusste die Polizei nichts und es lag auch schon lange zurück, zumindest fünf Jahre, und es gab ja auch nur vier Personen, die davon wussten: Bruno selbst, doch der war tot, Rizzardi, der Bruder, doch der lebte unter Wasser und war stumm wie ein Fisch, La Mamma, doch die war aus dem Volk und klug, was das Reden betrifft und Donatella. Die aber hatte den allergeringsten Anlass, mit der Polizei zu sprechen. Aus gutem Grund. So konnte Celestino seinem Questore wenig berichten, dass dieser den Kopf wiegte und schwankte, zwischen Lob für seine klugen Beamten und Angst vor den Reportern, die täglich zu hunderten vor seiner Tür lauerten. Auch der Minister gab den Druck der Öffentlichkeit auf ihn weiter, doch beide waren weise und gaben kluge Erklärungen an Presse und Fernsehen. Sie ließen den Medien ihre Spekulationen und die nutzten diese Chance in üppiger Weise, denn sie wussten, was ihre Kunden liebten: die Verschwörung und den Verrat. So wurden Geschichten gesponnen in die hohe Politik, in die Wirtschaft, in die Gesellschaft in die Szenen aus Oper, Film und Bühne, zur Mafia und ins Ausland. Denn überall hatte Bruno Tedesci seine Klienten, bis hin zu den Oligarchen in China und in der Ukraine. Nichts Schlechtes war dem Dottore fremd, überall war er zuhause, das wussten die Medien und taten nichts lieber, als über den schillernden Advokaten herzufallen und alle möglichen Prominenten zu zitieren, die ganz bestimmt etwas gewusst haben. Nur die kleinen Ganoven ließ man vonseiten der Presse in Frieden, denn die eigneten sich nicht für eine große Story über mehrere Monate. Ein einfacher Soldat dritter Klasse bei der Mafia könnte keinen Dottore Tedesci erschießen, noch dazu mit Pfeil und Bogen, nein, da müssen schon ausländische Geheimdienste am Werk sein, wahrscheinlich aus Schottland oder aus der Mongolei. Dort hätten die Bogenschützen schon ganze Kriege gewonnen und sogar den König Macbeth zu Fall gebracht.

Nur er, der einfache Commissario Carabello und seine Leute kümmerten sich um die kleinen Ganoven, um die leisen Spione, die ihre Augen und Ohren an allen Türspalten und Mauerschlitzen hatten und denen man im Gegengeschäft für Freiheit, den einen oder anderen Verrat abkaufen konnte. So schwärmten Celestino und seine Leute unters Volk, bei Tag und bei Nacht. Denn in der Nacht plaudert es sich am leichtesten. Und sie erfuhren vieles und konnten damit sogar lange ungelöste Fälle zum Abschluss bringen, dass der Questore Pizzo vor die Presse treten und seine Polizei loben konnte. Nur im Fall des Bruno Tedesci, des berühmten Dottore Avvocato, der so spektakulär und feige vom Pfeil von hinten durchbohrt und im Tiber ersäuft worden war, in dieser zweifachen Tötung ist man keinen Schritt weitergekommen. Dennoch war der Questore nicht ungehalten, im Gegenteil: „Seien Sie vorsichtig, mein lieber Carabello, seien sie klug und vorsichtig!", gab er ihm wieder und wieder mit auf den Weg. Die Zeit war sein geringeres Problem.

Viele Monate waren vergangen und auch Signora Tedesci begann sich langsam und in ganz kleinen Schritten von der Tragödie zu erholen. Doch war sie immer wieder den Tränen nahe, wenn nur der Gedanke an diesen schrecklichen Vorfall an sie herangetragen wurde. Commissario Carabello besuchte die Signora heute zum dritten Mal, doch musste er auf sie warten, denn sie würde erst in einer Stunde zurückkehren, so das Hausmädchen, die schüchterne und zarte Melania aus Slowenien. Carabello wartete. Und mit der größtmöglichen Schonung und Behutsamkeit begann Celestino, der Kommissar, ein zartes Gespräch mit dem zerbrechlichen Mädchen. Endlich, nach schon beinahe einer Stunde und knapp vor der Rückkehr der Signora Beatrice Tedesci, kam das Mädchen näher an den Commissario und flüsterte zittrig, dass sie etwas gesehen habe, aber schon vor langer Zeit, vor sehr langer Zeit, vielleicht schon vor drei Jahren, aber es sei ihr nicht mehr aus dem Kopf gegangen, was sie damals gesehen hatte, beim großen und ehrwürdigen Padrone, dem Dottore Bruno.

„Was war denn das?", fragte Celestino ruhig und ebenso leise.

„Ich haben", begann Melania leise und mit dem Akzent der Slowenin, „Ich haben – damals – in der Aktentasche des Dottore – also, als ich die Aktentasche aufräumen, wie oft schon – da ich haben – ich haben finden – ich haben finden –„ und hier unterbrach sie sich, wurde schwach und zittrig und sah sich immer wieder furchtsam um, ob die Signore nur ja nicht inzwischen eingetreten wäre. Erst nach der Versicherung des Commissario Celestino, dass ihr gar nichts geschehen könne, dass ihre Aussagen im Polizeitresor vor aller Augen und Ohren sicher seien, erst nach dieser amtlichen Zusicherung setzte sie fort: „Ich haben finden – einen – einen – Damenslip in der Aktentasche von Signore Dottore!"

„Wem gehörte der Slip?", fragte Celestino vorsichtig und leise weiter.

„Ich nicht wissen.", begann das Hausmädchen zu weinen, „Es waren nicht von Madame – die tragen nicht solche Wäsche von Erotik – so rotschwarze Wäsche!" Da ging auch schon die Tür auf und das Mädchen klammerte sich an Celestino: „Bitte, bitte, mich nicht verraten! Mich nicht verraten!"

„Weiß Madame davon?", wollte Celestino noch rasch wissen und das Mädchen schüttelte kurz den Kopf. Sie hätte den Slip damals sofort an sich genommen und einmal des nachts in den Tiber geworfen, Madame aber nie davon erzählt. In den Tiber geworfen, dachte Celestino. Im Tiber sammelt sich wohl die gesamte Sünde der Stadt Rom. Was man dort schon alles herausgefischt hat. Inzwischen war Signora Tedesci eingetreten und sie war ein wenig verändert. Nicht mehr so niedergedrückt, nicht verweint, sogar aufrechter als beim letzten Mal. Die Monate Abstand und auch die Erholung in der Schweiz hatten ihr gut-getan. Auch war sie besser und moderner gekleidet und auch ihre Haare waren weiblich elegant frisiert. Sie war jetzt fünfundfünfzig Jahre alt, der Commissario wusste das aus den Akten. Er war fünfundzwanzig. Signora setzte sich ins weiße Sofa im Salon, wie immer, und wies ihm einen Platz gegenüber, nicht neben sich, wie beim ersten Mal. Ihr edler Duft strömte fein bis hinüber an seinen Sessel. Beim ersten Mal hatte er nichts gerochen. Als er sie so von seinem Platz aus betrachtete, fand er sie richtig schön. Eine begehrenswerte Frau, wenn man kein Kommissar war und gegen sie ermitteln musste, ja, auch gegen sie, denn jeder, der ein Motiv haben könnte, musste in den Kreis der Zeugen aufgenommen werden. Celestino aber war klug. Klug genug, sie schön zu finden, es sich aber nicht anmerken zu lassen. Also befragte er nach dem üblichen Polizeikatalog und beobachtete die Signora dabei genau. Die gesamte Körperhaltung nahm er auf, die Bewegung des Kopfes, das Augenschema, die Sprache der Hände, die Dauer der Antworten, ob spontan oder zögerlich, ob suchend oder bestimmt, doch nichts konnte er erkennen, was irgendeinen Verdacht gegen die Signora einleiten konnte. Unter den tausend Gründen, die halb Italien hatte, den Dottore Tedesci umzubringen, hatte sie wohl die geringsten. Sie war das Opfer. Das aber zu überprüfen hatte ihm sein Vater und Großvater schon in jungen Jahren beigebracht: „Wenn du eine Frau verdächtigst, sieh dir genau an, ob sie dir nahekommt, ob sie eine Bereitschaft andeutet, sich hinzugeben. Tut sie das, dann hast du sie am Schlafittchen, dann nimm sie ordentlich in die Mangel und befrage sie tagelang und sie wird umfallen, letzten Endes. Also lehnte sich Celestino in seinen Sessel zurück, sah freundlich und mit halb gesenktem Kopf auf die Signora und sagte: „Ihr Duft ist wunderbar!" Sie lächelte verlegen und fragte, ob es ihm zu intensiv wäre, dann würde sie es gleich abwaschen. Nein, sie kam dem Commissario nicht nahe und er fand es sogar schade. Zu gern wäre er ihr näher gekommen, denn Celestino war zurzeit allein, man könnte sogar sagen, ein bisschen einsam. Natürlich durfte er das nicht, er durfte ihr nicht näherkommen, es war sogar streng verboten, sich mit Befragten einzulassen aber Celestino war allein und daran denken durfte man ja, das war nach den Vorschriften nicht verboten. So erhob sich Celestino, ebenso die Signora und beide gingen zum Fenster, auf den Tiber zu schauen, denn man sah ihn von hier. Signora Tedesci stellte sich neben ihn, Celestino bewegte sich eng neben sie, die Signora wich aus. Kein Anzeichen einer Annäherung. Celestino setzte nun alles daran, den Fall zu lösen. Er fand die Signora schön. Sie war klug und gebildet und sie duftete, dass er noch einen tiefen Atemzug tat, sich möglichst lang an sie zu erinnern, bevor er ging.

In der Questura berichteten Celestinos Leute, allen voran der erste Assistent, Agostino Pinna. Der war älter als Celestino und sehr erfahren aber trotz des Altersunterschiedes zu Celestino loyal zu ihm, denn Vater Carabello hatte ihm den Posten bei der Polizei verschafft und Pinna hatte vier Kinder mit vier Frauen und brauchte dringend Geld. Jetzt ist er bereits mit der fünften Frau beisammen und auch sie erwartet bereits ein Kind. Pinna also war in den letzten Monaten mit seinen anderen Kollegen sehr eifrig an der Arbeit gewesen und hatte hunderte Befragungen geführt, doch keine hatte irgendeinen brauchbaren Hinweis ergeben. Celestino ließ sich trotzdem alles aufzählen: wo der Dottore gegessen hatte und mit wem und was, mit wem Telefonate geführt wurden, mit wem gemailt wurde und welchen Inhalts, mit wem geskypt und worüber gesprochen wurde et cetera. Nichts, kein einziger Hinweis wollte ich daraus ergeben. Wenn der Dottore ein dunkles Geheimnis gehabt hatte, dann war es wirklich vor allen verborgen geblieben. Aber ein Geheimnis musste es geben, denn der Dottore Avvocato war ermordet worden. So blieb als einzige konkrete Spur der Slip, doch der war den Tiber hinunter geschwommen und also verloren.

Hausdurchsuchungen ergaben nichts, die Spurensicherung am Leichnam ergab nur die Herkunft des Pfeiles. Er war nicht aus Schottland und auch nicht aus der Mongolei, er war von Hand gefertigt, aus einem Stück Buche das Holz und mit einer Nagelpresse der Pfeil. Dafür gab es in halb Europa das Rohmaterial. Also nutzte Celestino das monatliche Treffen seiner Familie, um mit Vater und Großvater den Fall zu beleuchten. Beide hatten noch alte Kontakte zu Personen ihres Vertrauens und beide sollten sich auf den Weg machen, zu liefern. Insbesondere die Bogenschützen und die entsprechenden Vereine dieses merkwürdigen und seltenen Sports nahm man genau unter die Lupe. Celestino aber ging zum Questore und erzähle ihm vom Slip in der Aktentasche des Dottore Tedesci. Da faltete Questore nachdenklich die Hände, stützte sein Kinn darauf und sagte: „Es gibt also eine Frau!"

„Eine Prostituierte vielleicht?", fragte der Commissario.

„Von der behält man keinen Slip!"

„Vielleicht hat sie ihn absichtlich in die Aktentasche gesteckt?"

„Oder ihr Zuhälter!", brummte Questore Pizzo. „Was aber hat ein Slip mit dem Mord zu tun?"

„Noch dazu, wenn alles drei Jahre zurückliegt!"

„Das Hausmädchen zittert, wenn man sie befragt?"

„Wie Espenlaub!", antwortete Celestino.

„Sie hat Verwandte in Osteuropa! Der Cousin ein Dieb, der Onkel ein Schmuggler, zwei Tanten sind Schlepper, der Nachbar ein Autoschieber!" legte Pizzo seinem Commissario eine Liste der Interpol auf seinen Schreibtisch. "Das Umfeld des Hausmädchens zittert vielleicht auch, wenn man es einer Befragung unterzieht. Sie zittern vor Angst, erwischt zu werden!"

„Was sollen wir tun?", fragte der Commissario.

„Befragt das Hausmädchen nochmal. Aber hier bei uns. Und lassen sie es von einer weiblichen Polizistin erledigen!" So ging Celestino und organisierte eine Kollegin zur Befragung, dann ließ er das Hausmädchen einbestellen. Zur gleichen Zeit ging er persönlich zur Signora Tedesci. Er wusste, dass sie zuhause war.

Melania war pünktlich zur Einvernahme erschienen, sogar vor der Zeit. Zwei junge, sympathische Beamtinnen begrüßten sie freundlich, im Plauderton führten sie die Befragung durch. Melania begann sich scheinbar wohl zu fühlen: „Wie lange sind sie schon Hausmädchen bei den Tedesci?", war die erste der harmlosen Fragen, denen viele weitere, unverfängliche, folgten. Ob sie etwas wahrgenommen hätte im Hause, ob sie etwas gehört hätte. Gespräche zwischen den beiden Eheleuten, Telefonate des Dottore, Besuche von Bekannten, Freunden und Familienmitgliedern, wie man miteinander umgegangen wäre, er und seine Frau Beatrice, und so unverfänglich die Fragen der beiden Beamtinnen waren, so unverfänglich waren auch die Antworten der Melania. Alles wäre in Ordnung gewesen im Hause Tedesci, fast alles. „Fast alles?", spitzte die eine Beamtin die Ohren. Ja, da wäre nur eine Sache gewesen, die läge aber schon lange zurück und es wäre ja auch nur ein einziges Mal gewesen. „Was war da, dieses eine Mal?"

„Da haben die beiden gestritten."

„Worüber?"

„Das ich nicht so genau hören."

„Woran erinnern sie sich?"

„Nun, äh, Signora haben kreischen."

„Und der Dottore?"

„Haben reden. Viel reden, viel erklären aber nicht schreien."

„Worüber?", fragte die andere Beamtin weiter.

„Über andere Frau vielleicht?"

„Vielleicht?"

„Signora haben kreischen und weinen und rufen zweimal: >Diese Schlampe!<

„Diese Schlampe?"

„Ja, diese Schlampe, oder so! Dann Teller zerbrechen und Vase."

„Teller und Vase!"

„Viele Vase. Ich aufräumen. Ich sehen, wie Signora weinen!"

Mehr wusste Melania nicht zu berichten. Auch wäre der Dottore zu ihr immer sehr nett gewesen. Ruhig und nett und niemals hätte er ihr auf den Po gegriffen oder sonst wohin. Niemals. Das wäre in anderen Häusern anders gewesen, ganz anders! Dort hätte man sie bereits am zweiten Tag betatscht und dann immer öfter, darum sei sie immer nur ganz kurz geblieben und hätte es woanders versucht. Aber erst beim Dottore hätte sie bleiben können, denn er wäre

31

anständig gewesen: „Der arme Dottore!", weinte sie sogleich. Die Beamtinnen reichten ihr ein großes Taschentuch.

„Wir haben etwas gefunden.", sagte die eine Beamtin in das Weinen der Melania hinein, „Wir haben etwas in ihrem Zimmer gefunden." Melania unterbrach ihr Weinen auf der Stelle. Sie stutzte. „Was gefunden?"

„Zehntausend Euro!" Da wurde das Mädchen totenblass, als wäre sie selbst drei Tage im Tiber getrieben und nicht der Dottore. Sie stotterte und unterbrach das Weinen auf der Stelle. Die Beamtinnen sagten kein Wort, Melanie schwieg wie versteinert. Nachdem sie sich gefasst hatte schluchzte sie laut auf und begann in einem Schwall zu erzählen und sich zu rechtfertigen, wie arm und unglücklich sie sei und wie alles nur beiläufig auf sie zugekommen wäre, weil sie das Geld ja nur zufällig in einem Anzug des Dottore gefunden hätte, den sie grad ausgebürstet hat. Da seien die zehntausend Euro in seinem Sacco gesteckt und er wäre ja schon tot gewesen und brauchte das Geld nicht mehr und auch die Signora brauchte es nicht, denn sie hätte ja genug und würde jetzt auch noch alles erben. Sie – die Melania – wollte es auch bestimmt nicht behalten, sie habe es nur bei sich verwahrt aber sie wollte es abgeben, ganz bestimmt und sie schwor es beim Leben ihrer Mutter. „Ihre Mutter ist vorbestraft.", sagte die eine Beamtin leise. „Ihr Vater auch!", die zweite, „Und Ihr Bruder, ihr Cousin, ihr Onkel und so weiter ebenfalls."

„Aber ich, ich sein ehrlich!", sprang die Melania auf und stampfte und heulte und schluchzte, wie eine echte Italienerin. „Du müssen mir glauben!"

„Natürlich, wir glauben ihnen ja,", beruhigten sie die beiden Beamtinnen und fragten weiter, ob es noch weitere solcher „Funde" gegeben habe in der Vergangenheit oder ob der Dottore ihr selbst manchmal etwas zugesteckt habe oder anderen Bediensteten. Melania konnte das alles verneinen und ausschließen. Dann wurde die Einvernahme abgeschlossen und Melania konnte gehen. Sie tat es unter lautem Schluchzen, wie in ehrlicher Verzweiflung.

Die beiden Beamtinnen berichteten den Leuten des Commissario, denn der war ja bereits bei Signora Tedesci. Man hatte inzwischen die Konten des Dottore öffnen lassen und fand dort nichts Außergewöhnliches und keine verbotenen Geldflüsse, nur eines fiel auf: der Dottore hatte jeden ersten Wochentag eines neuen Monats zehntausend Euro in bar abgehoben, und das schon seit drei Jahren. Auch am Freitag vor seinem Tod hatte er eine solche Abhebung durchgeführt. Bei sich hatte er das Geld aber nicht. Er könnte es also in seinem Anzug im Haus verwahrt haben, den Melania ausbürsten wollte. Für wen oder wofür aber waren diese monatlichen zehntausend Euro, die der Dottore regelmäßig und jeden Ersten in bar abgehoben hatte? Diese Frage galt es zu klären.

4

Während der Einvernahme der Melania war Commissario Carabello zur Signora Tedesci gegangen. Sie hatte ihm persönlich geöffnet. Das Hausmädchen war auf der Polizeistation, andere Bedienstete gab es nicht, die Signora war allein zuhause und sie war diesmal noch schöner und noch edler als beim letzten Mal. Celestino trat ein und er hatte Blumen dabei. Ja, der Commissario hatte für die Signora Blumen besorgt. Sie nahm sie lächelnd und mit einem kleinen Kuss auf seine Wange an sich. Auch Celestino lächelte. Es war ein junges Lächeln. Von der Signora kam ein würdiges Lächeln. Man setzte sich. Serviert wurde nichts. Signora waren es nicht gewohnt allein zu servieren, ohne Hausmädchen. Sie war Madame.

„Was kann ich für sie tun, Commissario?", fragte sie zu ihm hinüber, denn er hatte wieder auf dem Sessel gegenüber Platz genommen. Duft verspürte Celestino diesmal fast keinen, die Signora hatte sich für heute sehr zurückgenommen. Sie wusste, dass er sie besuchen würde an diesem Tag, an dem Melania auf seinem Revier war, sie hoffte es vielleicht sogar, so schien es.

„Nun", begann Celestino nach Worten zu suchen, „ich komme eigentlich nur zu fragen, ob Ihnen irgendetwas, und wenn auch nur das kleinste Anzeichen, aufgefallen ist im Verhalten des Dottore. Irgendeine plötzliche Veränderung und läge sie auch Jahre zurück!"

„Nein, nichts.", überlegte Beatrice nur ganz kurz. Sie war heute gefasster und Celestino fand sie ausgesprochen schön. „Dennoch habe ich Angst!", sagte sie. „Ich bin hier ganz allein im Haus. Dem Hausmädchen habe ich heute frei gegeben. Man Mann ist ermordet worden, vielleicht bin ich als Nächste dran?!"

„Ist Ihre Angst begründet? Haben Sie irgendeinen Verdacht?"

„Nein", sagte die Signora leise und senkte die Augen, „ich habe nur Angst. Kann die Polizei mich beschützen?" Celestino stand auf und ging ans Fenster. Er überlegte. Die Signora folgte ihm langsam, stellte sich neben ihn, nahm ihn am Arm, sah ihn an und fragte: „Bleiben Sie diese Nacht bei mir? Beschützen Sie mich?"

Celestino blieb. Diese Nacht und auch die folgenden. Und weil die Signora so schön war und die Nacht so lang und Celestino schon so viel gedacht hatte an sie und ihre Schönheit und weil beide allein waren und große Sehnsucht hatten und das Dienstmädchen nicht zuhause war, kämpfte Celestino mit sich und seinen Vorschriften, die es streng untersagten mit Zeugen näher in Kontakt zu treten und seien sie auch noch so schön und noch so weiblich und noch so einsam und noch so begehrenswert. Und obwohl er ein treuer Beamter war und besonders gewissenhaft, wurde er doch schwach diese Nacht bei der Signora und auch die folgenden, denn er musste sie beschützten. „Danke", sagte Signora Tedesci und lehnte sich an seine Brust. Sie umfasste ihn mit ihren

Armen und gab sich seinem Schutz hin. Sie duftete! Nahe an seinem Gesicht nahm Celestino ihren feinen Duft wahr, nahe an seiner Brust nahm er ihre weiche Weiblichkeit wahr, nahe seinem Herzen fühlte er sich zu ihr hingezogen. Sie blickte zu ihm auf, suchte seine Augen, lehnte immer noch an ihm, neigte ihr Gesicht ein klein wenig zu seinem, schloss die Augen und ließ sich von Celestino küssen, als wollte sie ein Meer von Liebe austrinken. „Ich bin so einsam. So einsam!", hauchte sie nach einer Stunde des Küssens voll Hingabe. Schlank und groß und weiblich empfand sie der junge Commissario in seinen Armen, stark und groß und männlich, fühlte ihn Beatrice an sich. Es war früher Nachmittag. Noch hatte es Celestino nicht gewagt, sie weiter zu berühren, noch versagte sich die Signora seine Muskeln zu fühlen. Nur aneinander gelehnt, umarmt und von Küssen der Sehnsucht begleitet verbrachten sie die Stunden bis zum Abend. Manchmal hörte mein ein leises Schnarren eines Telefons, einmal das des Commissario, einmal das der Signora. Man hatte keine Sinne dafür. Da deutete Beatrice Tedesci mit der Hand auf einen Glasschrank, zwei Gläser zu holen. Celestino tat es, Beatrice begleitete ihn. Sie hielten sich umarmt während der wenigen Schritte dorthin. Sie deutete auf einen anderen Raum, dort holte man Champagner. Sie hielten sich umarmt. Sie gingen zurück zum weißen Sofa, zurück in den Salon des kleinen Palazzo. Jeden Schritt taten sie, ohne einander loszulassen. Sie setzten sich, Celestino öffnete die Flasche mit einer Hand. Beatrice war an ihn gelehnt, den Kopf an seiner Brust. Er schenkte ein. Dann tranken sie in langen Zügen, so, wie sie sich vorhin geküsst hatten. Die schöne, weibliche Signora ließ ihren Körper ein wenig zurücksinken in die Kissen und zog Celestino dabei leicht und wenig mit sich. Ohne Kissen wären sie wohl aus dem Himmel gefallen, weit, weit zum großen Ozean oder zum Tiber hinab. Sie wollten, dass es Nacht werde. Dann wurde es Nacht.

Kein Licht erleuchtete den Salon, kein Ton war zu hören. Nur ein kleiner Schein vom Himmel oder dem Licht in Rom schien durch die Fenster herein, gerade genug, um den Samt der Haut zu sehen, schwach genug, nicht alles preiszugeben. So versanken die beiden in den Kissen des Sofas und hernach in denen des Himmelbetts im Gemach der Signora. Es war gemacht für die Liebe, es war genutzt für die Sehnsucht allein. Der Dottore hatte des nachts in seiner Kanzlei gearbeitet, die Signora hatte nur ihre Sehnsucht. Nun war sie mit Celestino in ihrem Reich allein. Stark, jung, muskulös war er an ihrer Seite und ließ sich von ihr Hände, Hals, Wangen, Mund zum Küssen reichen. So entdeckte er Beatrice, behutsam und fürsorglich, mit seiner starken Jugend. Wie schön sie war! Wie schön er war! Wie glücklich sie beide. Und gleichzeitig dachten sie leise für sich, nur in ihren Gedanken:

„Liebst du mich?" Doch kein Wort störte die Stille. Nur ihrer beider Atem strömte durch die Nacht und wärmte ihre Haut, bis der Morgen sich allmählich lichtete, so wie damals auf der Ponte Sant´ Angelo, auf der der Pfeil den Dottore getroffen hatte. Hier im Palazzo aber gab es keine Pfeile, hier gab es nur Geborgenheit und Liebe. Von beiden Seiten.

Am nächsten Vormittag musste Celestino sich auf den Weg zu seiner Dienststelle machen. Noch lange saß er am Bett der Signora, noch lange betrachtete er sie und sie ihn: „Kommen Sie bald wieder und beschützen Sie mich!", hauchte sie ihm zum Abschied. Sie hatten sich geschworen, sich niemals zu duzen, sonst wäre alles aufgeflogen. Schweren Herzens und mit einem Anflug von Hunger versprach es der Commissario: „Ich komme bald wieder! Schon diese Nacht bin ich wieder bei Ihnen!" Wie schön doch die Distanz der Worte die wahre Liebe widerspiegelt.

So machte sich Celestino auf den Weg zu seinen Leuten und zum Questore Pizzo. Man berichtet alles, man wog es gegeneinander ab. Das Mädchen, das Geld unterschlagen hatte, die Signora, die alles erben würde, den Slip, der vielleicht einem Fehltritt zuzuordnen war, die monatlichen Geldabhebungen des Avvocato, die Vernachlässigung seiner Gattin, alles wog man ab. „Der Pfeil, ihr müsst euch dem Pfeil zuwenden!", befahl Questore Pizzo. „Befragt alle, die sich mit Bogenschießen und den Schützen auskennen. Wir wissen nicht, wo der Dottore erschossen wurde, wir wissen nicht einmal, ob es in Rom war oder außerhalb. Wir wissen nicht, zu welcher Zeit er ins Wasser geworfen wurde, ob kurz nach dem Schuss oder lange danach, wir wissen auch nicht, aus welcher Distanz geschossen wurde. Wir wissen nur, dass es ein heftiger Schuss gewesen sein muss, mit großer Energie. Es muss also ein mächtiger Bogen gewesen sein, so wie ihn die Weltmeister verwenden, oder die Olympioniken. Geht zu den Vereinspräsidenten und ihren Leuten!"

So hatte jeder seine Aufgabe und befragte alles, was auf dem Gebiet des Bogenschießens Erfahrung hatte. Celestino aber musste noch beim Questore Pizzo bleiben und von Signora Tedesci berichten. Der Commissario schilderte seine Eindrücke und ihre Aussagen.

„Seien sie klug, mein lieber Carabello, seien sie klug bei der Signora, und seien Sie stark!" Der Commissario nickte, Questore Pizzo gab ihm lange die Hand und sah ihm tief in die Augen: „Ich war auch einmal jung!", gab er ihm seinen Rat zum Abschied mit auf den Weg. Und Celestino ging direkt zu Beatrice, doch sie war nicht zuhause. So ging er, sich die Zeit zu vertreiben, das Ufer des Tiber entlang, zuerst auf der einen Seite, dann auf der anderen und endlich nahm er im Vorgarten einer Osteria Platz, um ein wenige zu essen und nachzudenken.

Und er dachte viel nach, in diesen zwei Stunden, die er dort verbrachte. Als es ans Zahlen ging, griff er in seinen Rock nach der Brieftasche. Er zog sie heraus und fühlte einen Zettel, einen ihm fremden Zettel, auf dem in zarter Frauenhandschrift stand: „Ti amo!" Dann ging er zu San Pietro, entzündete eine Kerze, betete für seine Mutter, warf eine Münze in den Opferstock und den Zettel hinterher. Er sollte gut aufgehoben sein bei den Heiligen, dachte er. Denn als Polizist wusste er, dass man Handschriften nachverfolgen kann bis zur Verfasserin.

Er selbst wollte und durfte keinen Zettel schreiben, aber es brannte in seinem jungen Herzen es zu sagen, es ihr zu sagen, der schönen und einsamen Signora Tedesci, die er lieben und beschützen und befragen sollte.

So ging er neuerlich zu ihrem Haus, und diesmal war sie anwesend. Sie öffnete, sie lächelte, sie war erfreut. „Mein Hausmädchen war heute bei euch zur Einvernahme!"

„Ja."

„Was hat sie erzählt?"

„Wenig, aber ich darf dazu nichts sagen!"

„Ich weiß, drum frage ich auch nicht weiter", sagte Signora Tedesci und fuhr fort: „Melania hat gestohlen."

„Was hat sie gestohlen?", fragte der Commissario.

„Immer wieder etwas. Mal Besteck, mal Geld, mal Unterwäsche von mir. Es ist mir schon längere Zeit aufgefallen. Ich habe sie nun gekündigt! Ich werde mir ein neues Mädchen suchen, eines von weit weg, das hier niemanden kennt, eine, die nicht italienisch spricht. Vielleicht eine aus Canada!" Celestino war erstaunt. „Wie werden sie sich unterhalten?", fragte er.

„Französisch! Aber es hat noch Zeit. Noch sind sie ja bei mir und beschützen mich, mein lieber Commissario! Sie beschützen mich doch?" Celestino nickte. Und sie setzten sich wieder dicht aneinander, hielten sich fest an den Händen und warteten, dass es Nacht werde.

„Lassen Sie uns hinausfahren was essen. Nicht hier in Rom, da kennt mich jeder. Hinaus aufs Land, in ein Dorf, in ein einfaches Dorf. Nehmen wir Ihren Wagen, da erkennt uns niemand."

Sie fuhren also hinaus aus der Stadt in die Hügel dahinter, in ein kleines Dorf. Der Commissario kannte das Umland von Rom. Sie fanden eine Osteria, sie traten ein, sie nahmen einen kleinen Tisch im hintersten Teil des Lokals und sie bestellten. Niemand kannte sie. „Un litro di vino della casa!", bestellte Beatrice den Wein, sie aßen, sie tranken, sie sahen sich in die Augen. Dann gingen sie in die laue Sommernacht hinaus in das Dorf und durch die Stadtmauer an den letzten Häusern vorbei, wo man auf Rom hinuntersehen konnte. Sie setzten sich auf eine Bank und hielten sich an den Händen.

„Ich habe Ihren Zettel gefunden!", sagte Celestino.

„Ich habe ihn geschrieben!", flüsterte die Signora, „Verzeihen Sie mir!" Celestino schwieg, er war unsicher.

„Was haben Sie damit gemacht?"

„Ich habe ihn bei den Heiligen versteckt. Im Petersdom!"

„Ich bin glücklich!", drückte sich die Signora an ihn.

„Ich bin auch glücklich. Ich möchte auch so einen Zettel schreiben, aber ich darf nicht!"

„Ich möchte Sie küssen!", flüsterte Beatrice.

„Ich Sie auch!", drückte Celestino ihre Hand.

„Dann lassen Sie uns nachhause fahren. Sie müssen mich beschützen. Ich habe Angst!" So fuhren sie nachhause in den Piccolo Palazzo der Signora. Von der Straße aus sahen sie ein schwaches Licht in einem der Fenster.

„Da ist ein Licht!", sagte Signora Tedesci verunsichert. Und der Commissario sah vorsichtig um sich. Er sicherte Beatrice hinter einer Säule im Eingang, er ging auf leisen Sohlen, er deutete ihr, keinen Laut zu machen und in Deckung zu bleiben. Dann zog er seine Schuhe aus und schlich die Treppe hinauf zum Haupteingang. Er lauschte an der Tür und schloss dabei die Augen, um sich aufs Hören zu konzentrieren. Es schien sich nichts zu rühren. Dennoch ging er rasch und leise hinunter zur Signora, stellte sich vor sie, um sie zu schützen, rief leise seine Kollegen per Telefon und wartete auf Verstärkung. Zehn Mann kamen angerückt, umstellten das Haus, sicherten den Eingang und öffneten mit dem Schlüssel die Wohnungstür. Rasch waren alle Räume mit Hunden durchsucht, dann konnte Entwarnung gegeben werden. Nur einer der Hunde schnüffelte eine Weile weiter, als hätte er eine Spur gewittert, dann verlor sich auch dieser Verdacht. Es war nichts zu sehen, nichts zu hören. Der Commissario schickte seine Leute weg. Beatrice zitterte ein wenig. Celestino konnte sie beruhigen. Die Hunde hätten alles durchsucht. Es bestand keine Gefahr. Irgendjemand aber musste hier gewesen sein und das Licht angedreht haben, das dachte sich Celestino im Stillen. Beim Verlassen der Wohnung vor vier Stunden war das Licht sicher abgedreht, das wusste er ganz genau.

An diesem Abend ging man rasch zu Bett. Beatrice schmiegte sich eng an ihren Beschützer und wartete, bis sie sich wieder ganz sicher fühlte. Erst dann küssten sie sich. Es war still, wie in der ersten Nacht, es war heiß, wie in der ersten Nacht. Alle Fenster waren geschlossen, ein schwacher Lichtschein nur kam vom Himmel über Rom ins Zimmer. „Mein Beschützer. Mein Geliebter!", flüsterte Beatrice. Und Celestino schwieg neben ihr und bot ihr Schutz und Liebe. Nach langen Stunden flüsterte Beatrice im Einschlafen: „Wenn es Sie in der Nacht überkommt, dann nehmen Sie mich einfach! Ich habe mir das immer so gewünscht." Und Celestino hielt sie fest umschlungen nahe an sich und ließ sie nicht mehr los, die ganze Nacht. Auch im Schlafen, auch während intensiver Träume ließ er sie nicht mehr los und gab ihr Schutz und Sicherheit. Als nach vielen Stunden endlich die ersten Morgenstrahlen ins Zimmer leuchteten, hielt Celestino sie immer noch so fest umschlungen.

5

Die Befragung der hunderten Bekannten, Wegge-
fährten, Freunde und Begleiter des Dottore Avvocato
ergab keinerlei Hinweis. Je höher man in der Gesellschaft hinaufkam, desto spärlicher wurden die Antworten, je tiefer man hinabstieg, desto schweigsamer
wurde es. Mit den Antworten aus der Mitte des Vol-
kes konnte man auch nichts anfangen. So wartete
man auf das Ergebnis der Untersuchungen bei den
Bogenschützen und auf jene von Vater und Großvater Carabello. Vieles wurde da zusammengetragen,
vieles kam ans Licht, vieles auch, was manch einem
hätte gefährlich werden können.

Der Questore Pizzo aber war weise und ließ derlei
Altes nicht weiterverfolgen. Er wollte keinerlei Verstrickungen, ein Jahr vor seiner Pensionierung. Nur
die Bogenschützen interessierten ihn und er ließ sich
persönlich alles vorführen, was es auf diesem Gebiet
gab. Schüsse über weite Distanzen, Präzisionstreffer,
wuchtige Einschläge, alles führte man ihm und seinen Leuten vor. Pizzo war beeindruckt, durchaus.
Mit solch einer Waffe, mit solch einer Durchschlags-
kraft, mit solch einer nahezu völligen Geräuschlosig-
keit hatte er nicht gerechnet. Warum wurde dieses Instrument nicht öfter bei Verbrechen eingesetzt? Es
war nahezu perfekt. Etwas unhandlich im Transport
und auffällig zwar, aber perfekt in der Wirkung. Von
einem guten Schützen, von einem geheimen Ort aus

abgefeuert, kommt der Tod geräuschlos daher. Ob bei Tag oder bei Nacht.

„Verwendet eigentlich das Militär eine solche Waffe?", wollte der Questore vom Verbandspräsidenten der Bogenschützen wissen.

„Wir haben es angeboten, aber man hat uns ausgelacht und fortgeschickt.", antwortete dieser. Nur ein kleines Experiment hatte man einmal vor Jahren oder gar Jahrzehnten zugelassen, aber keiner wisse mehr wo und wann.

Inzwischen waren die Untersuchungen an der Leiche des Dottore längst abgeschlossen und man fand heraus, dass zuerst der Pfeil das Herz tödlich getroffen hatte und der Körper unmittelbar danach von großer Höhe ins Wasser gestürzt sein musste, und zwar mit dem Gesicht voran, andernfalls wäre der Pfeil im Rücken beim Aufprall abgebrochen, das hätten alle Experimente klar erwiesen. Und noch eines verkündete der Leiter der Gerichtsmedizin stolz: der Dottore hätte ein paar Stunden vor seiner Ermordung ein Liebesstündchen verbracht, das zeigten die Untersuchung auch und wieder zweifelsfrei.

„Mit einer DNA-Probe könnten wir die Dame also eindeutig identifizieren?", meinte Questore Pizzo.

„Ja, sie müssen nur allen Frauen zwischen dreißig und fünfundvierzig in und um Rom eine Speichelprobe nehmen", lachte der Leiter der Gerichtsmedizin. Wäre die Dame aber von weiter weg oder gar nur auf der Durchreise gewesen, dann könne man für nichts garantieren. Aber immerhin, man könnte ja mal im Bekanntenkreis des Avvocato beginnen!

Der Questore aber war weise und klug und ließ sich auf einen solchen Gedanken gar nicht erst ein. Er vertraute dem Kommissar Zufall oder seiner Pensionierung. Eines von beiden würde auf alle Fälle eintreten. Und tatsächlich, bei einer genauen Untersuchung der gesamten Bekleidung des Dottore Tedesci fand sich ein kleiner Zettel auf dem geschrieben stand: „Heirate mich sofort, sonst ist alles aus." Wann war der Zettel geschrieben? Von wem? Wem galt er? War es ein Vertretungsfall des Anwaltes? Galt es ihm selbst? Vielleicht wusste seine Frau damit etwas anzufangen? Also beauftragte man Commissario Carabello mit der Befragung der Signora. Nur er durfte mit ihr reden, das hatte der Questore so verfügt. Denn nur ihm traute er das nötige Feingefühl zu, bei der noblen Dame der höchsten römischen Gesellschaft, die richtigen Worte zu wählen. Die Bauerntölpel aus der Provinz hätten diesen delikaten – oder besser gesagt, diesen glamourösen Fall - bestimmt total versaut. Dann wäre es am Ende noch zu einer Beschwerde beim Minister gekommen und das alles ein Jahr vor der Pensionierung des Questore Pizzo. Nein, der einzig richtige Mann für diese heikle Aufgabe war Commissario Carabello. Und er ist jung.

So dachte der Questore, der auch einmal jung gewesen war und sich deshalb genau erinnern konnte, wie auch er damals eine Dame der höchsten Gesellschaft mit feiner Klinge zur vertraulichen Rede hatte bringen können. Und sollte das alles mit dem jungen Carabello bei der Signora doch nicht funktionieren, würde er, der Questore Pizzo selbst, das Gespräch mit ihr führen, denn entweder sie vertraue sich einem schönen Jüngling an oder einer weisen Vaterfigur, wie er eine ist. Denn der Questore kannte die Seele der Frauen.

So ging der Commissario im Auftrag des Questore und in seinem eigenen zur Signora Tedesci und sie empfing ihn mit großer Sehnsucht, ließ ihm keine Zeit Fragen zu stellen oder dienstlich zu werden und führte ihn sogleich ins Schlafzimmer, in ihr Gemach, ins Himmelbett. Dort liebten sie sich viele Stunden, als hätten sie Jahren in größter Sehnsucht aufeinander gewartet und so war es wohl auch. Beide hatten Sehnsucht, einander kennenzulernen, beide war allein, beide begehrten und liebten den Mann und die Frau im anderen. Celestino war drei Jahre lang allein gewesen, die Signora Beatrice gar zehn, so lange hatte ihr Mann sie nicht mehr angerührt.

"Wie schön, dass Sie da sind, wie schön, dass Sie endlich da sind! Endlich, endlich.", seufzte sie, immer noch, ohne das Du zu verwenden. "Wie sehr habe ich Sie vermisst. Wie sehr!"

"Ja, meine geliebte Beatrice! Es ist so schön, so sehr schön mit Ihnen!"

"Können Sie nicht ganz bei mir bleiben? Ganz, für immer? Dann können wir einander duzen, dann muss ich Sie nicht immer Herr Commissario nennen!" Sie nahm ihn mit sich unter die riesige Seidendecke: "Ich will Ihnen Gutes tun!", hauchte sie und sie tat ihm Gutes, dass Celestino hinabsank in die Tiefe der Kissen und sich nicht mehr von dort lösen wollte. "Ich war so einsam, so schrecklich einsam!", sprach sich die Signora ihre aufgestaute Leidenschaft von der Seele. "So sehr einsam! Spüren Sie es?" So gab sie sich der Jugend des Celestino hin, wie eine vor dem Verdursten Gerettete. Der junge Commissario genoss seine Geliebte ebenso und sprach sich mit gleichen Worten aus, wie sie selbst: "Ja, ja, ich liebe Sie, Signora Beatrice! Ich liebe Sie und Ihre Haut und Ihren Hals und…..!", und er zählte alles auf, was die Signora als Ganzes ausmachte. Sie war schön. So unglaublich schön! Eng klammerten sie sich aneinander: "Bleiben Sie bei mir, bleiben Sie bei mir!", hauchte die Signora. "Ich habe alles. Sie müssen nicht mehr arbeiten. Sie müssen keine Fälle mehr lösen. Sie müssen keine Mörder mehr suchen. Sie können leben. Leben Sie mit mir, leben Sie bei mir, hier in diesem Palazzo! Haben Sie noch nie daran gedacht, mit mir zu leben? Mit Ihrer Geliebten beisammen zu bleiben?"

Doch, Celestino hatte auch so gedacht. Er hatte daran gedacht, Beatrice endlich zu duzen, er hatte daran gedacht, keine Vorschriften mehr beachten zu müssen, er hatte daran gedacht zu leben, ohne Dienst zu tun, und so sagte er schließlich: "Ich habe daran gedacht, mit Ihnen zusammen zu bleiben!"

"Dann tun Sie es, tun Sie es, mein Geliebter!",
drängte sie aus vollem Herzen.

"Aber ich müsste dann von Ihrem Geld leben!"

"Sie können weiter arbeiten gehen, wenn Ihnen
das wichtig ist!"

"Man wird mich kündigen, wenn man erfährt,
dass ich mich mit einer Verdächtigen eingelassen
habe!"

"Sie haben mich beschützt!" antwortete sie um im
gleichen Augenblick zu Tode zu erschrecken: "Bin
ich denn verdächtig? Ich?!", rief sie entsetzt. "Verdächtigen Sie mich, mein Geliebter?"

"Nein, ich verdächtige sie nicht. Ich liebe Sie, Signora! Aber mein Chef, Questore Pizzo, verdächtigt
Sie!"

"Hat er das gesagt? Hat er gesagt, dass er mich
verdächtigt?", war Beatrice bleich vor Angst.

"Nein, er hat es nicht gesagt, aber ich weiß es. Ich
sehe es an seinen Augen, dass er Sie verdächtigt!
Aber er würde es niemals aussprechen, zu niemandem würde er etwas sagen. Er hat viel zu viel Angst,
dass man den Minister einschalten könnte. Er hat
viel zu viel Angst um seine Pension, ich aber kenne
ihn und seine Augen und ich weiß, dass er es denkt!"

"Ich war es nicht, Liebster, ich war es nicht. Ich stecke auch nicht dahinter. Ich habe nichts damit zu tun,
wirklich nicht. Wie kann man mich nur verdächtigen?" und sie weinte, weinte an der Brust des Celestino, dass er Angst um seine Geliebte bekam und
nicht wusste, wie er sie um Verzeihung bitten sollte.

Er wusste, dass sie nichts mit dem Mord an ihrem Gatten zu tun hatte, er wollte es auch so wissen und selbst wenn es so gewesen wäre, so wäre sie doch und gerade deswegen seine Geliebte geblieben, seine einzige Geliebte, die er sich sosehr erträumt hatte die letzten Jahre!

"Sie müssen mir helfen!", flehte Signora Tedesci, "Sie müssen mich beschützen und Sie müssen mir helfen, dass mich niemand mehr verdächtigt! Und Sie müssen mich lieben! Hören Sie? Sie müssen mich lieben - sonst sterbe ich."

Und so beteuerte Celestino der Signora, dass er sie liebe und nur sie und niemals eine andere lieben werde und dass er alles daran setze, den wahren Mörder des Avvocato Bruno Tedesci zu finden und er sie, seine über alles geliebte Beatrice, aus ganzem Herzen bitten würde, ihm dabei zu helfen.

"Ich will es, ich will es tun, ich will den feigen Mörder meines Mannes gefasst wissen! Dann sind wir frei, dann sind wir reingewaschen, dann gibt es keine Verdächtigungen mehr, dann sind wir Mann und Frau!"

"Mann und Frau!", wiederholte Celestino, der Commissario, leise und ungläubig.

"Zumindest Geliebter und Geliebte! Romeo und Julia, Tristan und Isolde!"

"Sie alle endeten im Tod!" sagte und dachte Commissario Carabello und wurde zum Kriminalbeamten, der von seinem Questore ausgesandt worden war, die Signora zu befragen. "Nun, da gibt es noch etwas!"

"Was denn um Gottes Willen noch?", war die Signore mehr an der Verzweiflung, als in der Liebe.

"Nun", begann Celestino vorsichtig, sie nicht zu sehr zu verletzen, "Das Dienstmädchen-"

"Die Diebin, die ich gekündigt habe?"

"Das Dienstmädchen hat ausgesagt, dass es einmal eine Auseinandersetzung zwischen Ihnen und Ihrem Mann gegeben hat, so etwa vor drei Jahren und dass Sie Teller und Vasen zerbrochen und gerufen haben: >Ausgerechnet diese Schlampe! Jede andere hätte ich dir verziehen, nur nicht diese Schlampe!<"

Signora Tedesci sank elend zusammen an die junge, starke Brust des Commissario Carabello: "Es ist eine Ewigkeit her. Ich erinnere mich: ich habe es ihm auf den Kopf zugesagt. Ich habe ihm gesagt, dass ich ihm nicht mehr glaube, dass er Tag und Nacht für seine Klienten in der Kanzlei arbeitet, dass ich vielmehr sicher sei, dass er eine Geliebte habe, denn kein Mann könnte sieben Jahre, und so viel waren es damals, dass er also sieben Jahre an einer schönen Frau wie mir kein Interesse haben und nicht ein Mal, nicht ein einziges Mal in sieben Jahren das Verlangen gehabt hatte mich zu küssen, mich anzufassen, mich zu umarmen, mich niederzuwerfen, meinetwegen, mich einfach zu nehmen, wenn ich auch schlafe, so wie mich mein geliebter Celestino letzte Nacht genommen hat, und dass da nicht die Arbeit in der Kanzlei dahinter stehen könne, sondern eine andere Frau, eben diese Schlampe!" So redete sich die Signora Tedesci ihren Kummer von der Seele, und dem Commissario Celestino Carabello auf seine drauf.

"Wer ist diese Person, die Sie damals verdächtigt haben?"

"Ich möchte niemanden in Gefahr bringen. Ich möchte keine Namen nennen, ich habe ja auch gar keine Anhaltspunkte. Ich hatte nur ein Gefühl. Das Gefühl einer Frau, Sie verstehen, mein Geliebter?" Und Celestino verstand, was sie meinte.

"Ich würde auch sofort merken, wenn Sie eine andere hätten. Glauben sie mir, mein Geliebter, eine Frau merkt das!" Dessen war sich auch der Commissario sicher und wusste sofort, was zu antworten war: "Niemals, niemals, meine geliebte Beatrice würde ich eine andere neben ihnen haben. Niemals würde ich eine andere haben wollen, niemals würde ich eine andere haben können. Denn meine Gedanken sind bei Ihnen, Tag und Nacht nur bei Ihnen!"

Und sie liebten einander, und sie vertrauten einander und sie begehrten einander, sie gestanden einander die reine Liebe, die ganze Nacht

Über den Schreibtisch des Commissario Carabello sind schon viele Fälle gewandert, den Dottore Tedesci betreffend oder zumindest streifend. Schon als Kind und von seinem Vater her, war er dem Verbrechen auf der Spur. Es ergab sich nämlich, dass sein Vater als Grundschüler die gleiche Klasse mit einem anderen teilte, der später als Unterweltkönig von Rom in die Geschichte eingehen sollte. Mit dem Sohn dieses Verbrechers aber ging auch Celestino zur Grundschule. Dieser aber war völlig anders geartet, als sein Vater, hatte mit dem Verbrecherwesen überhaupt nichts zu tun und war als verträumter Poet schon als Kind aufgefallen. Dazu war er von den „Damen" seines Vaters stets verwöhnt worden, einerseits aus Sehnsucht nach einem eigenen Kind, andererseits aus Respekt vor seinem Vater, sodass man dem kleinen Umberto stets Süßigkeiten und Naschwerk zusteckte, was dazu führte, dass klein Umberto rasch an Umfang und Gewicht zunahm und von den anderen der Klasse entsprechend gehänselt wurde als „Schweinzi". Auch Celestino war nicht der Mittelpunkt. Als Sohn eines Commissario musste man doch auf der Hut sein, bei Unrechtem von ihm erwischt zu werden. Klein Celestino war so aufmerksam, dass er auch die kleinsten Verfehlungen sofort entdeckte. So kam es irgendwie dazu, dass die beiden Kinder sich ein wenig von den anderen gemieden fühlten und sich wenigstens zu zweit eine gewisse Einheit bilden ließ. Umberto schrieb schon als Kind Gedichte, Kriminalromane, Liebesgeschichte, Filmvorlagen und sonstiges, denn er konnte bereits schreiben und lesen, als er in die erste Klasse kam. Das Wesen des Verbrechens und der Liebe war ihm schon sehr früh aus den Erzählungen der „Damen" seines Vaters geläufig, dem Celestino nur ersteres. Bei zweiterem, der Liebe also, sollte er sich längere

Zeit schwertun. Obwohl gut gebaut, sympathisch, sportlich und intelligent hatte er eine gewisse Scheu, Mädchen anzusprechen. Andere waren da viel frecher und viel schneller.

Das alles führte aber dazu, dass er genau beobachtete und sich an- und abschaute, was die anderen machen, das ihm verborgen war. So studierte er das Wesen der Menschen in der Praxis, ohne jemals Psychologie studiert zu haben, was ihm in seinem Beruf sehr zugute kommen sollte. Sein spektakulärster Fall sollte daher auch der des nunmehr ermordeten Avvocato Tedesci werden, wie früher auch der eines Psychotherapeuten, den er noch auf seinem Schreibtisch unter den ungelösten Fällen liegen hatte. Es war sich nicht sicher, ob es sich um tatsächlich um einen Kriminalfall, um einen Mord sogar, handelte, der Fall war nur mit allen Mitteln ausgestattet, die Celestino höchst misstrauisch machten. Ein Psychotherapeut hatte eine seiner Klientinnen geheiratet, die mit schweren inneren Problemen jahrelang Patientin bei ihm war. Das allein war schon Grund genug, hellhörig zu werden, denn es war dem Stand der Psychologen streng untersagt, ein Verhältnis mit einer Klientin einzugehen. Hier hatte Distanz zu herrschen, keine Heirat. Dazu kam, dass diese Patientin einige Jahre später aus dem Fenster der gemeinsamen Wohnung in den Tod gesprungen ist. Das rief die Polizei auf den Plan und somit Celestino, doch es kam noch dicker, denn die Patientin und nunmehrige Ehefrau des Psychologen war sehr reich und ihr Mann nach ihrem Tod Alleinerbe! Celestino hielt sich an der Sache dran, doch dem überschlauen Psychologen war nichts nachzuweisen. Er war zum Tatzeitpunkt nicht zuhause, seine Frau, die offenbar wirklich und aus eigenen Stücken aus dem Fenster gesprungen war, befand sich ganz allein zuhause. Wo also sollte der Mord einzuordnen sein? Und dennoch war Celestino überzeugt, es hier mit einem solchen zu tun zu haben, den der Mann der Selbstmörderin und nunmehrige Witwer, der Psychologe und Psychotherapeut, auf dem Gewissen hatte. Rechtsbeistand des Dottore Psychologen war niemand geringerer als Bruno Tedesci, der nun selbst ermordet worden war. So viele Zufälle in solcher Dichte brachten das Fass für Commissario Carabello zum Überlaufen und er forschte nach und er fand heraus, dass der Ehevertrag zwischen der reichen Klientin und dem Psychologen ebenfalls und ausgerechnet vom Dottore Avvocato, dem Bruno Tedesci verfasst und so ungewöhnlich aufgesetzt worden war, dass der Psychologe im Falle des Todes alles bekommen sollte, die Gattin umgekehrt aber nichts. Nachweisen konnte man das alles aber nicht und so musste Celestino diesen Fall weiter als ungelöst und unerledigt auf seinem Tisch liegen lassen, den Dottore Avvocato aber hatte er schon immer im Auge gehabt.

Aus Erschöpfung muss dieser einmal unter der Last seines schlechten Gewissens und aus der Erinnerung an ein tatsächliches Erlebnis in jenen Phantasiezustand versunken sein, der ihm alles im Kopf durcheinander schießen ließ, dass er es für die Wirklichkeit hielt, bis er nach vielen Stunden einer unruhigen Nacht im Zustand einer Panikattacke erwachte. Denn ihm war, dass ihn Donatella am nächsten Tag in der Wanne badete und sich selbst dazu und beide dabei überglücklich waren. Rasch bekleidete sie sich und den Dottore und sie fuhren in die Via Nicola Salvi 15, in die letzte Etage, zu ihrer Wohnung. Dort öffnete sie die Tür und im gleichen Augenblick kam von innen La Mamma entgegen: „Mamma!", rief Donatella in höchstem Glück, "Dottore Bruno heiratet mich!" und sie fiel ihrer Mutter unter Tränen und Glück in die Arme und Mamma küsste Donatella und den Dottore abwechselnd und schickte auch ein Gebet zum Himmel, um den Segen der Santa Vergine zu erflehen und den von Santa Maddalena sicherheitshalber gleich dazu. "Bruno heiratet mich!" Und La Mamma küsste sie und den Avvocato mehrfach auf Mund und Hände und Hals und was sonst noch und stelle im Küssen die Frage: „Lieben Sie sie? Sie lieben doch Donatella!" und küsste den Dottore dabei mit den fetten Lippen einer Köchin und Matrona mitten auf den Mund, dass er wieder keine Luft bekam und nicht antworten konnte, wie schon tags zuvor im Würgegriff der Donatella. Mamma aber lief zur Küche und rief hinein: „Roberto! Deine Schwester heiratet! Stell dir vor! Sie heiratet einen Avvocato, einen Rechtsanwalt aus Rom!" Drinnen, am Küchentisch, saß also der Bruder Roberto Rizzardi. Unberührt vom

Gefühlsausbruch seiner Mutter – er kannte ihn von vielen ähnlichen Vorfällen in der Vergangenheit bereits –, fraß lümmelnd seine Spaghetti, trank dazu den Wein aus der Flasche und gab keinen Laut von sich, außer einem Rülpsen nach dem Essen. Er blickte sich nicht um, stand nur stumm auf, sagte kein Wort, sah weder Mutter noch Schwester noch den Dottore an und ging zum Ausgang. Dort drehte er sich kurz um, blickte in Richtung des Avvocato und machte eine Bewegung mit seinem Kinn, als wollte er irgendetwas fragen oder fordern oder drohen oder wer weiß was sonst. Dann ging er und schlug die Tür ins Schloss. La Mamma aber kam mit dem Küchenmesser auf den Dottore zu und drohte mit den schwärzesten Augen des südlichen Italien. „Wenn Sie eine andere nehmen, bringen wir Sie um!"

„Hört mal, meine Lieben", umarmte der Dottore beide Frauen an den Hüften: „Ich habe niemals etwas versprochen, nichts und niemandem und die Ehe schon gar nicht. Donatella hat erzählt, dass ich etwas versprochen hätte, aber es stimmt nicht!" Dabei log er, denn er hatte Donatella sehr wohl die Ehe versprochen und er wollte sie auch unbedingt heiraten, doch nun er setzte fort:

"Es stimmt ganz und gar nicht und es kann auch gar nicht stimmen, denn ich bin verheiratet. Hört ihr? Donatella phantasiert!" Da brach La Mamma weinend zusammen und schluchzte laut auf: „Schon wieder! Ich arme Frau! Povera Donna! Povera Mamma!" Und sie erzählte dem Dottore unter den

Tränen von sich selbst und ihrer Tochter, dass er nicht der Erste sei, den sie als Bräutigam vorgestellt bekäme und jeweils wäre nach ein paar Minuten alles zusammengebrochen, weil Donatella bloß phantasiert habe. „Sie phantasiert sich alles zusammen!" Nur einer, ein einziger hätte es ernst gemeint, der kleine Signore Schmidt aus dem Allgäu, ein Bauer, un agricola, mit Glatze und kaum Geld. Der wollte Donatella unbedingt mit sich nehmen auf seinen Bauernhof in die bayerischen Berge. „Aber sehen sie selbst! Soll diese schöne Frau hinter einer Kuh sitzen und melken? Sie ist eine Prinzessin, sie ist eine Fürstin, sie ist eine Königin. Wenn sie auch in einer Höhle geboren ist!"

„Ich möchte ihr ja helfen!" sagte der Dottore alles zu, was ihn von den beiden Frauen wegbrachte.

„Siehst du!", begann die verheulte Donatella wieder zu strahlen, „Er will mich doch heiraten!"

„Non dire sciochezze!", schlug sie ihre Mutter wütend auf den Kopf. „Er will dir helfen, er will dich nicht heiraten. Er kann dich gar nicht heiraten!", also solle sie keinen Quatsch reden, was „sciochezze" in etwa bedeutet. Tatsächlich wollte der Dottore dieses arme Mädchen aber durchaus heiraten. Erst hier, und viel zu spät, kam der Dottore in der vorhin beschriebenen Panikattacke zu sich und erwachte wie von Sinnen aber glücklich. In seinem Bett fand sich niemand. Donatella muss das Gemach schon vor einiger Zeit verlassen haben, denn der Dottore vernahm ihren Duft nur noch in abgeschwächter Form. Als er sich umsah, entdeckte er ein handgeschriebenes Kärtchen, das Donatella mit schwungvoller Hand selbst verfertigt hatte. Darauf stand: „Sehe dich im Bett hin und her wälzen, als hättest du ein schlechtes Gewissen. Du bist doch nicht der richtige Mann für mich. Ich liebe dich, aber ich kann dich nicht heiraten. Unterstehe dich, bei meiner Mamma, um meine Hand anzuhalten. P.S. Mein Bruder bekommt noch Geld von dir!"

Das hatte der Dottore doch glatt vergessen, eine Rate aus einer vergangenen Angelegenheit war er noch schuldig. Erleichtert, vom Albtraum erwacht zu sein, machte er sich rasch fertig, kaufte Blumen und fuhr zur Wohnung Donatellas. Mamma öffnete, er überreichte ihr die Blumen, La Mamma war selig, bedankte sich, sah zum Himmel, sagte noch, dass der Dottore der einzig Richtige für ihre Tochter wäre und ließ ihn einen kleinen Blick in Donatellas Schlafzimmer werfen, „Wie schön sie ist!", war sie begeistert und seufzte doch gleichzeitig. Der Dottore verabschiedete sich, sah verstohlen in die Küche. Sie war leer. Roberto, oder wie immer der Bruder wirklich hieß, war nicht anwesend und der Avvocato Tedesci machte sich auf dem schnellsten Weg zurück in seine Kanzlei. Er wusste nicht, was er der Donatella tatsächlich versprochen und was er nur geträumt hatte. Er wusste nur eines: seine Frau Beatrice musste weg, eine Scheidung käme ihm zu teuer. Zwar hatte sie alles Geld in die Ehe gebracht, doch er hatte mit seinen Fällen enorm dazuverdient. Er wollte es behalten.

6

Von all diesen Vorgängen wusste die Polizei ebenfalls nichts. Den Alptraum eines Toten kann man nicht kennen. Vom Bußgang des Avvocato zu La Mamma konnte man bloß durch Zufall erfahren. Nur der Anhaltspunkt in der Aussage des Dienstmädchens Melania und jene der Signora Tedesci dem Commissario gegenüber, ließen eine vage Ahnung zu. Und Carabello erzählte alles, wie in den Vorschriften verlangt, seinem Vorgesetzten, dem Questore Pizzo. Innig aber hoffte er, dass der Signora Tedesci nichts nachzuweisen wäre, dass sie unschuldig und tatsächlich auch unbeteiligt war. Er hoffte es so sehr! Nachdem Commissario Carabello seinem Vorgesetzten und seinen Leuten berichtet und auch sie das Neueste erzählt hatten, ging er am Nachmittag zu seiner Familie, zu Vater und Großvater. Erst später am Abend wollte und musste er wieder zu Beatrice in den Palazzo, sie zu beschützen, sie zu sehen, sie zu halten, sie zu lieben. Inzwischen hatte er vor ihrem Haus zwei Posten platzieren lassen, die Signora in seiner Abwesenheit an seiner Statt zu bewachen.

Zuhause, bei seiner Familie, da fühlte er sich wohl, das war seine Heimat, das war seine Kindheit, das war seine vertraute Umgebung. Bei Beatrice im Palazzo war alles edel, grandios, fürstlich, aber es war nicht sein zuhause. Aber Beatrice hier? Hier bei seiner Familie in der kleinen Wohnung in Trastevere? Er fühlte sich hier wohl, er der kleine Celestino, der junge Kommissar aber sie, die große Signora vom Ufer des Tiber, vom Zentrum Roms, wie sollte sie sich hier wohlfühlen? Ja, er wollte bei ihr bleiben, ja, er wollte mit ihr leben aber wo? Und wie? Waren sie nicht grundverschieden in ihren Welten, in denen der eine nichts zu suchen hatte, wie der andere nicht in die Welt des anderen passte? Celestinos Mutter servierte das Essen. Sie war eine Hausfrau, sie war seine Mutter, er verehrte sie. Schön war sie nicht und war doch genauso alt wie Beatrice, die schöne, edle Signora. Wie sollten sich diese beiden Frauen verstehen, wie sollten sie sich respektieren, wie miteinander reden? Allein die Sprache war grundverschieden. Italienisch von beiden aber grundverschieden im Ausdruck. Celestino liebte seine Mutter, Celestino liebte Beatrice. Keine der beiden konnte er für die andere opfern. Seine Mutter wollte Enkelkinder, Beatrice konnte keine Kinder mehr bekommen. Sie hatte auch keine, vielleicht wollte sie auch keine, zumindest nicht von diesem Mann, dem Dottore Tedesci, der sie bestimmt nach Strich und Faden betrogen hatte, der sie vielleicht nur ihres Geldes wegen geheiratet hatte, denn das hatte sein Großvater, der alte Carabello, herausgefunden: Dottore Tedesci war vor über dreißig Jahren nicht der strahlende Anwalt mit den reichsten Klienten und den großen Honoraren, er war ein armer Schlucker aus dem Süden Italiens, der sich seine Prüfungen zum Dottore und zum Rechtsanwalt irgendwie beschafft hatte. Keiner wusste so genau, wie. Aber sauber war es nicht, das hatte Groß-vater herausgefunden. Sie jedoch, die Signora Te-desci, sie war aus dem reichen Haus der Orlando, ei-ner angesehenen Familie seit Generationen. Ihr ge-hörte auch der kleine Palazzo, den die Signora immer bewohnte, seit ihrer Kindheit. Dort habe sich dann der Bruno Tedesci hineingeschlichen und eingenistet, nachdem die Eltern der Signora, schon bald nach der Eheschließung der Beatrice mit dem Bruno, verstor-ben waren. Bei einem tragischen Verkehrsunfall. So erzählte mein Großvater jetzt beim Essen, und dass er gar nicht sicher sei, ob bei diesem Unfall vor über dreißig Jahren alles mit rechten Dingen zugegangen war. Die Untersuchungen dazu seien jedenfalls da-mals mit Weisung von höchster Stelle im Sand ver-laufen und innerhalb kurzer Zeit eingestellt worden, so mein Großvater weiter. "Man macht sich halt so seinen Reim!", sagte er und man wusste, was damit gemeint war. Celestinos Mutter hörte sich während des Essens und während des Servierens alles ruhig an und sagte am Schluss nur: "Eine sehr anständige Frau, die Signora Orlando! Und so schön!" Sie kannte sie nur unter ihrem Mädchennamen. Mit Tedesci konnte sie nichts anfangen. "Wer so ermordet wird, der hat was auf dem Kerbholz!", sagte sie nur und meinte damit den Pfeil im Rücken des Dottore. Alles in allem kein gutes Bild, das man im Volk vom Dot-tore hatte und die Familie Celestinos war das Volk. Alles in allem aber ein sehr gutes Bild, das man von der Signora hatte. Ach, wie wäre es schön, wenn sie plötzlich zur Tür hereinkäme, dachte sich Commissario Carabello noch, als es klopfte. Zart und vorsichtig. Großvater ging zur Tür, öffnete und sagte kein Wort mehr. Auch Vater war still und Mutter erst recht. Und erst jetzt konnte Celestino sehen, wer geklopft hatte und wen Großvater mit einer einladenden Handbewegung in die bescheidene Wohnung bat. Es war die Signora Tedesci, geborene Orlando. "Verzeihen Sie, dass ich hierherkomme aber die beiden Polizisten vor meinem Haus hatten Dienstschluss und allein habe ich Angst zuhause, da haben sie mich mitgenommen und hier abgesetzt. Sie wussten, wo sie wohnen, Commissario. Verzeihen Sie!" Mutter bot ihr einen Stuhl an, sagte wie sehr sie sich freue, wie sehr sie geehrt sei, eine so große Dame in ihrem Haus zu begrüßen und wie sehr sie sicher und stolz sei, dass ihr Sohn sie beschützen würde. Und beide Frauen unterhielten sich freundschaftlich, als würden sie sich schon lange kennen. Auch Vater und Großvater waren zuvorkommend zu der Dame und erzählten allerlei Geschichten aus ihrem Leben bei der Kriminalpolizei und dass es jetzt vielleicht angebracht wäre, wenn sie das wünsche und sich dabei sicher fühle, dass sie bei Ihnen in der kleinen Wohnung übernachte oder Celestino sie wieder zu ihr nach Hause bringe und sie dort von zwei neuen Beamten beschützen zu lassen. Signora Tedesci war nicht abgeneigt, das Angebot für eine Übernachtung bei den Carabello anzunehmen, bedankte sich aber sehr höflich, dass sie keine Umstände machen wolle, sehr gern aber die ganze Familie einlade, bei ihr zu übernachten. Dann könnte sie bestimmt ruhig schlafen und müsste nicht vor jedem kleinen Geräusch Angst haben. Mamma Carabello war so sehr überrascht und überwältigt von dieser Einladung, dass sie die Hände vor den Mund hielt und nicht einmal danken konnte. So verabschiedete sich die Signora, küsste alle Mitglieder der Familie und Celestino brachte sie wieder in den Palazzo. Er wusste, in welcher Welt er zuhause war, er wusste, in welcher Welt er nicht zuhause sein konnte.

Während der Autofahrt in seinem kleinen Wagen hielt er ihre Hand und sie die seine und beide sprachen kein Wort. Sie gingen hinauf in den Salon, Celestino überblickte mit seiner Sicherheitsroutine die Räume und sie setzten sich dicht an dicht auf das weiße Sofa. Beatrice lehnte sich eng an ihn: "Bleib bei mir, Geliebter, bleib bei mir!" und sie sagte nicht mehr Sie. Sei es, dass sie es nicht mehr wollte, sei es, dass sie es nicht mehr konnte. Auch Celestino verzichtete darauf und auf alle Vorsicht. Er ging das Risiko ein. "Warum willst du gerade mich?", fragte er und hielt sie umarmt an sich.

"Weil du mich liebst!"

"Ich bin nichts, ich habe nichts!"

"Du hast mich, du hast deine Familie. Ich hingegen habe nichts. Viele Verwandte, ja, tausend Bekannte, ja! Viele lieben mich, viele begehren mich."

"Sie schätzen dich alle!"

"Aber ich liebe sie nicht. Keinen einzigen. Mir ist die Liebe abhandengekommen, in den Jahren mit Bruno, besonders in den letzten zehn. Verstehst du das?", fragte sie und sah ihn an. "Zehn Jahre isoliert zu sein!"

"Du hättest jeden Geliebten haben können!"

"Ich will einen Mann, einen Ehemann, ich will keinen Geliebten nebenbei. Sei mein Mann, Celestino, bleib bei mir!"

"Ja, ich bleibe bei dir.", gab ihr der Commissario zur Antwort, doch er fühlte, dass er zu weit gegangen war. Er war nicht frei. Nicht frei von seiner Herkunft, nicht frei nach seinem Selbstwert, nicht frei, sich in der Gesellschaft der Signora zu bewegen. Er liebte sie, er liebte nicht ihre Gesellschaft und er sagte es ihr jetzt auch. Da seufzte Beatrice, denn sie sehe es und fühle es, dass er sich bei sich wohlfühle und bei ihr, bei seiner Familie und seinen Leuten von der Polizei. Sie aber, sie, die Signora Tedesci, fühle sich wohl bei ihm und bei seiner Familie - und in ihrem Palazzo. Sie liebten sich, aber sie konnten nicht zusammenkommen. Sie wussten es beide und die Flammen der Sehnsucht begannen sie zu zehren. "Verrate mir, wer die Person ist, die du damals als Schlampe bezeichnet hast.", wurde Celestino einen Augenblick amtlich.

"Ach, mein Liebster!", seufzte Beatrice, "Ich wollte es nie aussprechen. Wenn es aber sein muss: es war damals, und es ist es wohl auch noch bis zum Schluss geblieben, Donatella!"

"Der Name sagt mir was,", überlegte Celestino.

"Donatella Rizzardi. Eine Gesellschaftsschlampe. Jeder in der Bungaszene kennt sie. Aber lass mich nicht an sie erinnern. Bleib diese Nacht bei mir und auch den Tag morgen und die Nacht danach. Ich liebe dich, ich brauche dich, wenn ich dich auch nicht kriegen kann. Ich weiß es!", dann weinte sie still an seiner Brust, ohne irgendeinen Vorwurf. Celestino war verlegen und er wusste, dass sie recht hat: "Ich liebe dich auch und ich brauche dich auch!", flüsterte er in ihre Tränen hinein. "Dich, dich allein!", würden beide im Chor gesagt haben. Sie haben es wohl nur gedacht. Sie hatten einander, sie liebten einander, sie wollten einander und sie waren miteinander einsam. Noch enger als in den vergangenen Nächten schliefen sie im Himmelbett Beatrices, bis tief in den nächsten Tag hinein. Dann ging der Commissario auf einen kurzen Besuch in sein Amt. Sie gab ihm einen Schlüssel mit. Bald wollte er zurück sein, bald kam er auch zurück, doch für Beatrice war es eine Ewigkeit, in der sie sich nach Celestino, ihrem Geliebten verzehrte und um ihn weinte. Als er nach einer Stunde zurückkam, war sie nicht mehr da. Auf einem Tischchen lag ein Zettel: "Ich kann ohne dich nicht leben. Ich will ohne dich nicht leben!" Celestino hatte es befürchtet. So nahm er den Zettel, ging hinüber zu San Pietro und übergab die Zeilen dem Opferstock der Heiligen. Er hatte solche Sehnsucht. Er war dem Weinen nahe. Er wusste nicht, was er tun sollte. Nicht einmal der riesige Dom mit seinen unzähligen Heiligen konnte sein Leiden lindern.

Vorhin im Amt hatte er dem Questore den Namen berichtet, den ihm Beatrice genannt hatte. Signore Pizzo hatte ein kurzes und feines Blitzen in seinen Augen. Ihm schien der Name etwas zu sagen. Aber der Questore war auch auf allen Hochzeiten zuhause, von Amts wegen und auch seinem Stand nach. So organisierte man jemanden für die Befragung der Donatella Rizzardi und wählte dafür Agostino Pinna, die rechte Hand des Commissario Carabello. Der Questore ließ ihn rufen, erklärte ihm die Aufgabe, sah ihm zum Abschied tief in die Augen, hielt lange seine Hand und gab ihm seinen Rat mit: "Seien sie klug, mein lieber Pinna, seien Sie klug und vorsichtig und seien Sie tapfer!" Celestino stand daneben und schmunzelte. Er kannte die weisen Worte seines Questore. Das alles war vor gut einer Stunde. Nun, da Beatrice nicht zu finden und Celestino allein war, ganz allein, zog tiefe Trauer in sein Herz ein, tiefe Trauer und Leere. So tief und so leer, wie er es noch niemals erfahren hatte in seinem jungen Leben. Die Strafen der Hölle musste nichts sein, gegen die Leere dieser Einsamkeit. So wagte er sich nicht in sein Büro, wagte sich nicht zu seiner Familie, wagte sich nicht allein in den Palazzo. Wenn sie doch nur wiederkäme, Beatrice, wenn sie denn nur wiederkäme. Mit diesen Gedanken ging er zu später Nacht auf die Fußgängerbrücke Sant´ Angelo und sah hinab in den Tiber. Er stand genau zwischen der Engelsburg und dem Piccolo Palazzo seiner Geliebten. Er sah von der Brücke aus hinauf, ob irgendwann das Licht anginge.

Immer wieder sah er hinauf, doch das Licht ging nicht an. Celestino war elend. Wo war Beatrice? Er hatte versprochen, sie zu beschützen, er hatte versagt.

Und während Commissario Carabello die Einsamkeit der Nacht allein am Wasser des Tiber durchleiden musste, war seine rechte Hand, der Agostino Pinna, auf dem Weg zu Donatella. Er war versehen mit den Segnungen des Questore, was denen des Papstes in etwa gleichkam. Pinna war ja wieder einmal in anderen Umständen - seine fünfte Frau erwartete ihr erstes Kind - und so dachte sich der Questore, dass dies wohl der beste Schutz gegen Donatella sei, andernfalls hätte er Pinna nicht entsandt und andere schon gar nicht, denn die hätte die Diva in fünf Minuten verspeist. Eine Frau wollte man nicht zu ihr lassen, dann wären die beiden Frauen, die Beamtin und die Zeugin, in Hass übereinander hergefallen und hätten sich zerfleischt. Commissario Carabello wollte er ebenfalls nicht entsenden, der Questore, denn er sah die Trauer in seinen Augen und selber wollte er schon gar nicht hingehen, denn er fühlte sich befangen. Aus welchem Grund immer!

So war also Pinna auf dem Weg zu Donatella und dachte an die Worte seines Questore, an das Lächeln von Celestino. Irgendwie war ihm nicht wohl an diesem Tag. Seine fünfte Frau war schwanger. Ihr hatte er vor seinem Aufbruch zur Zeugenbefragung erzählt, wohin er nun zu gehen habe und sie war sogleich in Tränen ausgebrochen, was bei Schwangeren leicht passieren kann, wenn sie etwas Bedrückendes erfahren. Frau Pinna, die frisch Angetraute und in freudiger Erwartung Befindliche, war in großer Sorge, hatte sie den Namen Donatella doch schon einmal gehört, in irgendeinem Zusammenhang und es war kein guter Zusammenhang, dessen war sie sich sicher. So warnte sie ihren Mann Agostino noch eindringlicher und noch schärfer vor dieser Zeugin, als der Questore und vor allem weinte sie dabei in einem fort, was den Agostino Pinna so sehr verstörte, dass er am liebsten gar nicht hingegangen wäre, denn er liebte seine Frau. Er liebte eigentlich alle Frauen. Am liebsten hätte er sie auch alle geheiratet. Fünf waren es bisher, die er sosehr liebte, dass sie alle gleich schwanger geworden sind, wenn er nur mit ihnen gesprochen hatte, denn er war sehr charmant, der Agostino Pinna, genannt Tino. Nun aber lag seine schwangere Frau schluchzend in seinen Armen und flehte ihn an, nicht zu dieser Donatella zu gehen, von der sie nichts Gutes gehört hatte: "Geh nicht, geh nicht!", schluchzte sie.

"Es ist ein Auftrag vom Questore, Liebes. Ich muss hingehen."

"Dann bleib nur ganz kurz, höchstens eine halbe Stunde. Wenn du in einer halben Stunde nicht zurück bist, rufe ich die Polizei!", so flehte sie ihn an, die frisch verheiratete neue Signora Pinna und klammerte sich an ihren Mann. Er küsste sie, ging und blieb eine halbe Stunde oder auch zwei.

Als er am Haus der Via Nicola Salvi 15 ankam, blickte er zunächst hinab auf das Kolosseum und die Weite des Ausblicks. Wer hier wohnt, dachte er sich, muss etwas sein oder etwas können oder etwas wissen. So läutete er an der Pforte und musste lange auf eine Antwort warten - und schöpfte seinen ersten Verdacht. Endlich kam aus dem Lautsprecher ein fragendes "Pronto?" und er antwortete schroff: "Polizei!". Wieder rührte sich lange nichts, dann summte der Türöffner. Pinna ging langsam das Stiegenhaus hinauf. Er vermied den Lift, er wollte sich alles genau ansehen. Oben, in der letzten Etage, gab es nur eine einzige Wohnung. Die Eingangstür stand einen winzigen Spalt offen, Pinna öffnete sie ganz vorsichtig Drinnen stand Mamma Rizzardi und zog ihn ganz rasch hinein. "Kommen sie, kommen Sie!", flüsterte sie ganz leise, als müsse sie ein großes Geheimnis verbergen. "Ich komme zu Donatella Rizzardi!", sagte Pinna in ebenso leisem Ton. "Da drinnen, da drinnen schläft sie!", zog ihn La Mamma zur Tür des Schlafzimmers ihrer Tochter und öffnete sie einen kleinen Spalt. "Da, sehen Sie! Ist sie nicht schön?!", flüsterte sie stolz und ganz leise. "Ich lasse sie jetzt allein. Ich muss zur Kirche!" So ging sie leise aus der Wohnung. Pinna stand vor der Schlafzimmertür der Donatella und betrachtete die Schlafende. Sie war wirklich schön, wie sie auf dem Bauch in ihrem großen Bett

70

lag, halb zugedeckt, halb offen, den einen Arm aus dem Bett hängend, den Daumen der anderen im Mund, den Rücken bedeckt von ihren langen schwarzen Haaren, die eine Brust halb sichtbar auf der Seide ruhend. Unabsichtlich und wirklich nur für einen ganz kleinen Augenblick formte Pinna seine Hand, als wollte er die eine Brust greifen. Er konnte nicht anders. Er bliebe ja auch nur eine halbe Stunde, dachte er sofort an seine schwangere Frau zuhause. Aber seine Augen waren bereits voll von Lust im Betrachten der schönen Donatella. "Kommen Sie. Kommen Sie her.", flüsterte die Schlafende, ohne sich zu bewegen, ohne die Augen zu öffnen. "Sie sind Polizist. Meine Mutter hat es mir gesagt!" Und Pinna kam näher und setzte sich auf einen Stuhl neben das Bett der halb Schlafenden. Sie duftete ungemein wohlriechend, wie es Pinna nicht kannte. "Sind sie ein schöner Polizist?", fragte sie schlafend, ohne die Augen zu öffnen, "Sagen Sie mir, ob Sie ein schöner Polizist sind." Pinna antwortete nicht. Er betrachtete Donatella. "Kommen Sie zu mir, kommen Sie näher zu mir!", schlief sie weiter und Pinna kam ihr näher. "Noch näher, damit ich sie fühlen kann. Näher an mein Gesicht - ganz nahe!" Dann war Pinna mit seinem Gesicht ganz nahe an ihrem und sie bewegte sich keinen Millimeter. "Ich fühle Sie, jetzt fühle ich Sie! Sie sind männlich!" sagte sie weiterschlafend mit geschlossenen Augen. Dann war es still. Pinna sah auf seine Uhr, die Hälfte der Zeit, die ihm seine Frau gestattet hatte, war bereits verstrichen. Er neigte sich vor, kam mit seinen Lippen an ihr Ohr und berührte sie damit: "Ich möchte Sie etwas fragen", hauchte er ihr zu. Dann folgte eine Pause, bis Donatella ohne irgendeine Bewegung sagte: "Fragen Sie. Decken Sie mich ein wenig ab und fragen Sie!" Pinna zögerte. Er dachte an seine schwangere Frau, er dachte an die halbe Stunde, er dachte an den Questore. So fuhr er vorsichtig unter die seidene Decke der Donatella und schob sie ein wenig mehr zur Seite. Er sah und spürte ihren warmen, samtenen Rücken. Die schwarzen Haare bedeckten ihn. >Soviel Samt, soviel Samt< dachte er noch und hielt seine Hand ruhig ein paar Zentimeter über diesem wunderbaren, feinen Samt und fragte: "Kennen Sie einen Bruno Tedesci?" Dann wartete er eine lange Pause auf eine Antwort. Der Rücken mit der Hand des Tino Pinna hob und senkte sich ganz langsam und wenig vom Atmen der Donatella. „Mag sein.", hauchte sie im Schlaf und atmete ruhig weiter. "Er ist tot!", flüsterte er an ihrem Ohr. Und wieder musste er lange auf Donatella warten. "Ich habs gelesen!" Tino blieb mit der Hand über ihr und seinem Gesicht dicht an ihr. Er wollte ebenso langsam atmen, wie sie, doch er liebte die Frauen! Er schloss die Augen: "Waren Sie seine Geliebte?", flüsterte er und zügelte seinen Atem, so gut er konnte. "Er war ein alter Mann!", kam es endlich von Donatella. "Zu alt?" Wieder war es still, wieder hob und senkte sich ihr Rücken, wieder fühlte sich der Rücken nach feinem Samt an. "Gehen, Sie, gehen Sie, schöner, starker Mann!" Wieder blickte Pinna auf seine Uhr.

Er hatte noch fünf Minuten. "Ich habe noch viele Fragen", lehnte er seine Wange an ihre Wange. "Es ist so heiß hier. Decken Sie mich weiter ab, es ist so heiß. - Und gehen Sie!" Pinna sah die Zeit abgelaufen, Pinna sah die abgedeckte Schöne, Pinna dachte an seine schwangere Gattin, Pinna liebte die Frauen! Mit letzter Kraft zog er seine Hand über ihrem Rücken weg, dass Donatella schnurrte, als wäre es der Beginn von etwas Schönem. Tino bedeckte sie mit ihren eigenen schwarzen Haaren und erhob sich. Es war ihm, als liebte er seine fünfte Frau nun etwas weniger, als noch vor einer Stunde. "Auf Wiedersehen", flüstere er bereits in der Tür und machte sie endlich bis auf einen kleinen Spalt zu. Die Frage, wann sie den Bruno Tedesci zuletzt gesehen hatte, war ihm entfallen. Vielleicht auch mit Absicht. So ging er zur Eingangstür hinaus, zog sie sachte ins Schloss und ging das Treppenhaus ebenso leise hinunter, wie er vor knapp einer Stunde gekommen war. Ja, es war bereits eine knappe Stunde vergangen. Seine Gedanken kreisten um die halbe Welt, nur nicht um seine schwangere Frau. Er atmete schwer. Er ging sofort nachhause. Er hatte Angst vor seinem Weibe, er fürchtete sich nicht vor einer Schelte des Questore Pizzo, er fürchtete sich nur vor seiner Frau. So rannte er in seine Wohnung und beruhigte sie sogleich. "Du kommst so spät, mein Liebster. Hat sie dir etwas angetan? Hat dieses Weib dir was angetan?" Tino schüttelte verlegen den Kopf, hob die Schultern und sagte leise: "Sie hat geschlafen!" und sogleich fiel ihm die Rettung ein, das

Erlebte abzuschütteln, "Jetzt, am hellen Vormittag hat sie noch geschlafen!", sagte er laut und entrüstete sich selber mehr, als es seine Gattin entrüstete. Die hob nur resigniert die Schulter und weinte leise: "So ist eben diese Art von Frauen! Sie schlafen, das Volk arbeitet. Hauptsache, sie hat dir nichts angetan, mein geliebter Tino!"

"Ich bin stark, ich bin klug, ich habe dich!" triumphierte er und ging ins Büro, dem Questore und seinem Commissario zu berichten. Doch der war nicht da. So schmückte er dem Questore das eben Erlebte blumig aus und tat, als hätte er ein hartes, aber kluges Verhör über viele Stunden mit der Donatella geführt. Es hätte deshalb so lange gedauert, weil die feine Signora elendslange gegähnt und fast geschlafen hätte, aber er würde dranbleiben und sie weiter ausquetschen, wie eine reife Zitrone! Das illustrierte er sogar mit seinen Fingern, die er fest zusammendrückte, auch noch den letzten Tropfen aus der Zitrone herauszupressen. "Aber klug, klug, mein lieber Pinna!", bremste der Questore den Eifer seines Beamten ein. "Wissen Sie, wo Commissario Carabello ist? Ich kann ihn nicht erreichen!" Auch Pinna hatte es schon per Handy versucht aber keinen Kontakt gefunden. So schüttelte er nur den Kopf und versprach, die Donatella an den Galgen zu liefern - wenn sie denn überhaupt mit der Sache etwas zu tun hätte, ergänzte er. Commissario Carabello aber war deshalb nicht aufzufinden, weil ihn die Sehnsucht verbrannte.

7

Die ganze Nacht war der Commissario auf der Ponte Sant´Angelo gestanden und hatte auf den erlösenden Lichtschein im Palazzo gehofft. Doch er kam nicht. Und auch nicht in der nächsten Nacht und auch nicht in der dritten. Mitten auf der Brücke musste er stehen, zwischen der Engelsburg und dem Palazzo seiner Geliebten und in den Tiber unter ihm blicken. Stundenlang, leer und tot. Auf dem Geländer sah er Schmutz, Taubenkot und etwas Verkrustetes, das aussah, wie eingetrocknetes Blut. Er kannte das von der Spurensicherung. Doch er machte sich die drei Nächte nichts aus Blut. Sein eigenes war ihm abhandengekommen. Er war ohne Blut, ohne Leben. Unter Tag ging er öfter am Palazzo vorbei und läutete mehr zaghaft als hoffnungsvoll. Niemand öffnete, niemand rührte sich, niemand gab ihm Hoffnung. Als letzten Ausweg bestellte er das Hausmädchen der Tedesci ein. Es war die einzige Verbindung zur Signora und der einzige Weg, aus seinen trüben Gedanken herauszufinden.

Er traf den Questore, er grüßte, er erklärte leise, er würde noch suchen, gab er zur Antwort - und er führe jetzt anschließend eine Einvernahme mit dem Hausmädchen Melania. Der Questore nickte, sein Assistent Pinna nickte, seine Leute nickten. Sie wollten den Commissario nicht bei seiner Arbeit stören, denn er hatte hohes Ansehen in seinem Amt, schon seit Generationen, schon seit seinem Vater und seinem Großvater. Im Abgehen sagte er dem Questore noch, was er auf dem Brückengeländer gesehen hatte und brachte so die Kollegen der Spurensicherung ins Spiel. Da erschien nun auch Melania, die Schüchterne, die Zarte, im Amt des Commissario Carabello und er nahm sich viel Zeit und fragte nur ganz behutsam und leise. Hin und wieder lächelte er sogar, dass es ihn selbst verwunderte, wie er dazu überhaupt noch in der Lage war. Sachte und langsam fragte Celestino das verzagte Mädchen, sachte und leise und mit gesenktem Kopf antwortete sie. Mehr als drei Stunden fragte sie der Commissario bedächtig über den ganz gewöhnlichen Alltag bei den Tedesci. Hin und wieder steckte der Questore den Kopf zur Tür herein und sah, dass es gut war, was sein Commissario hier machte. So nickte er nur, schloss die Tür wieder und bedeutete seinen Beamten, den Commissario nicht zu stören und keinesfalls die Tür zu öffnen oder auch nur anzuklopfen. Auch der Telefonzentrale gab er Anweisung, keine Gespräche durchzustellen aber auch schon gar keine, außer einem einzigen, nämlich dann, wenn Signora Tedesci sich meldete. Denn der Questore war ein weiser Mann und er sah die Bedrückung an seinem besten Beamten.

So fragte sich der Commissario in kleinen Schritten durch und ließ sich auch die wenigsten Belanglosigkeiten erzählen. Was es zu essen gab, wer gekocht habe, wer den Einkauf bestellt, die Handwerker beaufsichtigt und vor allem, wer zu Besuch kam über alle die Jahre. Wer regelmäßig kam, wer selten, wer erwünscht war, wer geduldet, wer eingeladen, wer spontan - aber es ließ sich aus den Antworten des Dienstmädchens kein Hinweis auf einen Tatzusammenhang finden. Dann ging man noch einmal den emotionalen Ausbruch der Signora vor drei Jahren durch, wo sie Teller und Vasen zerschmettert hatte.

"Jede andere hätte ich dir verziehen, nur nicht diese Schlampe!", zitierte der Commissario aus dem Protokoll über die letzte Aussage des Mädchens. Sie nickte: "Ja, genauso hat sie es gesagt, die Signora."

"Und dann hat sie die Teller und Vasen zerschmettert?"

"Ja." wiederholte das Mädchen ihre Aussage vom letzten Mal.

"Und es war das einzige und allererste Mal, dass Signora Tedesci so ausgerastet ist?"

"Ja, sie war immer so ruhig und gefasst. Nie gab es ein lautes Wort, nie einen Streit."

"Auch nicht vonseiten des Dottore?", wollte der Commissario wissen.

"Nein, niemals", antwortete sie schüchtern, denn der Dottore sei ja auch überhaupt ganz selten zuhause gewesen.

"Sie haben Geld bei ihm gefunden?"

"Ja", begann das Mädchen still zu weinen.

"Und haben es an sich genommen?!" Carabello beobachtete sie dabei ganz genau.

"Ja", war ihre Antwort kaum noch hörbar. Dann fragte der Commissario, warum sie denn auch andere Dinge gestohlen hätte und ließ sich bestätigen, dass sie deshalb von der Signora gekündigt worden war.

"Was haben sie seither gemacht?", wollte Celestino wissen und sie antwortete, dass sie sich eine neue Stelle suche und dass sie öfter am Haus der Signora vorbeigegangen ist, besonders in der Nacht, wenn sie einsam war und dass sie merkte, dass seit einiger Zeit ein Mann bei der Signora sein müsse, besonders am Nachmittag und sicher auch in der Nacht. Celestino erschrak: "Haben Sie den Mann gesehen?"

"Nein, nie!"

"Haben sie einen Verdacht, wer es sein könnte?"

"Auch nicht. Die Signora hatte ja nie Herrenbesuche."

"Gar nie? Überhaupt nie?", fragte der Commissario und achtete dabei genau auf die Körpersignale des Mädchens, wie er es in seinen Seminaren gelernt hatte.

"Nein, nie! – Außer -"

"Außer?", erschrak Celestino.

"Außer einmal, vor ein paar Wochen!", da sei jemand bei ihr gewesen, ein Mann, erzählte das Hausmädchen Melania und er sei bestimmt die ganze Nacht geblieben. Sie kenne ihn aber nicht, habe auch nichts gesehen, nur Stimmen gehört, denn sie habe ja ihr Zimmer in der unteren Etage und außerdem hatte ihr die Signora für diesen einen Tag überraschend freigegeben. Da brannten Sehnsucht und Trauer in Celestino lichterloh auf, dass er hätte auf der Stelle zu weinen und vor Schmerz aufschreien wollen. Er entließ das Mädchen, vertröstete den Questore auf morgen, ging aus dem Amt kam erst in der Dunkelheit wieder zurück, um sich auf seinem Schreibtisch schlafen zu legen. Er war todmüde vom Wachen der letzten Nächte und konnte doch keinen Schlaf finden, meinte er. Dennoch hat er geschlafen, er wusste es nur nicht. Er träumte offenbar sogar. Von seiner Mutter, die ihm seinen Schmerz ansah und ihn trösten wollte. Von Beatrice träumte er nicht. So war er von elendem Schmerz bedrückt und schleppte sich am nächsten Morgen nachhause zu seiner Familie. Dort wohnte er in einem kleinen Zimmer, seit er sich vor drei Jahren von seiner damaligen Geliebten getrennt hatte - oder sie sich von ihm, das blieb ein Geheimnis. Er duschte, nahm ein kleines Frühstück, tat nachdenklich - aber seine Mutter sah, dass er verzweifelt und voll elendem Kummer war. Als sie auch noch dummerweise fragte, ob er was von der Signora wisse, zuckte Celestino nur kurz die Schultern und ging so schnell er konnte aus dem Haus. Er ging, so langsam er konnte, die lange Strecke von Trastevere zum Palazzo zu Fuß. Gegen Mittag kam er dort an. Er hatte einen Schlüssel aber er läutete. Drei Tage lang hatte er gesucht, geläutet, gelitten, drei Nächte lang hatte er auf Licht in den Fenstern gehofft, wie er auf der Ponte Sant´Angelo gestanden ist und tausend

Mal in den Tiber aber zweitausend Mal zu ihrem Fenster geblickt hatte. Jetzt läutete Celestino wieder und sein Herz wollte ihm zerspringen vor Wehmut. Da öffnete sich die Tür, wie er es von den letzten Wochen her kannte, und er trat vorsichtig und unsicher ein. Er konnte nicht glauben, dass sich diese Tür vorhin geöffnet hat und er nun im vertrauten Eingang des Palazzo stand und begann, die Stiegen zur Belle Etage hinaufzusteigen. Die Tür zum Eingang vor dem Salon stand weit offen. Von drinnen hörte er eine leise Stimme: "Ich kann es nicht!" Es war die Stimme der Signora Beatrice, seiner Geliebten, die im weißen Sofa saß, den Rücken zu ihm: "Ich kann es nicht. Ich kann ohne dich nicht leben! Und ich verstehe dich!" Celestino beugte sich hinunter zu ihr und umarmte sie mit festen, aber zaghaften Armen. So blieben sie lange fest umarmt sitzen und sagten kein Wort. Ihr Atem ging, als wäre er verloren gewesen und würde erst jetzt wieder langsam beginnen, das Heben und Senken des Brustkorbs wieder zu lernen. "Ich verstehe dich ja, mein geliebter Celestino. Ich verstehe dich! Warum solltest du dir eine alte Frau nehmen? Jung an Geist, an Freude, an Aussehen aber alt an Jahren. Älter als deine Mutter!" Und Celestino hörte nicht auf sie zu umarmen und ein Meer an Liebe strömte von ihm zu ihr und von ihr zu ihm. "Ich weiß, dass du nicht bei mir bleiben kannst, ich weiß es, mein Geliebter!"

Dann erzählte und erklärte sie ihm sanft und mit der Liebe einer Suchenden, dass sie drei Tage lang in

Santa Maria delle Grazie gewesen sei und mit Gott gesprochen habe. Sie bat um Verzeihung, dass sie ohne Wort und Kuss das Haus verlassen und nur einen Zettel zurückgelassen habe. "Ich habe ihn bei den Heiligen von San Pietro versteckt." flüsterte Celestino und küsste sie auf Mund und Stirn und Wangen und Hände. Und sie küsste ihn zurück.

"Ich brauche einen Mörder!", fand Celestino langsam wieder zurück ins Leben. "Nimm mich!", küsste ihn Beatrice übermüdet und sah in sein junges aber trübes Gesicht, "Ich war es nicht, aber nimm mich!"

"Man würde sehr rasch herausfinden, dass du es nicht warst. Meine Leute sind gut im Enttarnen - und wir haben Blut gefunden. Dort drüben auf der Fußgängerbrücke!" und zeigte dabei in Richtung der Ponte Sant´ Angelo. „Vielleicht ist der Pfeil von der Engelsburg auf ihn geschossen worden, oder von hier?"

"Finde es heraus. Finde es heraus, mein Geliebter, aber bleib bei mir. Bleib bei mir solange du kannst. Es wird nicht ewig sein, ich weiß es, aber bleib bei mir!" Und Celestino wollte nichts Eiligeres, als ihr Ja zu sagen und er tat es. Nach langem Zögern sagte er seiner geliebten Beatrice das Ja-Wort und er meinte es aus tiefstem Herzen. Drei Tage lang hatte er die Leere der Einsamkeit gefühlt, er aber wollte leben, das wusste er jetzt - und er wollte mit Beatrice leben und bei ihr. Hier im Palazzo, der ihre Heimat war. Und er sagte es ihr zu, und er war sich sicher, so sicher, wie nie zuvor in seinem Leben. Dann legten sie sich schlafen und sie sanken hinab in die Tiefe der Nacht, als wollten sie nie wieder erwachen. Sie waren todmüde, beide. Sie waren beisammen. Sie wussten, dass sie einander liebten. So fragte Celestino auch nicht weiter, wer denn der Mann vor ein paar Wochen gewesen war, der hier in diesem Haus bei ihr übernachtet hatte. Es kümmerte ihn nicht mehr, es bekümmerte ihn auch sonst nichts mehr. Und er war froh, dass der Dottore tot war.

Früh entschlummert ohne Scherzen, spät erwacht nach langer Rast, prüften beide ihre Herzen, ob sie wieder unter den Lebenden und zur Liebe fähig wären. Noch bis in die Mittagszeit hinein nahmen sie sich dafür Zeit. Frühstückten zwischendurch im Bett, kümmerten sich nicht ums Läuten an der Tür, nahmen das Telefon nicht ab und isolierten sich von der Welt da draußen in Rom.

"Versprichst du mir, dass du bei mir bleiben willst, mein geliebter Celestino?", und er versprach es.

"Versprichst du mir, dass du mich nie wieder in Todesangst versetzen wirst?" und Beatrice versprach es und war ebenfalls froh, dass der Dottore tot war. Sie machten sich keinerlei Gedanken, wie denn der Alltag einer solchen Liebe zwischen ihr und dem jungen Celestino zu gestalten wäre, wie die Einladungen zu den Gesellschaften, wie das Zusammenwirken der beiden Familien, auch nicht, wie denn der Commissario mit seinem Beruf als Aufdecker und mit seiner

Liebe zur Befragten zurechtkommen wollte. Über all diese Dinge wurde nicht nachgedacht und auch nicht gesprochen. Der Commissario wusste nur eines: dass er den Mörder des Dottore Tedesco finden musste, und zwar so rasch als möglich. Und wenn am Ende die Signora doch involviert oder gar am Mord selbst beteiligt sein sollte und vielleicht sogar verurteilt würde, dann wäre wohl auch er, der Commissario dem Tod geweiht. Er aber wollte nichts vertuschen, er wollte nichts unterdrücken, er wollte die Aufklärung nicht behindern, im Gegenteil: er wollte die Wahrheit und er wollte Beatrice lieben.

8

Anschließend ging, ja eilte, der Commissario in sein Amt und versammelte seine Leute um sich. Er war wie ausgewechselt und Questore Pizzo schmunzelte weise. Mit enormem Elan und Tempo wurde alles besprochen, ausgewertet, verglichen. Die Spurensicherung hatte das Blut vom Geländer der Brücke genommen und es war tatsächlich das Blut des Dottore. Mit großer Wahrscheinlichkeit also war hier der tödliche Pfeil in seinen Rücken gestoßen. Von wem und wie war der Polizei noch immer unbekannt. Um rascher voran zu kommen, ordnete der nunmehr energische Celestino Carabello auch an, dass die Pferde gewechselt und sein Assistent, der Tino Pinna, ab sofort die zarte Haushälterin und die Signora Tedesci zu befragen hätten und er, der Commissario selbst, sich der zwielichtigen Donatella Rizzardi und ihrem Clan annehmen werde.

Die beiden Frauen aber im Team des Commissario Carabello sollten in den Häusern diesseits und jenseits des Tiber, im Bereich der Ponte Sant´Angelo eben, ermitteln, und alle Bewohner befragen, ob ihnen damals etwas aufgefallen war. Dem Questore war es recht, dennoch erinnerte er seine Beamten an die Vorsicht und Umsicht, die in einem so glamourösen Fall angebracht war. Ansonsten aber sei es ihm recht, dass man schon morgen mit dem Vorgehen starte. So nahm sich Celestino den restlichen Nachmittag frei und eilte zurück zu Beatrice.

Ein wenig zögerte er noch, den Schlüssel zu benutzen - er hatte ihn ja noch - oder zu läuten und es erforderte doch eine erhebliche Überwindung den Klingelknopf zu drücken. Da öffnete sich das Tor wie von selbst und Celestino eilte die Stiegen hinauf, so wie Beatrice von oben herunter ihm in die Arme eilte. Noch konnten sie ihre Liebe nicht öffentlich machen, noch konnten sie nicht ausgehen, noch mussten sie sich hier verbergen. Den Champagner aber, den wollten sie sogleich öffnen und ihre Versprechen begießen und schenkten zwei Gläser ein, als es unten an der Pforte läutete und die Signora über die Sprechanlage nachfragte: "Polizei!", hörte sie unten und sah Celestino ratlos an. "Dann musst du öffnen!", sagte

Celestino und sie öffnete. Die Stiegen herauf, in langsamem Tempo und alles genau betrachtend, kam Pinna, sein Assistent.

"Pinna?", fragte der Commissario erstaunt.

"Commissario?" antwortete dieser nicht minder überrascht. "Ich war grad in der Nähe, da dachte ich….!"

"Ist schon gut. Aber kommen Sie morgen wieder. Heute bin ja ich schon hier!" So ging Pinna wieder ganz langsam und hatte im Umdrehen mit einem Rundblick alles gesehen, was es zu sehen gab: das Kleid der Signora, die Einrichtung, die weiße Couch, die Schuhe des Commissario darunter, den Champagner und die zwei gefüllten Gläser. Zuvor hatte er noch einen flüchtigen Blick aus dem Fenster auf die Ponte Sant´ Angelo und auf die Engelsburg gemacht. Zufrieden ging auch er nachhause, heiter begrüßte er seine schwangere Frau.

Celestino aber erklärte Beatrice, wieso denn ab morgen der Tino Pinna sie weiter befragen werde und nicht er selbst, wie bisher, und dass er sich einer wichtigeren Einvernahme annehmen müsse, bei einer sehr delikaten Person. Mehr dürfe er aber nicht verraten. Außerdem wolle er ab nun seinen Beruf und seine Liebe zu ihr strikt trennen, um nicht in irgendeinen Konflikt zu geraten. Beatrice war ein weniges beunruhigt, ob des neuen Beamten vor allem, wusste aber, dass es sich schließlich um Mord handelt und ihr Geliebter eben Beamter bei der Polizei war und es da die Vorschriften gäbe. Außerdem wäre ihr alles recht, was die Sache so schnell als möglich zum Abschluss brächte. Vielleicht würde ja Celestino doch noch seinen Dienst quittieren und ganz an ihrer Seite bleiben wollen - für immer! "Ich hoffe es so, ich wünsche es mir so!", sagte sie zu Celestino deshalb. Noch aber würde es nicht gehen und ein verdammt schlechtes Licht auf sie und ihn und auf die Sache überhaupt werfen. Beatrice verstand. "Ich hoffe, dass es bald vorüber ist!" Und wieder wollte sie wissen, ob er dann die Polizei verlassen und ganz bei ihr bleiben wollte, von ihrem Geld leben, für sie Zeit haben werde? Und langsam, ganz langsam begann sich Celestino diesem Gedanken zu nähern, ohne genau zu wissen, was das bedeuten würde. Die Liebe allerdings, die Liebe zur Signora Tedesci war riesig, das wusste er nach diesen quälenden Nächten der Einsamkeit ganz genau und ihre müsste ebenso groß sein, wie sie ihn gestern Abend empfangen und erwartet hatte. Für heute ließ man alles Fremde beiseite und gab sich nur noch der Liebe hin. Man war Mann und Frau und niemand störte. Erst spät nachts, als Celestino neuen Champagner und Canapés holte und dabei flüchtig aus dem Fenster sah, hatte er das Gefühl, dass dort drüben, auf der Ponte Sant´ Angelo, im Schatten einer Laterne, dort etwa, wo er die letzten Nächte gestanden hatte, sich eine Person zu schaffen machte, unentwegt auf das Fenster zu schauen, welches zum Schlafgemach der Signora Tedesci gehörte. Doch die Distanz war riesig und zu erkennen war nicht wirklich etwas. Dennoch ging er vorsichtig zur Seite ans Fenster und blickte hinaus, als es ihm war, als würde ein winziger Punkt direkt auf ihn zurasen. Und schon im nächsten Augenblick krachte die Fensterscheibe in tausend Splitter und in die Wandvertäfelung gegenüber bohrte sich ein Pfeil tief hinein. Im Holzschaft waren die Worte eingebrannt: "per il prossimo - für den nächsten." Als er den Schaft weiterdrehte stand: "per la prossima - für die nächste." Beatrice war zu Tode erschrocken und der Commissario tat seine Arbeit, sicherte die Gegenstände, hieß Beatrice aufstehen, bekleidete sich und rief seine Kollegen von der Polizei.

"Was sollen wir der Polizei sagen? Wieso bist du mitten in der Nacht hier bei mir?" fragte sie rasch den Celestino. "Weil du mich gerufen hast, dich zu beschützen!"

"Wann?" fragte sie weiter, als wisse sie, was die Polizei fragen werde.

"Gestern Abend, gleich nachdem Pinna hier weggegangen ist."

"Wo hast du geschlafen?"

"Draußen auf dem weißen Sofa!"

Im selben Augenblick läutete es und draußen stand die Polizei. Es war fünf Uhr früh. Celestino erklärte die Umstände, begründete seinen Aufenthalt im Hause Tedesci und suchte die Beamten rasch loszuwerden Er ließ sie draußen auf der Brücke nach Spuren suchen. Der Abschusspunkt war anhand des Einschusswinkels diesmal klar auszumachen, es muss in etwa der Punkt gewesen sein, wo das Blut des Dottore an der Steinbrüstung klebte. Nun war aber auch klar, dass der Pfeil nicht nur von unten nach oben geschossen werden konnte, sondern auch von oben nach unten. Und zwar von hier vom Palazzo aus, sowie auch von drüben von der Engelsburg, als auch von der nächsten Brücke flussaufwärts. In drei Richtungen war also nun zu ermitteln. Celestino selbst leitete alles. Die Zeitungen waren wieder voll mit Schlagzeilen: "Bogenschütze schlägt wieder zu." und ähnliches war zu lesen. "Bogenschütze noch immer nicht gefasst!" oder "Wer ist der Nächste?" Questore Pizzo war in großer Sorge: "Wer war das, den das Hausmädchen bei der Einvernahme erwähnt hat? Wer hat bei der Signora übernachtet?", wollte er wissen. Und nun konnte auch Celestino nicht mehr darüber hinwegsehen und musste die Signora dazu befragen - oder befragen lassen. Er überließ es Pinna.

Signora Tedesci aber wollte den Namen ihres Besuchers nicht nennen und so musste es der Agostino Pinna, der Assistent des Commissario, wohl dabei bewenden lassen, denn die Signora versicherte, dass diese Person unter Garantie nichts mit dem Fall zu tun habe und gar nichts damit zu tun haben könne. Alles zusammen aber, die Angst vor dem Mörder, die Anstrengung mit den Einvernahmen, die Unsicherheit ihres Lebens im Allgemeinen veranlassten die Signora direkt den Questore Pizzo aufzusuchen und etwas von ihm zu verlangen.

"Questore, ich ertrage das nicht mehr. Ich lebe in Angst, in ständiger Angst und Unsicherheit. Ich muss weg aus Rom und ich muss beschützt werden. Ich werde zwei Monate auf Erholung fahren, in ein großes Hotel in der Schweiz. Geben Sie mir Commissario Carabello zu meinem Schutz mit. Ich bezahle alles. Er ist der Einzige, dem ich vertraue. Ich bitte Sie darum!" Der Questore stellte noch ein paar Fragen, dann willigte er ein, mit dem Hintergedanken, dass sich im vertraulichen Beisammensein über zwei ganze Monate eine Menge über den Hintergrund des Dottore Avvocato erfahren ließe, was man im Polizeiverhör niemals ans Tageslicht befördern könne. Wie richtig sollte dieser Gedanke das Questore Pizzo sein, der ein kluger Mann war. Signora Tedesci aber hatte, bei all der verständlichen Angst, auch einen Hintergedanken, sie erwähnte ihn aber nicht.

"Ich werde Ihnen den Commissario zu Ihrem Schutz mitgeben und den Fall in der Zwischenzeit jemand anderem übertragen! Gleich ab Mittag. Zuvor muss der Commissario noch eine wichtige Zeugenbefragung vornehmen, ab Mittag gehört er Ihnen!" Die Signora bedankte sich, ließ sich von zwei Beamten nachhause bringen, packte ihre Koffer, bestellte im Schweizer Grand Hotel Bellevue in Bern eine Suite und ein Einzelzimmer daneben und wartete auf Celestino, ihren Beschützer. Der Questore holte seinen Commissario, erteilte ihm den Auftrag, die Signora Tedesci in die Schweiz zu begleiten, zu beschützen und zu bewachen und als weiterer Auftrag, sich unverzüglich zu den Rizzardi zu begeben und die Einvernahme des Pinna zu vervollständigen, denn der

Bruder der Donatella wäre schon einmal mit dem Gesetz in Konflikt geraten und hätte keinen guten Leumund, ebenso wie seine Schwester und die Mutter Rizzardi.

So begab sich der Commissario zu dieser Familie und hoffte, Donatella dort anzutreffen. La Mamma war zuhause, ihr Sohn Roberto auch und der Commissario setzte ihnen ohne Umschweife hart zu. Er drohte ihnen mit Gefängnis, wenn sie nicht auf der Stelle verraten würden, wer die Pfeile abgefeuert hatte. Man gab sich ahnungslos und der Sohn Rizzardi sagte überhaupt kein Wort, fraß nur seine Spaghetti. Nur die Mamma redete sich für ihn und sich selbst und ihre Tochter Donatella um Kopf und Kragen und schwor bei allen Heiligen und der Santa Vergine, dass sie alle wirklich gar keine Ahnung hätten und ganz bestimmt nichts wüssten sonst würden sie es ja sagen. Commissario Carabello aber war vom Gegenteil überzeugt und drohte ihnen mit dem Staatsanwalt. Dann berichtete er dem Questore. Der hatte in der Zwischenzeit aber bereits einen Anruf von höchster Stelle erhalten, die Donatella und ihre Familie nicht mehr zu quälen. Und so dachte der Questore an seine Pension und ließ die Rizzardi in Ruhe. Er wünschte Commissario Carabello alles Gute und er wisse und wäre auch überzeugt, dass er die Signora gut beschützen werde. Dann entließ er ihn und Celestino ging rasch nachhause, packte seine

Koffer, ließ sich mit Eskorte direkt zum Palazzo Tedesci bringen, holte die Signora ab und fuhr mit ihr und sicherem Polizeischutz zum Flughafen. Ein Privatjet brachte sie nach Bern, ein Sicherheitsdienst weiter zum Grand Hotel Bellevue Palace, die Suite mit Blick auf die Aare tief unten und das Einzelzimmer nebenan wurden bezogen, der Flur und das Treppenhaus durch einen weiteren Sicherheitsdienst bewacht, dann war es ruhig in der letzten Etage des noblen Hauses. Signora Tedesci öffnete die Tür zum Einzelzimmer des Celestino, das mit ihrer Suite verbunden war, umarmte ihn, klammerte sich an ihn und brach zusammen. Sie hatte an alles gedacht, alles organisiert, nun war sie mit ihren Kräften am Ende. Celestino trug sie liebevoll zum Bett und legte sich neben sie, bewachte sie. Erst am Morgen des nächsten Tages erwachten beide wieder. "Wie schön, dass du da bist", hauchte Beatrice als sie endlich, endlich wieder erwacht war. Sie hatte keine Angst mehr. Sie war in einer anderen Welt.

9

"Wie schön, dass du da bist", sagte auch Celestino, "und dass du keine Angst mehr hast! Ich fühle es!" Nun waren sie allein und beide wussten, dass sie nun sehr lange ungestört sein konnten, dass niemand sie mehr belästigen würde, dass sie nur noch einander selbst gehörten. Es war die Prüfung ihres Lebens, das wussten beide. Danach wären sie entweder unzertrennlich und Mann und Frau oder die Liebe wäre auf ewig zerbrochen. Sie wäre eine Illusion, wie das bei der frischen Liebe häufig der Fall zu sein pflegt. Noch wollten sie an dieses Zerbrechen nicht denken, noch wollten sie nicht daran glauben, noch waren sie im Frühling ihrer jungen Liebe, doch die Prüfungen des Lebens enden manchmal grausam. Tod und Verderben warten an jeder Ecke.

In den nächsten Tagen taten sie nichts. Kurze Spaziergänge in die Altstadt von Bern, hinunter zur Aare ins Handwerkerviertel, Blicke ins smaragdgrüne Wasser. Sie saßen im Botanischen Garten, aßen da oder dort eine Kleinigkeit, tranken Café und vermissten Italien kaum. Die Sicherheitsleute ließen sie im Hotel zurück, denn sie fühlten sich in Bern gut aufgehoben und wollten sich unbeobachtet an den Händen halten, den ganzen Tag. Auf den Parkbänken, in den Cafés, auf den Steinbrüstungen saßen sie dicht aneinander, niemals sahen sie sich von gegenüber, niemals ließen sie ihre Hände los, als hätten sie Angst, der andere flöge davon. Signora ging mit Celestino in Geschäfte für italienische Herrenmode, kleidete ihn ein, wie er es sich wünschte, denn er hatte einen vorzüglichen Geschmack. Sie war zufrieden, sie bezahlte alles. Nur wenig kaufte sie für sich selbst, aber auch das war von edlem Geschmack. So sah man sie in Bern mit Wohlgefallen als wunderschönes Paar, als Mutter und Sohn. Celestino merkte es nicht, Beatrice wollte es nicht merken, doch sie ahnte es und sie sah es auch. Sie sah es in jedem Spiegel, sie sah es in den Augen der Verkäuferinnen, sie sah es in jeder Fensterscheibe, die ihr Bild reflektierte. Mamma Beatrice und Sohn Celestino, so sahen sie aus, die beiden. Und es bedrückte sie. Weniges nur, und dieser schöne Mann würde ihr wieder abhandenkommen, so dachte sie manchmal und wollte es doch nicht denken. Die Augen und die Gedanken der Beobachter bedrückten sie aber. Beatrice Tedesci sah in Ihnen die Verwunderung über das ungleiche Paar - und die Ablehnung, das Kopfschütteln, das Entsetzen hier in Bern. Wenn es in Italien vielleicht weniger spürbar sein sollte, so war es dennoch vorhanden, denn die Signora war ein Kind ihrer Gesellschaft und die duldet das Außergewöhnliche nicht, höchstens im Film oder in der Oper aber nicht im Leben, nicht nebenan, nicht von oben nach unten, nicht von alt zu jung. Die Gesellschaft braucht Ordnung, so war die Signora überzeugt und sie begann unter ihrer eigenen Unordnung zu leiden. Verweile doch, du bist so schön! Es war ihre Sehnsucht, die sie hoffen ließ, es war ihre Sehnsucht, die sie zweifeln ließ. So liebte sie Celestino unendlich und die Sehnsucht brannte jede Minute in ihr, und so zweifelte sie an sich selbst, dass sie sich noch mehr an Celestino klammerte, er möge ihr doch helfen, er möge sie doch befreien aus ihren Gedanken, er möge sie befreien von ihren Zweifeln. Doch Celestino konnte es nicht. Er gab ihr Liebe, unendliche Liebe mit unendlicher Sehnsucht und er zweifelte selbst. Er zweifelte an der gleichen Sache, nur von der anderen Seite her. Verweile doch, du bist so schön, dachte auch er.

In diesen Tagen sprachen sie wenig. Sie wollten den anderen nicht erschrecken, sie wollten sich selbst nicht erschrecken. Sie wollten diese brennende Liebe, er wollte sie. Es wollte jeder den anderen. Sie waren verzweifelt in ihrer Liebe zueinander. Und ließen ihre Hände niemals los. Nicht unter Tag, nicht am Abend, nicht in der Nacht. Sie waren verzweifelt aneinander geklammert, dass keiner sie trennen könnte und sie gestanden einander ihre Liebe in jedem Wort, in jedem Blick, in jeder Berührung, in jedem Gedanken, tausendmal am Tag, zweitausendmal in der Nacht. Nach einer Woche des Aufatmens nach den Schlägen und Wirrungen in Rom, machten sie kleine Ausflüge. Sie mieteten einen Wagen und fuhren an den Thunersee. Celestino chauffierte, Beatrice saß neben ihm, sie hielten sich die Hand, wann immer sie konnten. Als sie die Straße von Bern hinunter zum See fuhren, weinte Beatrice vor Glück über so viel Schönheit. Beide waren noch nie dort gewesen, beide wollte nicht mehr weg. Sie parkten den Wagen, gingen durch das Städtchen, über die hölzerne Wehrbrücke der Scherzligschleuse, weiter neben den schönen Villen an der Aare über den Göttibachsteg ins Restaurant Beau Rivage. >Gott, wie schön!<, dachte Beatrice und war so glücklich, dass sie nicht auf die Augen des Bedienungspersonals schaute. "Sieh nur, sieh, Celestino, wie göttlich schön es hier ist. Sieh, diese Villen dort drüben am Ufer der Aare. Hier sollten wir leben, hier!" Und auch Celestino war glücklich und küsste ihre Hand, die er schon die ganze Zeit festhielt, seit sie das Auto verlassen hatten. "Soll ich eine dieser Villen kaufen? Wollen wir hier leben?", fragte Beatrice überglücklich und sah ihn an, wie ein junges Mädchen, das sich einen Hund wünscht. Ein neues Leben, dachte auch Celestino, ein ganz neues Leben an ganz anderem Ort. Alles neu beginnen. Wäre es das Ende aller Zweifel? Ohne Mamma, ohne Großvater, ohne Geschwister, ohne Familie? Nur er und Beatrice? Celestino kannte nichts anderes, als seine Familie, er hatte noch nie woanders gelebt, als bei seiner Familie oder wenigstens nahe daran. Er ganz allein, nur mit der Liebe seines Lebens? Er allein verantwortlich für sich und Beatrice. Was würde Mamma sagen? Das alles schoss ihm in einer Sekunde durch den Kopf und auch ihr, der Signora Tedesci schoss es durch den Kopf. Sollten sie fliehen? Fliehen vor den anderen, fliehen aus Italien, fliehen vor den Familien, fliehen vor den Blicken, dem Gerede, von der Ordnung in Sehnsucht in die Unordnung der Liebe? Hierher ins Paradies, kein Wort verstehen, nichts mit den Menschen hier in der Schweiz zu tun haben, nur Freunde auswählen, die einem die Treue halten, in guten, wie in schlechten Tagen. Freunde aus aller Herren Länder vielleicht. Italiener, die hierher einzuladen wären? Auch Schweizer? Keine Ahnung, die Schweizer schauen genau, sie schauen nach Ordnung, sie schauen hinterher, sie schauen weg und sie schauen verschlagen.

Beatrice hatte Sehnsucht. Sehnsucht nach der Liebe, Sehnsucht nach Celestino, Sehnsucht nach der Villa gegenüber, Sehnsucht nach dem Paradies. Seit dem Tod ihres Mannes, des Dottore Tedesci, hatte sie nicht mehr an ihn gedacht. Hier am Thunersee war es, als wäre er nie in ihrem Leben gewesen. "Ich will deine Liebe", sagte sie dicht an Celestino gelehnt, "Lass uns nachhause fahren!", so brannte die Sehnsucht mit einem Mal in ihr auf, dass sie nicht länger warten wollte, als die zwanzig Minuten von hier, vom Paradies, ins Hotel Bellevue Palace, in die Abgeschiedenheit von der profanen Welt. So machten sie sich auf den Weg, denn auch Celestino wollte ihre Liebe. Auf der Fahrt zurück dachte auch er, der Commissario, kurz an seinen Fall und an den Dottore Avvocato und auch daran, dass Beatrice, die Signora, nicht einen Augenblick mehr an ihren Mann zu denken schien, außer, wenn sie davon sprach, wie sehr ihr die Liebe gefehlt habe und die Zärtlichkeit und ein männlicher Beistand. Sonst aber existierte der Dottore Avvocato bei ihr nicht mehr. War es, weil sie ihn, den Celestino, hatte, war es, weil sie in der Liebe aufging, war es, weil sie nicht mehr an die Zeit ihrer Vernachlässigung denken und also einen Graben hinter ihrem Martyrium ziehen wollte? Denn ein solches war es wohl, das Eheleben mit dem Dottore, der nie zuhause war bei seiner schönen Gattin, sondern bei einer anderen, bei vielen anderen, bei täglich wechselnden anderen vielleicht? Verworren ist der Menschen Weg, dachte der Commissario in Love, der

Celestino Carabello, und sehnte sich nach Beatrice neben ihm auf dem Beifahrersitz, ihre Hand stets suchend und haltend. Er war im Urlaub, er war im Paradies, er war verliebt und er musste die Signora beschützen, das war der Auftrag seines Questore Pizzo.

So kamen sie am Nachmittag im Hotel Bellevue in Bern an, die Signora voran, Celestino als Beschützer hinterher. Der Wachdienst nahm wieder seine Positionen ein, die Signora ging in ihre Suite und der Commissario in sein Einzelzimmer, sie zu bewachen. Die Sicherheitsleute spähten hinterher, sie schauten genau, sie schauten nach Ordnung, sie schauten bedächtig. Es waren Schweizer Wachen! Und sie berichteten dem Questore Pizzo, denn er hatte sie ausgewählt und sie sprachen italienisch. Beatrice Tedesci aber öffnete dem Celestino die Tür in ihre Suite und sank in seine Arme, wie am ersten Tag, nur blieb sie diesmal wach und eilte mit ihrem Geliebten aufs Bett und fiel dort mit ihm hinab in die seidenen Kissen, um sich von Celestino, ihrem geliebten Celestino, sogleich wieder hinauf führen zu lassen durch alle Himmel, vom ersten bis zum siebenten, denn vom siebten Himmel aus kann man Gott schauen, so steht es im Koran. An diesem Tage habe sie Gott geschaut, so dachte sich die Signora Beatrice Tedesci und sah ihrem Celestino glücklich in die Augen. Und wenn sie nur diesen Augenblick, nur diesen kleinen Augenblick mit ihm im siebenten Himmel gewesen war, um Gott zu schauen, wäre sie schon glücklich, so dachte sie an diesem Nachmittag, der der glücklichste ihres ganzen bisherigen Lebens gewesen war. Tempi passati - verweile doch. Alles in einem Atemzug. Es ging, wie es kam, und zurück blieb die Liebe.

Am nächsten Tag begann die Signora zum ersten Mal, zum allerersten Mal, freiwillig und von ganz allein an zu erzählen, ohne dass Celestino sie dazu angeregt oder ermuntert oder gar selbst erzählt hätte. Ein bisschen wenigstens begann sie zu erzählen. Bei den Befragungen durch den Commissario war sie verschlossen, bei Celestino jetzt im Bellevue war sie glücklich. Den ganzen vorigen Tag schon, seit sie das Paradies um die Thuner Villa gesehen hatte und die ganze Nacht danach war sie glücklich. Sie lagen immer noch im Bett, hatten vielleicht geschlafen diese Nacht oder auch nicht, und hatten sich geküsst. Jetzt, in diesem frühen Morgen, als der Tag sich zu lichten begann, war es der Signora, dass sie aus ihrem Leben erzählen musste. Und sie erzählte langsam. Dinge, die sie noch nie jemandem erzählt hatte, Dinge, die sie vor sich selbst geheim gehalten hatte - und Celestino hörte aufmerksam zu. Später erst, viel später, als er jedes Wort von Beatrice aufgesogen hatte, begann er selbst zu erzählen aus seinem Leben voller Glück, wie ihm schien. Jetzt aber begann die Signora Tedesci, in die vergehende Nacht hinein, dem ankommenden Tag voraus, ihrem Geliebten mit glücklichem Herzen zu erzählen: "Ich war ein junges Mädchen, ich bin in einem Kloster zur Schule gegangen, ich habe täglich Gott gesucht. Und eines Tages kam er zur Tür herein. >Sono Bruno<, hatte er zu uns Schülerinnen gesagt und jede genau angeschaut. Er war der Rechtsbeistand der Klosterschule, der Dottore Bruno Tedesci und er war ein eindrucksvoller Mann. Wir Mädchen hatten damals nur Augen für junge Männer, für Popstars, für die Beatles die einen, für die Stones die anderen, für junge Priester, für Seminaristen, für die Sportler draußen am Tennisplatz. Hauptsache jung, Hauptsache männlich. Doch dann kam Bruno. Er war kein Junge, er war göttlich, er war wie mein Vater, den ich nie kennen gelernt habe, den ich nur vom Foto her kannte. Er war wie mein Vater und wie habe ich mich nach meinem Vater gesehnt, als ich ein Kind war und auch später, als ich zur jungen Frau wurde. Auch die Schwestern im Kloster versammelten sich um den Avvocato und jede wollte ihm nützliche Dinge über das Kloster und seine Wirtschaftlichkeit berichten, denn er war auch der Wirtschaftsanwalt der Gemeinschaft. Als ich meinen Vater dort so zwischen den Schwestern gesehen habe, da war ich verängstigt, sah ich ihn doch lächeln und die Schwestern auch. >Das ist der große Dottore Avvocato<, erzählten sie mir ehrfürchtig und ganz leise. >Jeder in Rom kennt ihn, und für uns arbeitet er gratis<, fügten sie noch leiser hinzu und wir Schülerinnen kicherten, wie junge Mädchen das zu tun pflegen, wenn sie verlegen sind - und junge Mädchen sind immer verlegen, glaube mir, mein Geliebter.Merkst du es nicht?", und da küsste sie ihn voll

Fröhlichkeit und erzählte weiter, wie der Dottore sehr freundlich zu den Schwestern und auch zu den Mädchen gewesen wäre und gleich angeboten hatte, dass sie jederzeit bei ihm willkommen wären, beim Rat suchen in juristischen Angelegenheiten oder in Heiratssachen - und da kicherten wieder alle - und dass er dafür, aus Verbundenheit zur Gemeinschaft des Klosters, selbstverständlich niemals etwas verlangen würde. Das schaffte Vertrauen bei den Mädchen, die damals vielleicht fünfzehn waren, der Dottore etwa dreißig.

"Für uns aber ein alter Mann! Wenn auch heiter und sympathisch!" So erzählte Beatrice jetzt und für ihre Begriffe ziemlich ausführlich. Was sie aber nicht wusste und niemals erfahren hatte war, dass Bruno Tedesci sehr raffiniert und gezielt vorgegangen war. Er hatte sich alles sehr genau überlegt und präzise geplant, denn er war pleite, zum Zeitpunkt seines freiwilligen Engagements für diese Klosterschule und auch für andere, wie der Commissario später herausfinden sollte. Er hatte sich nämlich diversen Klosterschulen gratis angeboten, juristische und wirtschaftliche Angelegenheiten gratis zu erledigen und sich dabei das Vertrauen der Schwestern erworben. Er war jung, er war charmant, er war gottgläubig, wie er es deutlich zum Ausdruck brachte, und er war ein sehr raffinierter Jurist. Das konnte er sogleich unter Beweis stellen, indem er behördliche Forderungen gegen die Klöster zurückwies, Außenstände eintrieb,

Verträge neu verfasste, Steuergutschriften einforderte, Steuerschonungen zugesprochen bekam, Schulgelder erhöhte und so weiter. Das sparte den Klöstern viel Geld und so wurden ihm mehr und mehr Aufgaben übertragen und er gewann mehr und mehr Einblick in die Akten der Klöster und der angeschlossen Mädchenschulen. Die Knabenkonvikte interessierten ihn nicht. So las er sich in die Akten der Schülerinnen ein und suchte jene aus, die aus bestem Haus waren, mit entsprechenden Vermögen und Erbschaftsaussichten und jene, die ohne Vater aufgewachsen waren und keine Geschwister hatten. In dieser von ihm anvisierten Gruppe gab es genau drei Mädchen passenden Alters. Die Ella Montgomery aus Frankreich, mit englischem Vater, gefallen im Krieg, die Antonia Braganza aus Portugal und eben die Beatrice Orlando. Allen dreien machte er den Hof, keine kannte den Hintergrund und die wahren Ansichten des Dottore, bis heute nicht, auch Beatrice nicht, die ihrem Celestino nun schon so viel aus ihrem Leben erzählt hatte. Es sollte erst später, und in detektivischer Kleinarbeit, von den Leuten in der Abteilung des Questore Pizzo herausgefunden werden. Alles in Abwesenheit des Gruppenleiters, des Commissario Carabello selbst, der sich jetzt mit Freude und Liebe anhörte, was ihm seine Beatrice da in den Morgen hinein erzählte, mit freudigem Herzen, wie es klar ersichtlich war. Celestino liebte seine Beatrice und er sagte es ihr. Er flüsterte es ihr, er küsste es ihr.

Auf den ganzen Körper küsste er es ihr, von oben nach unten.

Als sie sich gegen zehn Uhr das Frühstück in die Suite bringen ließen - sie frühstückten immer erst am späten Vormittag - klopfte es ganz zart und leise. Ein neues Stubenmädchen, das das Frühstück servieren sollte, trat ein und erschrak wie zu Tode. Commissario Carabello, der die Tür geöffnet hatte, war als erster gefasst, Signora Tedesci bekam nichts von der Szene mit, denn sie saß im angrenzenden Salon der Suite am Tisch, noch dazu mit dem Rücken zu den beiden. "Ist gut", sagte der Commissario zu dem Mädchen und ließ es abtreten. Das Frühstück führte er allein im Wagen herein und servierte. Er war unsicher, ob er Beatrice von dem Vorfall berichten sollte, wollte es für sich behalten, schwankte zwischen vertrauensvoller Offenheit und erschrockener Betretenheit und ließ zunächst das Frühstück einnehmen, um Zeit zu gewinnen und nachzudenken, wofür er sich entscheide. Beide waren noch im Nachtgewand, höchstens mit einem zarten Überwurf eines Mantels bedeckt, sonst aber Mann und Frau als Gäste eines Grandhotels. So aßen die beiden Liebenden das Frühstück und tranken einen kleinen Schluck des morgendlichen Champagners. Beatrice trank mit Lust, Celestino mit Vorsicht. Denn das Mädchen, das vorhin serviert und sich erschreckt hatte, war niemand anderes als Melania, das ehemalige Hausmädchen der Signora Tedesci. Und Celestino war klar, dass nun alle Welt erfahren würde, wie er morgens in der

Suite der Signora halb nackt angetroffen wurde. So erzählte er Beatrice nichts von dem Vorfall, damit sie sich keine Sorgen mache, doch wohl war ihm dabei nicht. Er hätte ihr in seiner Liebe zu ihr gern alles erzählt, ohne irgendetwas zu verbergen, denn er wollte, dass sie ihm vertraute, wie er wusste, dass auch er ihr vertraute und keine Geheimnisse vor ihm hat oder haben muss. Also nahm er sich vor, ihr alles zu erzählen, wenn ihre Verfassung nach all den Anstrengungen der letzten Zeit wieder stabiler wäre. Vom Hoteldirektor aber verlangte er umgehend, dass jedes Personal, das beabsichtige in die Räumlichkeiten der Signora Tedesci einzutreten, oder in sein Zimmer, vorher von ihm, dem Commissario, persönlich zu überprüfen und zu genehmigen sei, und dass jede dieser Personen einen entsprechenden Berechtigungsausweis zu tragen hätte, denn er, der Direktor, wisse wohl gar nicht, welches Personal er hier beschäftige, und dass es unter Umständen schwere Diplomatische Verwicklungen zwischen Italien und der Schweiz und internationales Aufsehen geben könne, wenn das bekannt würde! Der Direktor versprach es, denn er war Italiener und knapp vor der Pensionierung.

Noch am gleichen Tag machten sie einen Abstecher nach Fribourg, in den französischen Teil der Schweiz und weiter nach Murten, dem Weltkulturerbe. Als sie dort durch das Tor in der Stadtmauer traten, waren sie im Mittelalter mit all seiner bunten

Pracht, mit kleinen Fachwerkhäusern, offenem langem Platz, schmalen Gässchen davon abzweigend, und fühlten sich wie hunderte Jahre zurückversetzt. Beide kannten das Mittelalter von der Zentraltoscana her, von San Gimignano und von Siena, doch war es dort ritterlich, wehrhaft, mächtig, dennoch auf verlorenem Posten gegen das feindliche Florenz, von dem sie niedergeschlagen und ausgebeutet wurden und alles an Vermögen dorthin abliefern mussten, weswegen sie kein Geld hatten, die prächtige Renaissance von Florenz bei sich zu errichten. Doch dieses kleine Städtchen Murten, dieses kleinteilige Mittelalter eines wehrhaften Handwerker- und Bauernvolkes war ihnen neu. Es war ihnen unbekannt und fremd - aber sie liebten es sofort. Und blieben lange in Murten, gingen die Hauptgasse auf und ab und wieder zurück und blieben in jedem kleinen Lokal sitzen, hielten sich an der Hand, waren glücklich über diesen Anblick. "Wie schön, dass es das gibt", sagte Beatrice selig vor Freude, "Wie schön, dass es dich gibt, Liebster, Amore!", setzte sie fort. Dann erzählte ihr Celestino rasch von dem Vorfall im Hotel und dass er bereits alles gelöst und geregelt hatte. Beatrice nahm es ohne Regung an: "Schön, dass es dich gibt und dass du alles für mich erledigst", flüsterte sie wieder und ließ sich von ihm die Hand an seine Wange und an seinen Mund führen. Den ganzen Nachmittag bis in den späten Abend blieben sie im Städli von Murten, wie es von den Einheimischen genannt wird. Als sie zuhause im Hotel Bellevue in

Bern ankamen, tauschten Celestino und der Hoteldirektor einen kurzen Blick mit einem ebensolchen Nicken der Augenlider. Die beiden Italiener hatten ein stilles Abkommen geschlossen, Celestino konnte sich auf ihn verlassen. Sie nahmen in der Bar Platz, weit weg vom Klavier, nebeneinander auf dem Sofa, damit nicht zu viel Abstand zwischen ihnen wäre und wollten nichts lieber, als sich küssen, doch sie sparten es sich auf, ohne darüber zu sprechen. Die Sommelière empfahl einen Schweizer Wein und setzte die beiden Liebenden damit in Erstaunen, denn sie dachten und wussten nicht, dass es in der Schweiz so vorzügliche Weine gibt. Die Sommelière empfahl einen weiteren Wein und dieser war ebenfalls großartig, dann noch einen und noch einen und endlich war die Seligkeit der Signora Tedesci fast vollendet, dass ihr nur noch das Klavierspiel fehlte, aber darüber würde sie gern morgen mit dem Commissario sprechen und sich von ihm jetzt lieber auf ihre Etage bringen lassen: "Er beschützt mich!", flüsterte sie der Sommelière zu und diese nickte freundlich, mit geschlossenen Augen, denn sie war Schweizerin. "Weit und breit kein Italien!", ließ sich Beatrice glücklich auf ihr Bett fallen, voll bekleidet und mit Schuhen an den Füßen: "Komm zu mir, komm zu mir, mein Geliebter!", ließ sie Celestino auf sich herabgleiten und umarmte ihn: "So glücklich, so glücklich!", hauchte sie zwischen den Küssen. Sie schmeckten nach Rotwein. Diese Nacht schliefen sie früher ein, als gewöhnlich. Ihre Liebe erfüllte sich erst weit nach Mitternacht, als beide voll Sehnsucht nacheinander waren. Es war ein kurzes Wachen aber ein sehnsüchtiges, mit vollen und pochenden Herzen. Umschlungen, in erfüllter Liebe gaben sie sich dem Rest der Nacht und dem Schlaf hin. Und schliefen lang und ohne Träume bis in den frühen Morgen. "Wie schön es ist, mit dir beisammen zu sein!", mag vielleicht einer von ihnen geträumt haben, sie wussten es nicht. Am nächsten Morgen, als das Frühstück ins Zimmer gebracht wurde, waren alle Vorgaben des Commissario erfüllt. Das neue Mädchen zeigte ihren Ausweis, Celestino prüfte und brachte das Frühstück in den Salon. Noch am Vortag hatte er verfügt, der Melanie nicht zu kündigen, sondern ihr einen Posten in einem anderen Hotel zu beschaffen. Das hatte er noch gestern mit dem Hoteldirektor so besprochen und der Melania mitteilen lassen. Er wollte, dass sie zufrieden sei. Er hegte einen gewissen Verdacht gegen sie, nicht nur weil sie im Hause Tedesci gestohlen hatte, sondern auch wegen ihres familiären Umfeldes, das häufig abfärbt, wie ihm sein Vater und sein Großvater in sein Berufsleben mitgegeben hatten.

An diesem Tag regnete es, ziemlich stark sogar, und Beatrice hatte so gar keine Lust ihr schönes Appartement im Hotel zu verlassen. Höchstens später, höchstens in die Lobby, höchstens, wenn ihr warm wäre. Jetzt wollte sie von Celestino geküsst werden, um ihm dann später von ihrem Leben zu erzählen. Beatrice war heute wie eine schnurrende Katze, wie er sie noch nie erlebt hatte. Gern ließ er sich von ihr "Amore!" nennen, gern bleib er heute mit ihr zuhause, an diesem kalten, ungemütlichen Tag mit nebelverhangenen Bergen, ohne die weite Aussicht aus den Fenstern der Hochzeitssuite, so hieß das Appartement laut Prospekt des Hotels. So blieben sie den ganzen Tag zuhause im Hotel und es war ihnen keine Minute langweilig, obwohl sie sich wenig erzählten. Sie waren einfach nur glücklich, wenn Celestino auch gelegentlich fragen wollte, wie man es denn aushalten könne, so ganz ohne Arbeit, ganz ohne Beschäftigung, sein ganzes Leben lang nur zu leben und nichts zu tun. >Wer nicht arbeitet soll auch nicht essen<, hatte seine Mutter immer gesagt, und sie arbeitete den ganzen Tag. Signora Tedesci aber arbeitete nicht. Sie war reich, schon vor dem Dottore, sie brauchte nicht zu arbeiten. Niemals! Und Celestino? Er wusste es nicht, wusste nicht, ob er sich damit abfinden würde, ob er seine Jugend der älteren, reichen Frau schenken sollte. Im Augenblick ja, im Augenblick war die Liebe stark und heftig. Sie schien unzerbrechlich, unauslöschlich, unendlich. Aber die Zeit heilt nicht nur alle Wunden, sie schafft auch alle Wunden, das hatte seine Mutter oft gesagt. Überhaupt seine Mutter, seine Eltern, seine gesamte Familie. Er hatte sich schon eine ganze Woche lang nicht bei ihnen gemeldet. Sie wussten nichts von ihm, er hatte sie vergessen. Bei aller Herzensnähe zu Beatrice bedrückte es ihn, dass er seine Familie, seine Freunde, seine Herkunft vergessen hatte. Er war auf dem Weg in ein anderes Leben, auf dem Weg in ein anderes Land, auf dem Weg von sich selbst zu einem anderen Menschen, zu Beatrice, seiner Geliebten. Er wollte abwägen. Er konnte es nicht. Er war bei Beatrice. Er war in der Schweiz. Also liebte er Beatrice mit vollem Herzen in den Vormittag hinein und am Regen draußen vorbei, bis beide hungrig waren.

"Lass uns essen gehen!", küsste sie ihn ein letztes Mal. "Ja", gab er zurück, "und lass uns ein bisschen weitererzählen. Du von dir, ich von mir!"

Sie gingen hinunter, sie waren einverstanden, sie waren neugierig aufeinander und blieben im Hotelrestaurant im warmen Haus, denn draußen war es noch immer sehr ungemütlich. "Ein Italientief!", erklärte der Ober belehrend. "Das kann lange dauern, sehr lange! Viele Tage, ja sogar zwei Wochen!" Der Ober war stattlich, er war aus Ungarn und hatte den dortigen Akzent.

Nach dem Essen blieben sie noch zwischen Lobby und Bar auf einem Sofa nahe dem Klavier. Beatrice ließ Celestino nach der Marke des Instruments sehen. Er hob den Deckel der Tastatur: "Blüthner", sagte er. "Feine Marke, edler Klang!", antwortete die Signora, seine Geliebte. Sie konnte auch Klavier spielen "Aber nur ein bisschen. Bruno hat es mir beigebracht." Und so erzählte sie weiter von ihrem Mann, wo sie gestern unterbrochen hatte. Ja, Bruno habe ganz gut Klavier spielen können, denn eines Tages habe er Elena, Maria und sie um ein Klavier in der Klosterbibliothek versammelt und habe gespielt. Italienische Liebeslieder hauptsächlich. Für ein Mädchen von fünfzehn war das die pure Romantik. Dazu habe er auch gesungen und dann hätten auch die Mädchen gesungen. Als Letzte übrig geblieben sei damals sie ganz allein mit dem Bruno, denn die anderen wären zu den Jungs zum Tennis gegangen, sie aber hätte damals keinen Freund gehabt und sei deshalb beim Klavier "picken geblieben", wie sie erzählte. Und da habe Bruno begonnen, ihr ein bisschen was am Klavier zu zeigen. Ganz harmlos sei es gewesen und gar nicht habe er versucht, sie zu berühren. Sie aber sei seit damals vom Klang des Klavieres so fasziniert gewesen, dass sie Unterricht genommen habe, im Kloster, bei einem Kirchenmusiker. Der aber sei sehr streng gewesen und sie hätte immer nur Choräle und Fugen spielen sollen und das sei ihr schließlich so auf die Nerven gegangen, dass sie eines Tages den Bruno Tedesci gefragt habe, ob er einen Klavierlehrer, männlich oder weiblich, wisse, der sie freudvoller unterrichte. Da habe er sich angeboten, es selbst zu tun und war ab dann jeden Mittwoch zur Stelle. So habe sich über die Jahre eine Nähe zwischen ihnen beiden entwickelt und eines Abends, in einer wunderschönen Sommernacht - sie erinnere sich noch sehr genau daran - habe er sie gefragt, ob sie einmal heiraten werde. "Ja", habe sie einfach geantwortet, als ob man sie gefragt hätte, ob sie Kaffee möchte, also ganz ohne besondere Vorstellungen davon. Er aber habe weitergefragt: "Wen willst du heiraten?

Wie soll er sein?", und sie habe im Scherz geantwortet: "Klavier spielen soll er können! >Dann heirate mich!<, war seine Antwort und ich war richtig erschrocken. Den Rest kannst du dir denken!", sagte Beatrice mit einer ersten Trauer in der Stimme.

Nun, Celestino konnte es zwar denken, aber er kannte nicht den gesamten fiesen Plan des Dottore Avvocato, der nur darauf aus war, eine reiche Braut ohne Vater und ohne Geschwister auf seine Seite zu ziehen. Die Frau, das Mädchen, war ihm dabei völlig gleichgültig. Und so hat er Beatrice mit der Zeit rumgekriegt, bis sie schließlich einer Hochzeit mit ihm zugestimmt hatte, ein wenig gegen ihre Gefühle, denn die sei damals bei einem Burschen gewesen, viel jünger als der Dottore, viel sympathischer, viel liebenswerter. Aber er war schüchtern und habe sie nie gefragt und nie eingeladen und Bruno sei ständig da gewesen und habe für sie gesungen und Klavier gespielt und so sei sie eines Tages mit ihm verheiratet gewesen, mit dem Dottore, und wusste gar nicht, wie ihr geschehen war. Aber dann, viele Monate nach der Hochzeit war plötzlich ein Brief des jungen Mannes von damals gekommen, worin er geschrieben hat, wie sehr er sie liebe und immer geliebt habe und immer lieben werde und dass er sich entweder umbringen werde oder ihren Mann, damit Beatrice für ihn frei wäre!

Celestino hatte sie erzählen lassen und immer ihre Hand gehalten. Jetzt zog er sie plötzlich zurück: "Das war der Mann, der vor ein paar Wochen bei dir übernachtet hat?"

"Ja", sagte Beatrice zögerlich, "er war es. Aber er hat nichts mit der Sache zu tun, das musst du mir glauben!", setzte sie ängstlich fort, die Augen des Commissario lesend, der sofort einen Verdacht hatte. "Gib mir deine Hand, bitte gib mir deine Hand!", flehte Beatrice und griff danach, nach seiner Hand. "Glaube mir Liebster, er hat nichts mit dem Mord zu tun!" Der Brief sei ja auch vor einer Ewigkeit geschrieben und es habe sich viel ereignet seit damals und der junge Mann sei einen anderen Weg gegangen, als alle damals vermutet hatten, einen völlig anderen. Fragend sah Celestino sie an, liebevoll küsste ihn Beatrice vor allen Leuten auf dem Sofa in der Lobby: "Er ist im Kloster geblieben, er ist Pater geworden. Pater Giovanni!" Und nur ganz selten noch hätten sie sich gesehen seit ihrer Hochzeit, ganz selten, immer nur dann wenn ihr hundeelend gewesen war, wie auch vor wenigen Wochen, als sie nicht zuhause gewesen war und ihm, dem geliebten Celestino, ihrem Amore, den Zettel hinterlassen habe: "Ich kann nicht mehr.....................」 und so weiter. "Und damals, als er bei ihr im Palazzo übernachtet hat?", fragte Celestino.

"Ach, Liebster. Da war zwischen mir und Bruno schon die Hölle los. Er hat mir gesagt, dass er mich verlassen will, endgültig, und diese Donatella, diese elende Schlampe, heiraten werde!" Tagelang sei er damals nicht nachhause gekommen, tagelang habe sie geweint und da wollte sie in ihrer Verzweiflung zu Pater Giovanni ins Kloster fahren, doch der sei grad auf dem Weg in den Vatikan gewesen und so hätten sie sich dort getroffen und anschließend sei er mit ihr gekommen, und sie hätte solche Angst gehabt und wäre so verzweifelt gewesen, dass sie ihn gefragt hatte, ob er nicht im Palazzo übernachten und sie vor dem Schlimmsten beschützen wollte, dem Tod im Tiber. "Ja, Liebster. Ich war so verzweifelt, dass ich mich vielleicht in den Tiber gestürzt hätte. Glaube mir", und sie versank im Sofa zur kleinen Beatrice von damals in der Klosterschule. "Ich liebe dich", beugte sich Celestino zu ihr und hob sie zu sich hoch. "Wirklich? Liebst du mich wirklich?", versuchte sie die Tränen zu bändigen und umarmte ihn, ehe sie in ihr Appartement hochfuhren. Der Hoteldirektor hatte weggesehen, denn er war Italiener, der Ober hatte sie von der Seite beobachtet, denn er war Ungar, die Sicherheitsleute hatten es von hinten gesehen, denn sie waren Schweizer.

Oben angekommen umarmte Celestino seine Geliebte fest und lang und innig und liebevoll: "Du musst mir nichts erzählen, wenn es dich quält, Liebste!"

"Du hast recht", lehnte sie sich an seine Brust, "Jetzt weißt du alles von meinem Leben. Mehr gibt es nicht!" sagte sie im letzten Weinen, das Celestino an diesem Tag von ihr zu sehen bekam. Es war ihm schwer ums Herz, sie so weinen zu sehen, ihr Leben nochmal in allen Details ausbreiten zu müssen. Er hätte es ihr gern erspart. Er liebte sie.

10

"Lass uns abreisen.", sagte sie, " Lass uns morgen abreisen. Lass uns Städte besuchen und Länder, lass uns nach Wien fahren, ins Hotel Imperial. Ich liebe Wien!" Celestino sagte zu und noch während sie im Badezimmer ihre Tränen stillen war, organisierte er bereits alles für die Abreise aus Bern und den Aufenthalt in Wien. Dann rief er rasch seinen Questore Pizzo an und berichtet ihm kurz vom Ortswechsel, und dass man einen gewissen Pater Giovanni ein bisschen überprüfen solle. Im Geiste hob der Questore bestimmt schon bedauernd die Schultern, als er das Wort Pater und Vaticano hörte. Wer soll denn einen Pater im Vatikan "ein bisschen überprüfen"?

Als Beatrice aus dem Badezimmer wieder in den Salon gekommen war, sagte ihr Celestino, dass er alles vorbereitet habe und ging mit ihr zum Fenster. Sie sahen in den nebligen Regen hinaus. Celestino stellte sich hinter seine Geliebte, ließ sie an sich lehnen, umarmte sie fest und hielt ihre Hände. "Celestino", hauchte sie leise und drehte sich um, "ich bin nicht die richtige Frau für dich!" Und Celestino erschrak, wie er damals erschrocken war, als er sie zuhause nicht angetroffen hatte. Er erschrak sogar sosehr, dass er beinahe vor ihr hinknien wollte: "Liebste!", sagte er, doch sie fiel ihm ins Wort: "Es war nichts zwischen Pater Giovanni und mir. Als Jungfrau bin ich in die Ehe gegangen, als Jungfrau bin ich herausgekommen. Erst mit dir bin ich zur Frau geworden. Deshalb brauche ich dich sosehr. Aber ich weiß, dass es nicht richtig ist. Du sollst dein junges Leben nicht an mir zu vergeuden. Ich bin zerbrechlich, du bist stark, du würdest an mir zugrunde gehen!"

"Wenn ich aber ohne dich zugrunde gehe?" Celestino sah sie an. Seine Augen waren traurig, die ihren auch. "Lass uns hierbleiben. Den ganzen Tag, die ganze Nacht und lass uns auf morgen hoffen!" Doch Celestino hob sie hoch und sagte in frischer Jugend: "Lass uns auf heute hoffen, auf heute, meine Geliebte!" Er holte Champagner aus dem Kühlschrank, nahm Beatrice mit aufs Sofa, öffnete die Flasche, goss zwei Gläser ein, sah sie lange an und fragte; "Willst du mich heiraten?" Da schloss sie ihre Augen, legte ihren Finger auf seinen Mund, küsste ihn und sagte: "Frag es nicht. Frag es nicht, Amore mio!", und Celestino war froh darüber. Kaum war'n die Worte ihm entfahren, wollt ers im Busen gleich bewahren. Er wusste in diesem Augenblick, dass es nicht passend war und er liebte Beatrice für ihre Antwort.

Am nächsten Tag, so früh es sich einrichten ließ, flogen sie im Privatjet nach Wien. Es war ein starker Regen in Bern, die Maschine stieg in die Wolken, dann darüber hinaus in den blauen Himmel, machte einen Bogen nach rechts und flog geradewegs in den östlichen Sonnenschein. Der Flughafen von Wien ist nur zwölf Kilometer vom Zentrum der Stadt entfernt, das Hotel Imperial, das ehemalige Palais Württemberg, liegt im Zentrum an der Ringstraße, nahe der Oper. So ließen sie sich zur Stadt chauffieren, vorbei an den Feldern, den Gärtnereien für das Gemüse der Stadt, den Donaukanal entlang, als Seitenarm des berühmten Donaustromes, dem Grün des Praters bis die ersten Häuser zu sehen waren und bald schon die Spitze des Stephansdoms. Der Wagen bog nach links auf die Ringstraße mit den vielen Palais, Museen, Cafes, Hotels, Parks bis hin zum Hotel Imperial. Der livrierte Portier öffnete die Tür und reichte der Signora mit freundlichem Lächeln die Hand zum Aussteigen. Niemand blickte von der Seite, niemand hinterher, niemand durch einen Busch, Wien war dezent, dezent und ruhig, wie Celestino noch nie eine Stadt gesehen hatte. Beatrice kannte die Stille dieser Stadt bereits und war entspannt und glücklich, mit Celestino hier zu sein und ihm alles zu zeigen. Die Hausdame empfing die beiden herzlich und freundlich, führte sie ohne Umschweife sofort mit dem Lift in ihre Suite und erklärte, dass hier schon Sophia Loren, Queen Elizabeth und Adolf Hitler logiert hätten. Auf letzteren sei man aber gar nicht stolz und man würde es lieber verschweigen, denn Österreich hätte sich mit ihm so richtig "angeschmiert." Dafür seien aber auch Kennedy und die Beatles hier gewesen. Dann verabschiedete sich die Hausdame mit einem angedeuteten Compliment, das eigentlich eine Verbeugung einer Tänzerin vor ihrem Kavalier nach dem Walzer ist.

Man fand es charmant und lächelte. Es war warm in der Stadt, alles war gepflegt und grün, und alle Zeichen standen auf einer wunderbaren Zeit, doch in Rom brauten sich inzwischen Gewitter zusammen. Heftige Gewitter.

Questore Pizzo empfing Agostino Pinna, der in Abwesenheit seines Commissario den Mordfall inzwischen operativ leitete, und gab ihm den Auftrag, ein wenig die Ohren offenzuhalten gegen einen gewissen Pater Giovanni, der zwischen Vaticano und dem Kloster Santa Maria delle Grazie hin und her pendle. Carabello habe da so einen Hinweis gegeben. "Aber bitte mit Vorsicht, mit Klugheit und größter Vorsicht!", fügte er noch hinzu. Pinna verstand, selbstverständlich. Dann sollte er auch noch herausfinden, wo die Donatella Rizzardi heute Abend verkehre - aber ebenfalls mit größter Behutsamkeit sollte er auch hier ans Werk gehen, denn er, der Questore, bekomme ständig Anrufe "von ganz oben!" Pinna sagte auch dieses zu, stand auf und ging. Schon in der Tür angekommen, drehte er sich noch einmal um, denn der Questore hatte noch eine Frage: "Tino, was ist eigentlich die Liebe?" Pinna müsse das wissen, nach fünf Ehen, meinte er. "Nichts, als eine Illusion", gab dieser rasch zurück, ohne nachzudenken. Ein wenig Resignation war schon dabei. Dann ging er ans Werk, seine Aufträge zu erfüllen. Er fragte in seinen Kreisen, wer etwas über einen Pater Giovanni di Montelucca wisse, so hieß der Verehrer der Signora

Tedesci aus Jugendtagen, und er hörte seltsame Dinge über ihn, die ihn beunruhigten. Und so ging er noch bedächtiger und noch klüger vor, denn so lautete sein Auftrag. So erfuhr er, und las es in den Akten nach, dass es einmal einen Todesfall im Kloster gegeben habe. Eine Schwester Assunta, eine sehr junge Klosterschwester, die erst knapp aus dem Novizentum aufgestiegen war, wäre auf "untypische" Weise ums Leben gekommen. Und zwar nicht direkt im Kloster, sondern auf dem Weg in den Vaticano. Mehr war da nicht zu lesen in dem schmalen Akt, und der Begriff "untypisch" war nicht näher erläutert. Nur, dass sie mit dem Fahrrad auf einer schmalen Landstraße, einer Pinienallee, gefahren, dort offenbar gestürzt und in den Graben neben der Fahrbahn gefallen sei. Das war alles, was Assistente Pinna in dem Akt gefunden hatte. Und dass Schwester Assunta die Cousine des Pater Giovanni war. Daraus ließ sich nun kein Reim finden und so machte er sich auf die Suche nach Beamten, die damals, vor vielen Jahren, Dienst getan und sich vielleicht noch erinnern konnten. So ging er auch zu den beiden älteren Carabello, dem Vater und dem Großvater des Commissario. Mamma Carabello empfing ihn freundlich und mit Küsschen, die beiden Männer ebenso, denn sie kannten den Agostino Pinna auch schon viele Jahre. Mamma Carabello tischte auf, Großvater erzählte alte Geschichten und Vater Carabello fragte nach seinem Befinden, und dem seiner fünften Ehefrau. "Sie ist schwanger", antwortete Tino, als wäre zu verstehen, was das bedeutet. "Ah" und "oh, und "eh" waren die Antworten der drei Carabello. Sie wussten Bescheid. "Sag, Tino, was ist mit Celestino? Ich höre gar nichts von ihm, schon seit Wochen!", fragte Mamma Carabello

"Ein paar Tage sind es höchsten!", korrigierte sie sein Vater. Großvater saß hinter seinem Schnurrbart und sah mit klugen Äuglein auf Tino.

"Er beschützt und bewacht Signora Tedesci!"

"Aber bei Tag und bei Nacht? Was das Überstunden macht. Und keine Zeit dazwischen, seine Mutter anzurufen? Hat er sich bei dir gemeldet?"

"Nein", sagte Tino kleinlaut und Großvater schaute ihn weiter mit listigen Äuglein an. Er lächelte fein hinter seinem Schnurrbart.

"Warum ich gekommen bin, ist Folgendes:", begann schließlich Agostino und schilderte dann den Fall des Pater Giovanni, beziehungsweise seiner Cousine, der "untypisch" ums Leben gekommenen Schwester Assunta. Vater Carabello wusste nichts dazu zu sagen, Großvater erinnerte sich zunächst vage: "Ja, da war etwas damals. Ich glaube sogar, dass es eine Befragung des Paters gegeben hat. War da nicht Dottore Tedesci sein Anwalt?", fragte er in die Luft hinein und grübelte vor sich hin. Mutter Carabello wollte noch weitere Auskünfte über ihren Sohn und vor allem einen Anruf oder ein Zeichen von ihm, dem Commissario, und Pinna versprach, es über den Questore ausrichten zu lassen, denn nur der habe Kontakt zu Celestino. "Ja!", rief da plötzlich

Großvater Carabello, "Jetzt fällt es mir ein: Da gab es eine Untersuchung gegen den Pater. Was ich weiß, soll der damals ein Verhältnis mit einer Klosterschülerin, mit einer Minderjährigen gehabt haben, und Schwester Assunta, also seine Cousine, soll das beobachtet und der Oberin angekündigt haben, ihr >etwas Schreckliches< mitteilen zu müssen. Die Oberin hatte an diesem Tag keine Zeit, so wurde das Gespräch auf den nächsten Tag verschoben. Am nächsten Tag aber entsandte der Pater seine Cousine in den Vaticano, wo sie auch mit dem Rad hingefahren ist. Dort aber ist sie nie angekommen und auch zum Termin bei der Oberin nicht erschienen. Also hat man sie zu suchen begonnen und dann im Straßengraben tot aufgefunden." So der Großvater. An die Todesart konnte er sich nicht erinnern und überhaupt sei alles sehr schnell gegangen und "zugedeckt" worden, wie er sich ausdrückte. Als Pinna sich deshalb rasch verabschiedete um sofort im Archiv nachzuforschen, rief ihm Großvater noch nach: "Ob da noch was zu finden sein wird?", und so war es auch. Die Akten waren verschwunden.

Großvater kannte das Archiv und seine unsichtbaren Schwarzen Löcher, in denen so manches schon versunken war. Auf Nimmerwiedersehen, versteht sich. Plötzlich erinnerte sich Pinna an den zweiten Auftrag des Questore. Den hatte er doch bei den Carabello glatt vergessen aber der Questore wollte bestimmt noch am Abend Donatella treffen, sonst hätte er ihn nicht persönlich gebeten, ihren heutigen

Aufenthalt ausfindig zu machen. Also telefonierte er zu allen einschlägigen Redaktionen, die mit Gesellschaften und Events und Auftritten zu tun hatten und erfuhr ziemlich rasch, dass es heute Abend ein Fest bei den Abrazzi gebe. Dort wäre die Donatella bestimmt anzutreffen, denn der junge Abrazzi hätte ein Auge auf sie geworfen und umgarne sie bei jeder Gelegenheit, also wäre sie bestimmt auch heute eingeladen. Genau wisse man es nicht, aber es wäre sehr wahrscheinlich. Und so berichtet der Agostino Pinna seinem Questore sein Forschungsergebnis. "Danke" sagte er und: "Gehen sie jetzt nachhause zu ihrer schwangeren Frau. Die wievielte, die fünfte?" Und Pinna nickte still und ein wenig bedrückt. "Ja, ja: die Liebe!" verabschiedete ihn der Questore. Er selbst war nicht verheiratet. Nie. Obwohl er ein stattlicher Mann in hohem Beamtenrang und bestimmt sehr begehrt war. Aus irgendeinem Grund war er nie wirklich bereit, eine Bindung auf Ewigkeit einzugehen.

Das Fest bei Abrazzi war groß, wie immer. Questore Pizzo war nicht eingeladen aber immer willkommen, denn er war bekannt und auch von Nutzen. Er war später gekommen als die anderen, denn er wollte in der Menge untertauchen und nicht vorgeführt werden, als der große Polizeibeamte. So schwamm er durch die Gäste, plauderte mit dem und jenem und dieser und jener, war charmant wie immer und klug in seinen Antworten, wenn er etwas Konkretes gefragt wurde. Auch der Innenminister, sein oberster

Chef war anwesend und diese beiden Männer, oder sollte man besser sagen: Herren?, also auch diese beiden stattlichen Personen unterhielten sich scheinbar flüchtig und mit freundlichem Lächeln, als hätten sie nichts Besonderes zu besprechen. Das feine, kaum merkbare Nicken des Questore aber ließ erahnen, dass er soeben eine wichtige Botschaft vom Innenminister erhalten hatte. Nur die vertrautesten Insider hätten dies erkennen können, so geheim waren die Signale des Questore und des Ministers.

Donatella war auch anwesend aber immer irgendwo in der Menge und also kaum sichtbar. Der Questore beachtete sie scheinbar nicht, obwohl er ausschließlich wegen ihr gekommen war. Den jungen Abrazzi traf er, diesen schönen jungen Römer, den Gastgeber, die anderen Mitglieder der Familie bis hin zur Großtante Malaria - sie hieß wirklich so - und viele andere Gäste aus der römischen Gesellschaft, die sich untereinander alle kannten. Donatella war geduldet. Ihr Ruf war zwielichtig. Nur der junge Abrazzi war ihr hoffnungslos verfallen, so dass er sie bei jeder Gelegenheit einlud. Immer wollte er, dass sie bei ihm übernachte, nie hat sie es getan, außer einem einzigen Mal vor Jahren und das hatte ihr gereicht, wie sie überall herumerzählte. Sie war etwas anderes gewohnt. Der junge Abrazzi aber hatte so eine wilde Feuersbrunst wie die der Donatella noch nie erlebt in seinem jungen Dasein, und so war er verrückt nach ihr, dem wilden Mädchen aus den Sassi von Matera, der Primadonna, der Diva, dass er alles für sie tat, was sie von ihm verlangte, nur um den Liebessturm noch einmal zu erleben. Am liebsten aber wollte er sie heiraten und für immer besitzen. Das war sein einziges Bestreben, an das er alles daransetzte. Und so wandte er sich auch jetzt und im Vertrauen an den Questore, ob er nicht, Kraft seiner Autorität, für ihn bei Donatella werben könnte, denn immerhin kenne er ein Geheimnis von ihr, das er bisher noch niemandem verraten habe, weil sie sonst für immer verloren wäre, auch für ihn.

Natürlich wollte der Questore dieses Geheimnis erfahren und so fragte er den jungen Abrazzi im Geheimen auch danach, aber vorsichtig und klug, versteht sich, doch der wollte es um keinen Preis nennen. Schon gar nicht der Polizei. obwohl er ihm, dem hohen Beamten Pizzo, blind vertraute, wie er sagte. Dann fragte der junge Abrazzi noch nach dem "Fall Dottore" aber auch dazu hob der Questore nur seine Schultern und tat, als wisse er von nichts.

"Ich aber weiß es!", sagte Abrazzi mit leuchtenden Augen, "Doch ich verrate auch dazu nichts". Heimlich aber steckte er ihm einen Zettel in die Sakkotasche und als Dottore Pizzo - ja, er war auch Dottore, wie beinahe jeder in Italien - als Pizzo also später in einer verschwiegenen Ecke den Zettel den Zettel aus der Sakkotasche nahm, es war ein winziger Zettel, stand darauf in Handschrift: "Signora T." Pizzo verstand den heimlichen Wink und war in großer Sorge um seinen Commissario, hatte er, der Questore, doch schon so viel erlebt. Noch war der Gedanke in ihm nicht zu einem Verdacht gereift, bisher zumindest. Als die Nacht schon weit fortgeschritten war und sich Donatella anschickte, das Fest zu verlassen, obwohl ihr der junge Abrazzi tausend Avancen gemacht hatte doch zu bleiben, wenigstens nur dieses eine Mal, blickte er zum Questore hinüber und der blickte zurück. Man war sich handelseins. Donatella aber suchte nun förmlich den Questore und so konnte es gar nicht anders sein, als dass sie sich einladen ließ von ihm im Polizeiwagen nachhause gebracht zu werden, in sein Zuhause, versteht sich. Als Donatella die Wohnung des Questore im Zentrum Roms betreten hatte - einer sehr schönen Wohnung, die er noch von seiner Mutter her bewohnte - brach sie sogleich in Tränen aus! "Der Abrazzi! Dieser verdammte Abrazzi! Er stellt mir nach, er lauert mir auf, er verfolgt mich, er lässt mich verfolgen! Questore!", warf sie sich ihm an den Leib, "Sie müssen mir helfen! Ich kann nichts gegen ihn tun. Er hat Verbindungen, Sie verstehen, aber Sie - Sie sind die Polizei. Sie können mich beschützen vor diesem >mostro impotente<, diesem impotenten Monster!" So flehte sie den Questore an und umarmte ihn heftig, sonst müsse sie bei ihm bleiben. Hier bei ihm in der Wohnung, nur da fühle sie sich sicher. Der Questore bewegte sein Haupt leise von links nach rechts und wieder retour, als wollte er verneinen, es aber nicht so direkt ausdrücken. Da war Donatella gleich noch eine Stufe verzweifelter und rief, ihn heftig auf die Wangen küssend: "Dann wenigstens eine Nacht. Diese eine Nacht nur!" und klammerte sich an den Questore, dass dieser nicht nein sagen konnte. Tief nachts und viele Verzweiflungsausbrüche später, brachte der Questore die Sprache noch auf den Fall Tedesci: "Er war mein!", rief sie laut und sprang auf, "Ich bin Signora Tedesci. Er hat es mir versprochen schon jahrelang. Er wollte mich heiraten. MICH!", warf sie ihre lange, schwarze Mähne in den Rücken: "Sie aber hat es verhindert. Sie, die er gehasst hat, Sie, die an allem schuld ist! Diese Gottesanbeterin, diese Congelatora noiosa, diese Totengräberin aller Gefühle, dieses Stück Holz im Schlafzimmer!"

"Woran ist sie schuld?" fragte Questore Pizzo ruhig nach.

"An allem! Dass ich unglücklich bin, dass er tot ist, dass ich Witwe bin!", schrie sie in einem fort. "Verhaften Sie diese Mörderin! Verhaften Sie dieses Weib!"

"Meine liebe Donatella: es gibt keine Beweise!"

"Ich liefere Ihnen die Beweise. Ich weiß alles!" Dann ließ sie sich aufs Bett des Questore fallen, denn dorthin war sie mit sicherem Schritt während ihrer Ausbrüche gelaufen, zog sich halb aus und schlief auf der Stelle ein. Ihr linker Arm hing aus dem Bett, den Daumen der rechten Hand hatte sie im Mund, ihr nackter Busen lag auf dem Laken des Bettes von Signore Pizzo. Der betrachtete sie eine Weile, dann formte er seine Hand wie zu einer hohlen Halbschale und dachte vielleicht daran, die offene Brust der Donatella zu greifen. Doch er wusste, dass es nach den

Vorschriften streng verboten war, sich mit einer Zeugin einzulassen, besonders kurz vor der Pensionierung. Er wusste aber auch, dass seine Zeit als Mann sich dem Ende näherte und dass die Vorschriften im Fall weiblicher Zeugen nicht so ernst genommen wurden. Der Questore war erfahren, der Questore war klug!

11

Von all dem wusste niemand etwas, schon gar nicht die beiden Besucher der Stadt Wien. Hätten sie es gewusst, hätten sie auch nur geahnt, was sich da tief im Süden abspielte, wären sie nicht so glücklich durch die friedvolle Stadt an der Donau spaziert. Hand in Hand spaziert, wie das bei Liebenden häufig der Fall ist. Und dass die beiden verliebt waren, sahen auch die Wiener. Mit Begeisterung sahen sie dem schönen Paar nach, das so elegant und aufrecht und modisch gekleidet durch die Innenstadt spazierte, wie es nur in Italien zu sehen ist. Nichts anderes können diese beiden sein als Italiener, war man sich einig. Da es schon Abend wurde und sich der Appetit einstellte, fragten sie Passanten, wo man denn typisch wienerisch, aber gut essen könne und sie hatten Glück. Ein pensionierter Herr, der auch ein bisschen Italienisch sprach, empfahl ihnen "Rudis Beisl" und begleitete sie auch gleich dorthin, denn er hatte Zeit, er war im Ruhestand. Auf dem Weg erklärte er ihnen, was ein Beisl ist, sowas wie in Deutschland eine Kneipe oder in Italien eine kleine Osteria vielleicht oder in England ein Pub, dieses aber, "Rudis Beisl", gleich die vorne in der Wiedner Hauptstraße, sei von bester Qualität und sehr zu empfehlen. Er gäbe beinahe seine gesamte Rente in diesem Lokal aus, berichtete er in der typisch wienerischen Art der schelmischen Übertreibung und führte sie sogleich persönlich zum Lokal. Auf dem Weg dorthin erklärte er ihnen noch die Gebäude, die Historie, die Belagerung durch die Türken im sechzehnten und achtzehnten Jahrhundert und dass die Türken erst jetzt und ganz ohne Belagerung die Stadt eingenommen hätten, einfach als Immigranten. Sie beide aber hätten Glück, den einzigen verbleibenden Wiener getroffen zu haben, der auch noch gebildet genug wäre, Rudis Beisl zu kennen und sogar ein bisschen italienisch zu sprechen, wenn auch vermischt mit spanisch. Schelmische Übertreibung freuten sich die beiden und verabschiedeten sich im Eintreten in das Lokal. Es war reizend dort. Kleine Tische, kleine Stühle, wenig Platz. Beatrice fühlt sich sofort wohl, Celestino auch. Der Wirt - er hatte lang in Spanien gearbeitet und sprach fließend diese Sprache - verständigte sich deshalb recht gut mit den beiden aus Italien. Man verstand sich, man war sich sympathisch, das Essen war wunderbar, wenn man Maßstäbe für eine Trattoria ansetzte. Verliebt sahen sich Beatrice und Celestino an und hielten sich an den Händen, sooft es ging. Als Abschluss lud sie der Wirt noch auf seine berühmten

Zimtpalatschinken ein, die man nirgends auf der Welt bekämen, nicht einmal in Italien. Sie fanden sich in der heitersten Stimmung, seit sie sich kennengelernt hatten. Rasch rief man einen Wagen, rasch kehrte man zurück ins Hotel Imperial, rasch entkleidete Celestino seine geliebte Beatrice und tat ihr Gutes, wie sie es noch niemals in ihrem Leben erfahren hatte. "Nun bin ich dein!", hauchte sie am Ende der Nacht, "Auf ewig dein! Ora non sono più vergine!" Dann schlief sie im größten Glück ihres Lebens ein. Celestino an ihrer Seite.

Am nächsten Tag - es war keine Rede mehr von der Villa am Thunersee - ließen sie sich in die südliche Steiermark chauffieren, denn auch das hatte ihnen ihr gestriger Reiseführer empfohlen, sogar mit genauen Ortsangaben und Wegeskizzen. Gute zwei Stunden fuhr man durch eine wunderschöne sanfte grüne Landschaft, gut zwei Stunden fuhr man zurück. Man hatte Gottes Garten gesehen und seinen Weißwein getrunken, so meinten die beiden. Italienisch sprach dort unten im Süden Österreichs niemand, dafür schien es den beiden, die kein Wort Deutsch verstanden, als würden die Menschen hier beim Sprechen ein wenig bellen. Manche sogar recht ausgeprägt. Abends in Wien zurück, ging man vom Hinterausgang des Hotels über die Straße und war im berühmten Goldenen Saal des Musikvereins bei den Wiener Philharmonikern. Von dort wurde jeden ersten Tag im Neuen Jahr das berühmte Neujahrskonzert in alle Welt gesendet. Heute war es der

Wunsch Beatrices gewesen, einmal in diesem Saal zu sitzen und ein Konzert zu hören, wenn es auch keine Musik von Strauß war. Celestino machte sich nichts aus klassischer Musik, schon gar nicht aus zeitgenössischer, aber aus Liebe zu seiner Beatrice - beinahe hätte er >zu seiner Frau< gedacht, aus Liebe zu ihr also begleitete er sie und ertrug den Lärm, den das Orchester dort machte. Beatrice aber war glücklich und hielt das ganze Konzert über seine Hand und drückte sie, wenn es ein Fortissimo gab und das kam ziemlich oft bei dieser Musik, Celestino hielt die ihre. Eigentlich wollten die beiden nur ein paar Tage in Wien bleiben und dann in eine andere Stadt reisen, aber es war so schön hier und die beiden so glücklich, dass sie verlängerten. So ließ man sich auch auf den Kahlenberg chauffieren, denn auch das hatte ihnen ihr Reiseführer empfohlen, und blickten auf die sonnenbeschienene Stadt hinunter, wie einst das christliche Heer der Polen, das Wien von der türkischen Belagerung befreit hatte. Sie fanden den Ausblick nach unten auf Häuser und Donaustrom und Stephansdom wunderbar. Auch dass es rundherum Weingärten gab, alles noch im Stadtgebiet von Wien. Langsam fuhren sie den Berg hinunter, ließen sich durch die anderen hügeligen Regionen im Westen der Stadt chauffieren und langsam ging es wieder zurück ins Zentrum. Sie wollten alles genau sehen. Erst nach beinahe zwei Wochen hatte Beatrice plötzlich Sehnsucht zum Meer, und Celestino auch, dass sie beschlossen, ganz in den Süden nach Apulien zu fahren, nach

Puglia: "Vieni sul mar!", sang Celestino ein italienisches Volkslied aus voller Kehle. Nach kurzer Zeit
hatte er alles arrangiert, um sicher und gut vorbereitet nach Apulien ans Meer zu reisen. Dazu hatte er
Beatrice einen gefälschten Pass organisiert. Er wollte
auf Nummer sicher gehen, denn tags zuvor hatte er
mit Questore Pizzo telefoniert, der ihm Vorsicht in
alle Richtungen empfohlen hatte. Auch mit Mamma
und seiner Familie telefonierte er und konnte sie nach
einer Stunde aufgeregten Redens und Fragens ganz
gut beruhigen und auch mit Pinna, seinem Assistenten telefonierte er, der ihm nur sein Leid mit seiner
schwangeren Frau klagte, sonst aber keine Fort-
schritte zu berichten wusste: "Da sind sie viel besser
beim Questore aufgehoben.", vertröstete er seinen
Commissario.

So machte man sich mit vollem Herzen auf den
Weg ans apulische Meer, in eine Villa ohne fremde
Gäste. Wachpersonal stand überall bereit, auch im
Meer selbst, denn die Signora verspürte eine zuneh-
mende Angst in ihrer Heimat. So wurde auch nach
nur einem Tag das Meer wieder verlassen, nachdem
man es zuvor einige Stunden so herrlich empfunden
hatte. Beatrice hatte Angst, solange der Mörder ihres
Mannes und der Schütze des zweiten Pfeils nicht gefunden war, denn offensichtlich sollte er ihr gegolten
haben - oder dem Celestino, beides würde für sie den
Tod bedeuten, war sie sich gewiss.

Und so rätselten sie, welcher Ort in dieser Zeit ihrer Ungewissheit wohl der richtige für sie wäre, wo

sie sich sicher fühlen konnte vor dem langen Arm der Kriminellen. "Celestino, ich muss mit dir reden. Wir müssen reden. Du musst mit mir reden!"

"Reden wir, Liebste, reden wir. Ich sehe deine Angst!"

"Ja, ich habe plötzlich Angst, wie ich sie noch nie gekannt habe. Aber das allein ist es nicht. Es geht um dich. Ich fühle mich geborgen nur bei dir. Ich brauche dich, aber ich darf dich nicht an mich binden. Ich fühle mich schuldig an dir." und Celestino wusste nicht, was er antworten sollte. Er liebte sie, er brauchte sie auch, er war jung, er konnte Verbrecher jagen, er war unerfahren in seinem Leben.

So wusste er Beatrice keinen Rat zu geben, weil er für sich selber keinen hatte und auch niemanden fragen konnte. "Wer weiß schon, was er von seinem Leben will?" sagte er zu ihr, "Ich weiß, was ich von dir will. Ich weiß nicht, was ich von meinem Leben will!"

"Ich weiß, was ich von dir und auch was ich von meinem Leben will. Beides bist du, mein geliebter Celestino. Aber es ist allein mein Wille, mein Wunsch, mein Egoismus, der hier spricht. Es ist nicht unser beider Leben, das ich hier vor mir sehe. Es ist mein Leben. Nur mein eigenes. Wenn du mir dabei folgst, bist du nichts anderes, als mein Bediensteter. Du bist niemals mehr dein eigener Herr und du wirst mich verlassen, wenn du erwachsen bist, ich weiß es. Höchstens ein paar Jahre sind es, die uns bleiben. Wir können nicht mitsammen alt werden, wie das in der

Bibel steht. Mann und Frau gibt es für uns nicht. Du bist die Jugend, ich bin das Alter."

"Warum sprichst du so?", war Celestino betrübt. "Du sprichst, wie man jemanden loswerden will. Mein Herz brennt für dich. Wenn du im nächsten Raum bist, habe ich Sehnsucht nach dir, wenn ich deine Hand nicht fühle, fehlt sie mir."

"Heute, Liebster, heute fehlt sie dir, in fünf Jahren bin ich dir langweilig, in zehn Jahren bin ich dir eine Last, in zwanzig Jahren eine Bedrohung!"

"Und in fünfzig Jahren bist du tot!"

"Siehst du, du liebst mich nicht!", lachte Beatrice herzlich auf zog ihn an sich, wie man ein Kind an sich zieht, wenn es etwas Kurioses von sich gibt. Zum ersten Mal, zum allerersten Mal fühlte sie sich stärker als er. "Es wird wohl ein ewiges Schwanken im offenen Meer sein, ein ewiges Zweifeln, eine ewige Unsicherheit."

"Weil du nichts arbeitest, mein Herz! Du hast zu viel Zeit nachzudenken, du hast keine Verpflichtungen, du musst nicht für deinen Unterhalt sorgen. Reichtum macht krank!", sagte er zu ihr wie er es einmal von seinem Onkel, einem Linkssozialisten, gehört hatte.

"Armut macht auch krank. Sieh dir Melania an, sie muss stehlen, damit sie über die Runden kommt, oder meinst du, sie stiehlt aus Lust? Aber ich sehe schon, wir finden keine Lösung, außer einer!" und sie ging nahe auf ihn zu, umarmte ihn, gestand ihm ihre innige Liebe und flüsterte: "Lass uns heiraten." Da schloss Celestino seine Augen und sagte nach langer, inniger Pause: "Ja!" Und Beatrice blickte in seine jungen Augen: "Wenn ich sterbe, bekommst du die Hälfte meines Besitzes. Wenn du mich verlässt, bekommst du alles!" Celestino wollte es nicht hören, doch es war eine sehr weise Entscheidung der Beatrice. Nur so konnte sie sich befreien von der Sorge um sein Leben. "Nur wenn ich gebe, kann ich dich behalten. Löse deinen Fall, mein Geliebter, löse deinen Kriminalfall und lass uns heiraten! Dann bin ich endlich Signora Carabello-Orlando und bin meinen verhassten Tedesci los, denn ich habe ihn gehasst, den Tedesci!"

"Man wird dich genauestens untersuchen, wenn man herausfindet, dass du ihn gehasst hast."

"Sie wissen es längst. Ich habe es Questore Pizzo gesagt, als ich bei ihm war!"

"Und er hat dich laufen lassen?"

"Wie du siehst. Und er hat mir sogar dich als meinen Beschützer mitgegeben. Er vertraut mir! Vertraust du mir auch? Sehe ich aus, wie eine Mörderin?"

"Wir sollten heute noch heiraten, dann kann ich dich im Ehebett verhaften, wenn der Befehl vom Staatsanwalt eintrifft. Dann verhafte ich meine eigene Frau!"

"Löse deinen Fall. Die Ehe gibt's als Belohnung!"

"Das kann Jahre dauern, in Italien sogar Jahrzehnte! Das weißt du doch, meine liebste Beatrice, wir sind in Italien."

"Dann bemühen Sie sich, Herr Kommissar! Ich lasse inzwischen die Hochzeit vorbereiten. Mal sehen, wer schneller ist." Und plötzlich hatte sie keine Angst mehr und willigte ein, in ihren Piccolo Palazzo in Rom zurückzukehren. Ihre Flucht war zu Ende. Noch am selben Tag fuhren sie quer durch Italien nach Rom, Celestino telefonierte vom Auto aus mit dem Questore, organisierte ihr Ankunft, beantragte zusätzlichen Schutz für die Zeit, wo er nicht selbst die Wache übernehmen konnte und fragte den Questore, wen er für den Mörder halte und ob die Signora selbst dahinterstehen könnte, und das, obwohl Signora Tedesci neben ihm im Wagen saß. "Man muss in alle Richtungen offen sein, mein lieber Carabello, aber das wissen sie ja selbst." Commissario Carabello aber wollte das Wagnis eingehen: entweder, seine zukünftige Frau war unschuldig, wie er fest davon überzeugt war, oder sie war an der Tat beteiligt oder hatte sogar den Auftrag zur Tat gegeben, dann würde er sie erschießen und sich selbst danach. So flüsterte er es jetzt Beatrice ins Ohr, damit der Chauffeur es nicht hören konnte und küsste sie auf ihr Ohr, dass ihr die Gänsehaut über den ganzen Körper rieselte. Dann kramte er in seiner Sakkotasche und nahm ein kleines Kärtchen hervor, das ihm der Fremdenführer aus Wien übergeben hatte, als er sich vor Rudis Beisl verabschiedete. "Laden wir ihn ein?", fragte er Beatrice und sie nickte. "Er soll uns in Rom besuchen, mit seiner Frau! Wie heißt er?" Celestino nahm die Karte und las: "Alexander Graf von Hothyany - Experte" und auf der Rückseite der Karte war gedruckt: ´Für den Fall meines plötzlichen Todes soll meine Grabinschrift lauten´: >In der Tiefe dieser Gruft, liegt der allergrößte Schuft!<"

"Das ist unser Mann", freute sich Beatrice, "Er soll auch für mich eine Grabinschrift entwerfen!"

So trafen sie in Rom ein, beim Piccolo Palazzo, wo die Wachposten bereits Aufstellung genommen hatten, und betraten das Haus, das sie vor drei Wochen verlassen hatten. Alles war an seinem Platz, nichts war ungewöhnlich, kein Anzeichen einer Unordnung war zu sehen. Und doch war Celestino etwas entgangen, etwas, das einem weniger Verliebten sofort ins Auge gestochen wäre. Schräg vor dem Haus parkte nämlich unter etlichen anderen Autos ein kleiner Lieferwagen, schwarz, mit der Aufschrift einer Möbelfirma. Nichts Ungewöhnliches an sich, aber der Wagen bewegte sich kurz, ein ganz klein wenig, obwohl der Motor nicht lief. Er bewegte sich nicht auf der Straße, denn die war eben, er bewegte sich von innen her. Und als Beatrice aus dem Auto stieg und auf das Haustor zuging, sprangen drei Vermummte aus dem Lieferwagen und rannte auf die Signora zu, sie zu packen und in den Lieferwagen zu zerren. Im selben Augenblick krachten die Schüsse der Wachpolizisten und auch andere, Beatrice wurde von zwei Securities abgedeckt uns ins Haus gebracht, die Vermummten sprangen in ihren Wagen und rasten davon. Die Schüsse hatten sie verfehlt, ihre eigenen Schüsse hatten einen Polizisten niedergestreckt. Noch im Hausflur brach die Signora zusammen. Sie hatte keine Verletzung abbekommen aber ihre Kräfte hatten sie verlassen. Celestino, der Commissario, hatte versagt. Mit dem Krankenwagen fuhr er nun neben seiner Geliebten sitzend in die Klinik. Ihr Zimmer wurde total abgeschirmt. Keine Person durfte sich ihr nähern. Nur Celestino bekam einen Stuhl, ihr persönlich zur Seite zu stehen. Langsam erwachte sie. "Sie hat einen Schock erlitten." sagte der leitende Arzt leise, "Kein Wunder, bei einem solchen Überfall mit Schießerei und Toten!" Erst jetzt hatte Celestino erfahren, dass er einen Polizeikameraden verloren hatte. "Ist sie verletzt?", fragte der Commissario den Arzt: "Nein, nur eine kleine Abschürfung am Knie. Nichts Schlimmes. Sie wird vielleicht ein paar Tage humpeln." Dann erklärte er noch, dass die Erholung von einem solchen Schock sehr lange dauern könne und fragte, ob die Signora jemanden habe, der ihr beistehen könne. "Ich werde mich darum kümmern." sagte Celestino. Jetzt erst nahm Beatrice die Situation einigermaßen wahr und klammerte sich an die Hand ihres Geliebten: "Du hast nur Elend mit mir!" Doch Celestino beugte sich zu ihr: "Du bist bald meine Frau. Ich verspreche es!" Im selben Moment kam auch schon der Questore zur Tür herein und die Signora zog ihn zu sich herab aufs Bett, als wäre er ihr

Vater, und ließ ihn nicht mehr los. "Schlimme Sache, mein lieber Carabello. Wie konnte das geschehen?"

"Es war meine Schuld. Ich habe nicht genau geschaut."

"Er hat keine Schuld, Questore. Ich bin schuld, ich allein. Ich hätte viel früher alles sagen sollen, dann wären die Mörder vielleicht schon gefasst."

"Die Mörder? Sind es denn mehrere? Kennen sie die Namen?", fragte der Questore und hielt ihr väterlich die Hand.

"Namen kenne ich keine, aber Hinweise hätte ich ihnen geben können. Sie waren mir nicht bewusst. Ich hatte zu vielen zu lange vertraut. Es tut mir leid", flüsterte sie schwach. Celestino hielt ihre andere Hand, drückte sie fest und sah, wie wohl sie sich mit dem Questore fühlte, wie sehr sie sich bei ihm geborgen hielt. Eigentlich hätte sie ihn heiraten sollen, dachte er. Questore Pizzo war in etwa genauso alt, wie der verstorbene Dottore Tedesco, hätte also sehr gut zu ihr gepasst. Doch Beatrice, die immer noch in Geborgenheit die Hand des Questore hielt sagte plötzlich zu ihm: "Questore, wir werden heiraten. Ihr Commissario und ich werden heiraten!" Da wurde Celestino sehr verlegen und sah zu Boden, der Questore aber schmunzelte ein klein wenig und seine Augen gingen schelmisch von Beatrice zu Celestino und zurück: "Dann passen sie künftig beide gut aufeinander auf. Übrigens", fügte er listig hinzu und kam der Signora sehr nahe, "ich hätte viel besser zu Ihnen gepasst! Und nun erholen sie sich, liebste Signora.

Schon in wenigen Tagen wird alles vorüber sein. Promesso!" Und er stand auf, als hätte er den beiden seinen Segen gegeben, und Beatrice schlief ein. Celestino wachte die ganze Nacht an ihrer Seite.

12

Die nächsten Tage erholte sich Beatrice soweit, dass sie die Klinik verlassen konnte, aber man ließ sie noch nicht in ihr Haus, vor dem ein Polizist erschossen wurde, sondern empfahl ihr einen Aufenthalt in entsprechender Entfernung. Was lag also näher, jenen Ort aufzusuchen, wo sie die glücklichste Zeit ihres Lebens verbracht hatten, in Wien. Am selben Tag noch saßen Sie wieder im Privatjet von Rom nach Wien, ins Hotel Imperial. Die Suite vom letzten Mal war glücklicherweise noch frei und so erholte sie sich in der Stadt der Ruhe, aber unter ärztlicher Betreuung. "Es ist einfach eine Frage der Zeit. Die Zeit heilt alle Wunden, mein lieber Bräutigam", sagte der Professor aus Wien freundlich, "Und die Wunden der Seele brauchen besonders lang.

Am besten wäre es, Freunde zu treffen, rücksichtsvolle Freunde, ehrliche Freunde, verstehen sie? Aber nicht zu viele auf einmal, verstehen sie?", tat der Doktor aus Wien besorgt seine Pflicht und ging, nicht ohne sofort sein Honorar in bar zu kassieren. Offenbar hatte er mit Südländern schlechte Erfahrungen gemacht. Beatrice und Celestino standen am Fenster des Hotels und schauten auf die ruhige, prachtvolle Ringstraße hinunter. Da drehte sie sich zu ihm um, umklammerte ihn und sagte: "Liebster, lass uns deine Eltern verständigen. Lassen wir sie hierherkommen und Großvater auch. Unser Freund Hothyany soll sie tagsüber herumführen. Ich habe noch nicht ganz die Kraft dazu."

"Und deine Mutter?", fragte Celestino

"Mit der habe ich schon lange keinen Kontakt mehr. Verschiedene Tanten, Cousins, sonstige Verwandte, aber meine Mutter versteht das alles nicht. Später vielleicht, jetzt musst du dich um deine Eltern kümmern. Und ich mich auch. Du bist doch bald mein Mann?"

"Ja, Liebste, ja!" und er rief seine Mutter an und wusste nicht, wie er es ihr erklären soll. "Pronto?", sagte sie, wie man sich auf italienisch am Telefon meldet, und ließ ihn gar nicht zu Wort kommen, als sie hörte, dass es Celestino, ihr Sohn war.

"Wie gehts dir, erzähl, erzähl!" Da sagte er einfach:

"Mamma, ich werde heiraten. Alles weitere erfahrt ihr in Wien." Mag sein, dass der dumpfe Aufprall danach von ihrer Ohnmacht herrührte, mag sein, dass es vom Hörer war, der ihr aus der Hand fiel oder vom Großvater, der wieder mal den Blumentopf vom Fenster stieß, auf alle Fälle wurde die Verbindung unterbrochen. In einem späteren Anruf erklärte ihr Celestino ausführlich in über zwei Stunden, was ein aufgewühltes Mutterherz in einer solchen Situation zu wissen verlangt. "Celestino heiratet!" rief sie in einem Strom glücklicher Tränen ihrem Mann und ihrem Schwiegervater zu, "Er heiratet eine Fürstin, glaube ich, eine reiche römische Fürstin. Wir sollen alle sofort unsere Koffer packen und nach Wien kommen!" Näheres wusste sie nicht zu berichten, brachte alles durcheinander, rannte kreuz und quer durch die Wohnung und auf die Straße und zu den Nachbarn im Haus und zum Käsemann und zum Friseur nebenan und überall sprach sie wirr, auch am Telefon, wenn sie alle Verwandten informierte. Auch Großvater hob ahnungslos die Schultern, als er in Bruchstücken den Schachspielern in der Pasticceria erzählte.

Am selben Tag kam eine verstörte Frau ins Büro des Questore. Sie hatte keinen Termin, wollte ihn aber unbedingt sprechen und ließ sich nicht abwimmeln. "Aber bitte, verehrter Questore Pizzo, bitte kein Wort zu niemandem. Ich bitte sie. Die bringen mich sonst um, wissen Sie?"

"Liebste Signora", legte der Questore väterlich seinen Arm um die Schultern der zarten Dame von etwa fünfzig Jahren, führte sie zu einer bequemen Couch auf der anderen Seite des Zimmers und bot ihr einen Platz neben sich an. "Liebste Signora - " und er legte dabei einen Finger an seine Lippen - "bei mir ist alles unter Verschluss. Niemand erfährt etwas. Promesso!" Da fasste sich die zarte Dame ein Herz und auch Vertrauen zu dem väterlichen Questore und begann zu erzählen, aber in leisem Flüsterton, denn sie wollte sicher sein, dass nur er höre, was sie dringend erzählen musste. "Es bedrückt mich schon die ganze Zeit, wissen sie, aber als ich in der Zeitung gelesen habe, dass vor der Villa des Dottore Tedesci - also, dass dort geschossen wurde und ein Mann ums Leben gekommen ist, da musste ich zu Ihnen kommen, Dottore Questore!" und sie war dem Weinen nahe. "Wissen Sie", sagte sie noch leiser, dass der Questore sich ein wenig zu ihr neigen musste, um sie zu verstehen, "ich war die dritte Sekretärin in der Kanzlei des Dottore Avvocato und ich habe so viele Sachen gehört, so viele schlimme Sachen. Dabei wollte ich gar nichts hören. Ich habe auch nie gelauscht, niemals. Aber der Dottore war so laut manchmal, und seine Klienten auch, da musste ich ja was hören. Sogar durch die geschlossene Doppeltür!" Und sie erzählte nun viele Begebenheiten, die ihr kleines Herz schon Jahre gequält und bedrückt hatten, denn sie war eine ehrliche kleine Signora ohne Mann, aus der Provinz um Viterbo, tief vom Land. Fleißig und strebsam war sie, und ihre Mutter musste sie pflegen und unterstützen und ihre drei kleineren Brüder auch, sie war sozusagen Alleinerzieherin und Alleinversorgerin in einer Person und hat alle Prüfungen mit Auszeichnung gemacht im Sekretariatslehrgang für Notare und

Rechtsanwälte. Die Beste ihres Jahrgangs sei sie gewesen, darum habe sie der Dottore Avvocato auch eingestellt aber nur als dritte Sekretärin, denn die erste und die zweite Stelle waren besetzt mit langhaarigen vollbusigen Schönen aus Rom, und auch da könnte sie dem Questore einiges erzählen, was da abends oder sogar in der Mittagspause im Hauptbüro zu hören und sogar zu sehen gewesen wäre, sie aber die Signora Garazza, so hieß die dritte Sekretärin, hätte die ganze Arbeit allein erledigen müssen, weil ja die beiden anderen so lange Fingernägel gehabt hätten - und sie zeigte dem Questore die Länge der Fingernägel - sodass sie niemals hätten auf einer Tastatur schreiben können, sondern immer nur um den Dottore herumscharwenzelt wären und ihm das Hemd voller Lippenstift geschmiert hätten.

Das alles hätte die Signora Tedesci, die feine Signora, die arme Signora, gewusst, denn der Dottore hätte keinen Genierer gehabt, es vor ihr zu verheimlichen. Wie oft sei sie, die feine Signora, mit Würde und Haltung aber mit unterdrückten Tränen aus der Kanzlei gekommen, habe dabei nicht verabsäumt, sie, die dritte Sekretärin freundlich zu grüßen, sei dann aber bestimmt im Wagen oder zuhause zusammengebrochen.

Der Questore ließ die dritte Sekretärin erzählen, unterbrach sie nicht, nickte nur väterlich und hörte aufmerksam zu, sehr aufmerksam sogar.

Und so hätte sie, die Signora Garazza, die dritte Sekretärin, nicht nur solche Weibergeschichten mitansehen müssen sondern noch viel Schlimmeres, was schon ins Kriminelle gehe. So habe er einmal einem Klienten lautstark geraten: >Umbringen? Warum willst du ihn umbringen, nur weil er deine Frau genommen hat? Umbringen ist Mord. Dafür kriegst du lebenslänglich. Schieß ihm die Eier weg mit einer Schrotflinte, das ist nur schwere Körperverletzung, vielleicht sogar nur ein Unfall. In ein paar Jahren bist du wieder heraußen und er kann keine Frau der Welt mehr nehmen. Mollo - kaputt - Cazzo rotto!< So wäre der Dottore gewesen. Nicht nur böse, charmant auch und voll Unterwürfigkeit, wenn es um die Höchsten im Land gegangen sei, die Minister, die Direttori, die Registi, die Capitani aus Industrie und Wirtschaft. Vor denen sei er auf Knien gerutscht. Und auch vor einer gewissen Donatella. Der sei er hoffnungslos verfallen gewesen, die hätte mit ihm alles machen und von ihm alles haben können. Hereingerauscht sei sie manchmal in die Kanzlei, vorbei am Empfang draußen, vorbei an ihr, der dritten Sekretärin, vorbei an den beiden anderen Tigerkatzen, die sie keines Blickes gewürdigt hat, so selbstsicher sei sie ins Büro des Dottore gestürmt, und der habe sich ihr sogleich unterworfen, und >Cara< und >Amore< geturtelt und scharmutziert, wer auch immer grad bei ihm im Büro gewesen ist. Nur einmal, wie grad die feine Signora Tedesci beim Dottore in der Kanzlei gewesen war und die Donatella auch reingerauscht ist, wie immer,

142

da sei der Dottore still gewesen. Völlig still und gelähmt und habe kein Wort herausgebracht, dass die Donatella ihn und die Signora keines Blickes gewürdigt und auch selbst kein Wort gesagt hatte, sondern sich auf ihrem spitzen Absatz umgedreht und nach hinten >Stronzo< gerufen und ihren Mittelfinger in den Himmel gestreckt habe. Wer diese Diva wäre, hatte die Signora damals gefragt, denn sie hätte die Donatella zum ersten Mal gesehen, sie aber, die dritte Sekretärin, habe sie schon jahrelang zum Dottore rein und rausgehen und auch bei ihm übernachten sehen. Er aber, der Dottore, hätte seine Frau damals glatt angelogen und >Eine aufgeblasene Klientin, so eine Dahergelaufene aus dem Süden< gerufen.

Das Schlimmste, das Allerschlimmste sei vor ein paar Monaten passiert. Da sei nämlich die Donatella nicht allein gekommen, sondern mit einem Mann. Mit einem bösen Mann mit riesigen Händen und schwarzen Augen, wie ein Panther. Groß und mächtig sei er mit schweren Schuhen auf dem feinen Parkett getrampelt und Donatella habe ihn am Arm in die Kanzlei des Dottore gezogen, und nichts geredet habe er, der schwarze Riese, gar nichts. Nicht einmal genickt. Dann sei die Donatella herausgekommen, habe die Tür verschlossen und vorher noch hineingerufen >Ich will, dass die Sache erledigt wird!< Die beiden Tigerinnen aus dem ersten und dem zweiten Vorzimmer seien schon weg gewesen, nur sie, Signora Garazza, habe noch gearbeitet zu dieser späten

Stunde, denn sie hätte ja alle Akten erledigen müssen, sie als einzige. Dann habe sie noch gesehen, dass die Donatella sich an den leeren Schreibtisch der ersten Sekretärin gesetzt und etwas auf einen Zettel geschrieben habe. Den habe sie dann zerknüllt und in den Papierkorb geworfen und einen neuen Zettel geschrieben und den habe sie in der Hand gehalten. Als endlich der Unhold aus dem Büro des Dottore gelatscht sei, habe ihn Donatella wieder am Arm gepackt und dem Dottore noch den Zettel in die Sakkotasche gesteckt. Dann sei sie abgerauscht, mit dem grausamen schwarzen Kerl im Schlepptau.

"Haben sie gesehen, was auf dem ersten Zettel gestanden ist, liebe Signora Garazza?". Ja, auch das habe sie gesehen, denn als der Dottore die Kanzlei verlassen und sie ganz allein gewesen wäre, hätte sie den zerknüllten Zettel aus dem Papierkorb geholt und genau gelesen. "Was stand geschrieben?", wollte der Questore wissen. "Ich habe ihn mitgebracht. Da lesen sie!" Und sie reichte ihm ein kleines Papierknäuel, klein, wie ein Golfball. Der Questore faltete ihn auseinander, strich ihn glatt und las: "Heirate mich sofort! Sonst lasse ich sie erschießen!". Der Questore dachte nach. Er erinnerte sich genau, was auf dem Zettel stand, der im Anzug des Dottore gefunden wurde: "Heirate mich sofort! Sonst ist alles aus!" Das war doch ein Unterschied, ein erheblicher vielleicht sogar. Außerdem stand: "...lasse ich SIE erschießen" es hätte ja auch stehen können: "...lasse ich

DICH erschießen". Der Questore überlegte blitzschnell und kam zu dem Schluss, dass es ein näherliegendes Motiv sein könnte, die Ehefrau des Dottore aus dem Weg zu räumen als ihn selbst. Im ersten Fall wäre der Weg frei für Donatella gewesen, neue Dottoressa Tedesci zu werden, im anderen Fall wäre es einfach nur Rache. Die Formulierung im zweiten Zettel aber sei ja viel milder, denn der drohte nur das Aus der Beziehung an. Schlimm für den Dottore, der war ja abhängig, aber harmlos für die Donatella. Die würde schon irgendeinen anderen finden, der sie unbedingt hätte heiraten und versorgen wollen. Begütigend fragte der Questore die Sekretärin Garazza, ob sonst etwas vorgefallen wäre. Ja, vieles, aber das falle ihr im Augenblick gar nicht alles ein, denn sie sei ja nur gekommen, weil sie die feine Signora Tedesci in Gefahr sehe.

So verabschiedete sich der Questore freundschaftlich von der zittrigen Sekretärin, legte wieder den Arm um ihre zarten Schultern, begleitete sie zum Ausgang und machte ihr zum Abschied Mut, jederzeit wieder zu ihm zu kommen, wann immer ihr danach sei. "Danke.", hauchte Signora Garazza, und weinte eine Träne in ihr Taschentuch.

Der Questore setzte sich auf seinen Direktorensessel, faltet die Hände hinter seinem Kopf und lehnte sich nach hinten. Er dachte nach. Es gab einen toten Dottore. Erschossen mit einem Pfeil. Wer hatte ein Motiv? Irgendein Racheakt aus alten Gerichtszeiten?

Eine Sache der Camorra? Ein Mord durch einen früher Verurteilten? Schwierige Sache, alles war möglich. Hinweise gab es keine. Dann waren da noch die übrigen Verdächtigen: die Donatella oder ihre Hintermänner (der schwarze Mann an ihrer Seite vielleicht)? Die dritte Sekretärin eventuell - sie hatte auch ein Motiv. Die beiden Tigerkatzen aus der Kanzlei - wer weiß. Pater Giovanni - Celestino hatte ihm vom Brief aus Eifersucht vor Jahrzehnten berichtet, wie sehr der Pater, damals ein junger Mann, die Beatrice liebte und immer geliebt habe und immer lieben werde, und dass er sich selbst entweder umbringen werde oder ihren Mann, damit sie für ihn frei sei! Wenn das kein Motiv ist. Jahrzehnte zurück aber ein Motiv. Dann gab es noch die kleine Melania, die Hausangestellte der gekündigt wurde, samt ihrer kriminellen Familie. Und schließlich die Signora Tedesci selbst: ja, auch sie hatte ein starkes Motiv den Dottore Avvocato umbringen zu lassen. Wer kann schon in einen Menschen hineinschauen? Questore Pizzo behielt alles das in seinem Kopf, er erzählte niemandem davon, er war klug, er stand vor seiner Pensionierung. Und so überlegte er, gegen wen er ermitteln werde, aber da war ja auch noch der Staatsanwalt und bei dem liefen sowieso alle Fäden zusammen. Der hatte ja auch die Untersuchungen angeordnet, sich seither aber überhaupt nicht zu Wort gemeldet, und das kam dem Questore merkwürdig vor, sehr merkwürdig sogar. So merkwürdig letztlich, dass er beschloss, nur auf Sparflamme ermitteln zu lassen.

Denn welches Motiv sollte der Staatsanwalt haben, die Sache schleifen zu lassen, obwohl die Presse ständig Druck machte? Darauf sah der Questore nur eine Antwort: Es sollte verhindert werden, den Mörder zu fassen, es sollte verhindert werden von oberster Stelle aus! Wenn man aber einerseits auf seine Pensionierung wartet und allen Grund hat abzuwarten, andererseits aber ein Polizeibeamter mit Leib und Seele ist und seinem besten Commissario die Hochzeit mit dessen geliebter Signora Tedesci nicht verzögern wollte, gab es nur einen Weg: der wahre Mörder musste gefasst werden. Aber nicht von ihm, dem Questore, sondern von einem übereifrigen Beamten, der halt leider nicht zu bremsen gewesen wäre. Und da fiel sein Blick nicht auf Tino Pinna - der war zu lahm und immer nur mit seinen Weibern beschäftigt, auch sehr anfällig auf die Verführungen durch Zeuginnen - sondern auf eine junge Beamtin, die Ispettora Ornella. Sie war unbekümmert, frech, draufgängerisch, unvorteilhaft anzusehen und nicht zu bremsen, wenn es um Aufträge ging, die auszuführen waren. Und so verständigte der Questore seinen Commissario, dass er der Ornella den Auftrag erteilt habe, sich in der Sache ein wenig umzusehen - aber mit der größtmöglichen Diskretion, versteht sich. Ob natürlich die kleine Ornella zu bremsen wäre, könne er nicht vorhersehen, dachte sich der Questore insgeheim und auch Celestino dachte so, mit einer durchaus berechtigten Sorge, man könnte seine Geliebte, die Signora Tedesci, zu sehr in Bedrängnis bringen.

Also ersuchte er seinen Boss, die kleine Ornella dahin zu instruieren, dass sie als erstes sämtliche anderen Verdächtigen und Zeugen einvernehmen solle, denn seine Beatrice stehe noch unter tiefem Schock von dem Mord vor ihrem Haus. Questore Pizzo aber hatte bereits in diesem Sinne gehandelt und der Ornella zusätzlich aufgetragen, den Commissario Celestino über jeden ihrer Schritte zu informieren, denn der sei ja schließlich der Leiter dieses Falles und derzeit zum Schutz der Signora Tedesci abgestellt.

13

Ornella stürzte sich sofort und mit Feuereifer in den Fall. Die Anweisungen ihres Questore hatte sie kaum gehört, geschweige denn hatte sie die Absicht, diese zu befolgen. Sie machte sich eine Liste mit Namen der Verdächtigen: Melania, Donatella, den schwarzen Mann, die dritte Sekretärin, Pater Giovanni, die beiden Tigerkatzen, den jungen Abrazzi und zuletzt Signora Tedesci selbst. Sie begann mit Abrazzi und der Questore schlug im Geiste die Hände über dem Kopf zusammen. Abrazzi, eine der einflussreichsten Familien Roms - aber er ließ sie gewähren und so eilte die quirlige Ornella zu Abrazzi und überrumpelte diesen geradezu. Ihrer Überlegung nach hatte er ein Motiv, den Dottore Tedesci zu ermorden oder ermorden zu lassen, denn ein Abrazzi arbeitet nicht selbst, er lässt arbeiten. Das wusste jede

Hausmeisterin, erst recht Ornella, die Tochter einer Hausmeisterin und eines Metzgers. Das Motiv des jungen Abrazzi lag für sie auf der Hand. Er wollte Donatella für sich, diese aber wollte den Dottore Tedesci, wenn also der Dottore tot wäre, würde der junge Abrazzi ihn beerben. Denn reich war er selber, viel reicher sogar als der Dottore Avvocato. Dazu war er noch schön und jung und so viel männliche Potenz, wie dieser verbrauchte alte Mann, hätte er der Donatella immer noch zu bieten.

Die junge Beamtin überrumpelte den jungen Abrazzi also und der verwickelte sich sogleich in Widersprüche, als er zu seinem Aufenthalt zur Tatzeit befragt wurde. Er stotterte herum, könne sich nicht mehr so genau erinnern und überhaupt, wie komme er dazu sich verdächtigen zu lassen, und den Dottore kenne er praktisch gar nicht.

Doch Ornella war sehr gut vorbereitet und hatte sich auch das genau erheben lassen, denn sie gab ihm eine Liste mit Vertretungsfällen, die der junge Abrazzi dem Dottore Avvocato persönlich aufgetragen hatte. Ungehalten wurde da der Fürst Abrazzi und ausfallend sogar über diese junge Polizistin, diese "Frau", die bestimmt eine Lesbe sei, so wie sie aussehe und wie sie sich benehme!

Ornella aber blieb ruhig und zäh. Solche Beschimpfungen hatte sie sich schon in der Polizeischule anhören müssen, wenn sie Avancen jugendlicher Kollegen stets abgelehnt hatte.

Natürlich wusste auch Ornella, dass der Aufenthalt des Abrazzi zur Tatzeit irrelevant war, denn er hatte bestimmt nicht selbst gemordet. Aber sie fragte ihn trotzdem, weil sie in der Polizeischule gelernt hatte, dass viele Fragen und schuldig gebliebene Antworten die Befragten so verunsichern, dass sie irgendwann das Bedürfnis spüren, sich auszusprechen. Laien halten dem Druck von Polizeifragen nicht stand. So fragte sie ihn nach seinem Verhältnis zu Donatella, der rombekannten Diva. Ja, da sei mal was gewesen zwischen ihnen beiden, aber nur ganz kurz und so flüchtig und nebenbei, er könne sich schließlich nicht jede merken, die sich ihm an den Hals werfe, ihm, dem jungen, schönen Abrazzi. Seinem Vater wäre es genauso gegangen, als er jung gewesen war, also kenne er solche Situationen schon sein ganzes Leben lang.

"Ich glaube Ihnen nicht!", sagte Ornella und verabschiedete sich. "Ich komme wieder." Kaum eine Minute später läutete das Telefon - natürlich müssen es zehn oder gar dreißig gewesen sein, oder gar eine Stunde - aber Questore Pizzo musste sich einen bösen Anruf aus dem Ministerbüro gefallen lassen, dass er keine andere Möglichkeit sah, als die kleine Ornella zu sich ins Büro zu "bitten". Der Questore redete sanft und mit Bedacht auf sie ein, doch auch das kannte die Polizistin schon und preschte weiter vor. Questore Pizzo sah ihr schmunzelnd nach, als sie sein Büro verließ. Er hatte seine Pflicht getan. Kurz rief er seinen Commissario in Wien an und gab ihm Bescheid.

Der kümmerte sich mittlerweile um seine Familie, um Mamma, Papa und Großvater und hatte den Fremdenführer der ersten Nacht, Graf Hothyany, bereits engagiert, den Rundgang durch die Stadt mit der Familie des Commissario zu übernehmen. Für Geld versteht sich, denn der Graf war stets pleite. Celestino bot in ein nettes Sümmchen und Beatrice lächelte und verdoppelte es sogar: "Madame! Dieses Angebot muss ich mit Entschiedenheit annehmen!" war ihm dieses Nebengeschäft sehr willkommen. Familie Carabello war hoch entzückt von diesem charmanten Herrn, der zwar italienisch sprach, es aber immer wieder mit spanisch untersetzte, mit dem man sich aber trotzdem recht gut verständigen konnte. Sie erzählten ihm auch von sich und von ihrer Herkunft und ihrem Leben in Rom, im Arbeiterbezirk Trastevere. Als die Sprache auf die bevorstehende Hochzeit zwischen ihrem Sohn Celestino und der Signora Beatrice Tedesci-Orlando zu sprechen kam, überkam den Grafen das typisch wienerisch-ungarische Verlangen, witzig zu sein, und sei die Gelegenheit dazu noch so unpassend: "Da haben Signora aber Glück gehabt, dass sie nicht mich genommen haben. Ich würde zwar viel besser zu ihr passen, aber wer weiß, was ihr da erspart geblieben ist!" Denn seine Familie sei immerhin siebenhundert Jahre geschlechtskrank. "Malattia venerea!", sagte er wörtlich. Diesen Ausdruck kannte er offenbar in vielen Sprachen. Mamma

Carabello aber war kurz sprachlos, Papa Carabello ahnungslos, nur Großpapa klopfte dem Hothyany von Mann zu Mann auf die Schulter. Von da an tranken die beiden manch Gläschen Wein zusammen, was dem Hothyany ohnedies als Lieblingsbeschäftigung galt. Von seiner Führung, von seinem Wissen, von seinen Schnurren und Histörchen aber über die Stadt und das Kaiserhaus und die Oper und Sissy war auch Mamma Carabello begeistert. Sosehr sogar, dass auch sie mit einem Gläschen mit dem Grafen anstieß und sogar zügig davon trank. Viele Pausen machten sie auf ihrem Rundgang durch Wien, denn der Graf war alle paar hundert Meter müde und vor allem durstig. Das hinderte ihn aber nicht daran, auch im Sitzen fortwährend zu reden und seine Anekdötchen zum Besten zu geben, wie die von dem Vergnügungslokal namens Praterfee und der dort auftretenden Baronesse Trianchy, einer Sängerin von Wienerliedern, der man mit der Hutnadel in ihre dicken Waden gestochen und deren Brustwarzen die Form eines Bauern der Schachfiguren gehabt habe. Dann sang er das Lied von der Praterfee und Großpapa Carabello antwortete mit "Oh, Santa Vergine, prega per me!", und Hothyany stimmte mit ein, denn er kannte viele Lieder aus vielen Nationen, selbst aus Russland und selbstverständlich aus Ungarn und anderen Ländern der ehemaligen Donaumonarchie, zu der ja auch einmal Istrien, Triest und Teile des Veneto samt Venedig und auch die Toscana gehört haben, das sehe man schon an seinem Namen - Hothyany.

Die Beschlagnahme seiner italienischen Heimat durch einen ungarischen Grafen Hothyany wollte Großpapa Carabello aber gar nicht gelten lassen, und so gab ihm Hothyany mit fortlaufendem Trinken die Toscana wieder zurück. Am späteren Abend dann auch noch Venetien und Triest und ganz spät sogar Südtirol, das er bis dahin eisern verteidigt hatte. Als der Graf das liederliche Kleeblatt in später Nacht im Hotel Imperial ablieferte, war Celestino durchaus betroffen vom Zustand seiner Familie, Beatrice aber umarmte Mamma Carabello ganz herzlich und freute sich, dass es ihr und ihren beiden Männern hier bei "ihr" in Wien so gutgehe. Celestino bezahlte den Hothyany noch sofort in bar, denn der macht keine Anstalten zu gehen, sondern auch hier, im noblen Hotel Imperial sogleich ein Glas Wein zu bestellen, mit den Worten: "A trockene Luft hats da aber schon!"

Hothyany steckte das Geld ein, nahm das Glas Wein mit und verabschiedete sich: "bis morgen". Celestino brachte seine Familie ins Appartement im zweiten Stock und er selbst fuhr mit Beatrice weiter in ihre Suite in die vierte Etage.

Die Signora war schon auf dem Weg der Besserung ihren Schock zu verarbeiten. Sie legte sich ohne Angst zu "ihrem Sposo Celestino, ihrem Marito in spe" und war schon wieder auf dem Weg, ihre spät gewonnene Weiblichkeit zurückzugewinnen. "Komm zu mir, mein Geliebter, komm zu mir!" hauchte sie voll Sehnsucht und wiedererwachender

Leidenschaft. Beide fühlten eine tiefe Liebe zueinander.

Ispettora Ornella wusste von alldem natürlich nichts, der Questore war in dieser Hinsicht äußerst verschwiegen, und so schickte sie der Signora Beatrice Tedesci-Orlando eine amtliche Vorladung in ihren Palazzo. Bei ihr in der Questura habe sie sich einzufinden, ohne zu wissen, dass die Signora nicht zuhause in Rom war sondern in Wien, noch dazu mit ihrem direkten Chef, dem Commissario Carabello, noch dazu in einem gemeinsamen Hotel, noch dazu in einer gemeinsamen Suite, noch dazu unter einer Decke steckend, im wahrsten Sinne des Wortes, wenn auch unter einer Seidendecke. Aber diese Vorladung war ohnedies erst in vierzehn Tagen fällig und so machte sich die junge Beamtin auf direktem Weg zu den anderen Verdächtigen ihrer Liste: zunächst zu den beiden Tigerkatzen, der ersten und der zweiten Sekretärin des ermordeten Dottore Avvocato. Sie besuchte sie getrennt voneinander in ihren jeweiligen Wohnungen, denn sie wollte sich ein Bild von den Verhältnissen machen, in denen die beiden hausten und staunte nicht schlecht, als sie bei der ersten Tigerin nicht nur lange Fingernägel und aufgeblasene Brüste, nach Art der Begleiterinnen russischer Oligarchen, erblickte sondern auch eine sehr große und geradezu fürstlich eingerichtete Wohnung. "Hat der Dottore das bezahlt?!", schleuderte Ornella der ersten Sekretärin ihre Frage direkt ins Gesicht, dass diese gar nicht anders konnte, als "Ja!" zu sagen, aber durchaus mit großem Selbstbewusstsein.

"Und das, und das und das auch!", fügte sie hinzu und öffnete bereitwillig ihre Schmuckschatullen, ihren Schrankraum und ihr Schuhzimmer. Ja, sie hatte ein eigenes Zimmer nur für ihre Schuhe. Alles fein aufgeräumt und geordnet, wie in einem exklusiven Laden. "Sie hatten ein Verhältnis mit dem Dottore?", fragte Ornella weiter gradheraus. "Natürlich, wer hatte das nicht?"

"Frau Garazza zum Beispiel!"

"Die nicht, klarerweise, irgendjemand musste ja die Arbeit machen!"

"Stimmt, mit diesen Fingernägeln kann man keine Tastatur bedienen. Aber das sind alles Nebensachen, die mich gar nicht interessieren. Sie waren Sekretärin beim Dottore?"

"Erste Sekretärin!", antwortete die Tigerin selbstbewusst.

"Wie war der Dottore?"

"Ein Scheusal, wenn Sie mich fragen! Er hatte eine Frau, eine sehr anständige Frau, und hat sie vor aller Welt betrogen. Tausendfach!" Ornella war überrascht von dieser Antwort: "Wollten sie ihn heiraten, den Dottore?"

"Niemals!", rief die erste Tigerin.

"Hat er ihnen einen Heiratsantrag gemacht?"

"Keine Ahnung, der hat viel geredet, wenn er verrückt nach Weibern war. Aber ich hätte es zurückgewiesen! Niemals hätte ich diesen Affen geheiratet. Da bist du mit einem Fuß auf der Bühne der Lächerlichkeit gestanden und mit dem anderen im Gefängnis!"

"Wie meinen Sie das?", fragte Ornella.

"Was wir dort alles erfahren haben, wenn er mit seinen Klienten geredet hat. Manche waren ja richtig laut, da ist geschrien worden, verzweifelt waren manche, da kriegst du alles mit."

"Erzählen Sie!", ermunterte Ornella die Zeugin und freute sich schon auf die Antworten.

"Schauen Sie, das weiß ich alles nicht mehr so genau. Ich erinnere mich nur an den ersten Tag in der Kanzlei!"

"Erzählen Sie!", lächelte Ornella. "Schauen Sie, Sie sind eine Lesbe, das sieht man sofort. Ich aber, ich bin genau der Typ, auf den die Männer abfahren. Ich weiß das, das war schon in der Schule so und erst recht im Leben. Als der Dottore mich sah unter den vielen Bewerberinnen für seine Kanzlei, hat er alle anderen auf der Stelle nachhause geschickt. Er hat sich meine Zeugnisse nicht angesehen, er hat keine Fragen zu meiner Ausbildung gestellt, er wollte nicht einmal wissen, ob und wo ich bisher gearbeitet habe! Er ist nur gleich am nächsten Tag mit Blumen dahergekommen und hat mir auf die Brüste gegriffen!"

"Und sie?"

"Ich habe ihn lassen. Wozu habe ich sie denn? Das ist mein Kapital." sagte sie offen und ebenso gradheraus, wie Ornella ihre Fragen an sie richtete: "Was haben sie gehört, im Laufe der Jahre beim Dottore, was ist von Bedeutung für seine Ermordung?"

"Vieles, fast alles! Der Dottore hatte tausend Feinde. Eine Million Freunde zwar, die alle von ihm abhängig waren wegen ihrer Gerichtsakten, aber tausend Feinde zugleich. Kennen sie noch jemanden, der mehr Feinde als Freunde hat? Nicht einmal Mussolini."

"Wer könnte es am ehesten gewesen sein? Wer ist der Mörder?", fragte Ornella weiter, doch die erste Sekretärin fiel ihr ins Wort: "Oder die Mörderin!"

"Nennen Sie mir eine Person. Ihre Hauptverdächtigen Person, männlich oder weiblich. Jene Person, die Ihnen als erste eingefallen ist, als sie von der Ermordung des Dottore erfahren haben!"

"Als erstes habe ich an seine Frau gedacht."

"Als zweites?"

"An Donatella und ihren Bruder, dieses Ungeheuer. Der arbeitet doch für jeden, das ist bekannt. Er mordet im Auftrag, für jeden und jede."

"Hätte er auch für Signora Tedesci gearbeitet?"

"Für sie, für seine Schwester Donatella, für mich, für den Papst, für den Cavaliere, egal. Wer bezahlt, ist sein Kunde und der Malevo erledigt seinen Auftrag."

"Ist das der schwarze Unhold, von dem manche in der Kanzlei gesprochen haben?"

"Manche? Alle haben ihn so genannt!"

Dann fragte Ornella noch wie oft dieser jüngere Bruder der Donatella beim Dottore gewesen sei und erfuhr, dass sie selbst ihn zweimal gesehen und richtige Angst vor ihm gehabt habe: "Viele Mafiosi waren in der Kanzlei, viele, doch keiner ist so kaltblütig und so grausam erschienen, wie er. Die meisten anderen waren charmant, haben sogar Blumen und kleine Geschenke für uns drei Sekretärinnen gebracht - ja, auch für Frau Garazza. Aber dieser Rizzardi! Der hat ja nicht einmal sein Maul aufgebracht. Der hat nicht einmal auf unsere Brüste geschaut. Jeder andere hat drauf geschaut, jeder, der in die Kanzlei gekommen ist, hat gelächelt und drauf geschaut, der aber nicht, der Unhold, der Roberto Rizzard! Er ist ein Malevo, so nennt man die Mörder in Argentinien, die sich bei Nacht und Nebel von hinten anschleichen und alles töten, was man von ihnen verlangt: Frauen, Kinder, Greise, alles!"

So verabschiedete sich Ornella und machte sich auf den Weg zur nächsten Sekretärin, der Tigerin Nummer zwei.

In Wien, nach dem gemeinsamen Frühstück der Familie Carabello mit ihrem Sohn Celestino und Beatrice, es war ein prächtiger Tag in Wien, ersuchte die Signora, dass ihr "Sposo" Celestino ein wenig mit ihr rausgehe aus dem Hotel - sie fühle sich mittlerweile wieder einigermaßen bereit, nach draußen zu gehen. In den Stadtpark wollte sie, zum goldenen Denkmal des Johann Strauß, auf die Terrasse des Kursalons und dem Orchester zuhören, während Graf Hothyany derweilen die Eltern weiter durch die Stadt führe. Man war einverstanden, der Graf bestellte rasch ein Pfiff Bier, so heißt die kleinste Menge in Wien, und ein Dosserl, so nannte er seinen Calvados. Großvater Carabello bestellte sich einen Café corretto - einen Espresso mit Grappa, dann machte man sich in verschiedene Richtungen auf den Weg. Im Stadtpark, sehr nahe zum Hotel Imperial, herrschte prächtiges Wetter und vollkommene Stille. Spaziergänger bewegten sich langsam auf den Wegen, Besucher saßen auf den Stühlen und hörten auf die Vögel. Celestino und Beatrice gingen Arm in Arm und Hand in Hand zum goldenen Denkmal des Johann Strauß. Man machte Fotos. Von der Terrasse des nahen Kursalons hörte man Walzermusik. So gingen sie die paar Schritte hinüber zu Hübner's und nahmen an einem Tisch auf der Terrasse Platz. Die Eltern wussten sie in guter Obhut. Man hörte auf die Musik, hielt sich an den Händen und nach einer Weile, es mag vielleicht eine halbe Stunde vergangen sein, sagte die Signora: "Ist dir der einundzwanzigste September recht?"

"Das ist dein Geburtstag."

"Und er Tag unserer Hochzeit. Wenn es dir recht ist." Celestino war überrascht. Jetzt also gab es kein Zurück mehr. Alles davor waren Schwüre, Erklärungen, Versprechungen, Liebesrauschen, doch jetzt nahte der amtliche Teil, ohne Rückfahrschein. Warum er jetzt zögerte wusste er selbst nicht, ebenso, weshalb nicht er selbst einen Vorschlag gemacht hatte, immerhin war doch alles ausgesprochen zwischen ihm und Beatrice. Der Questore wusste von den Hochzeitsplänen, seine Eltern wussten es, die

Leute um seine Wohnung und wer weiß wer sonst noch, denn so etwas spricht sich rasend schnell herum, und jetzt zögerte er. Vielleicht nur eine Sekunde aber für Beatrice fühlte es sich an wie eine Ewigkeit. Celestino sah es an ihrem Gesicht und schwieg. Und ausgerechnet in diesem Augenblick läutete sein Telefon. Er hatte sich verbeten angerufen zu werden und alle hielten sich daran, aber jetzt läutete es und es war der Questore, das sah Celestino am Display. Er ahnte Schlimmes. Er fürchtete sich. Er war in Sorge. So entschied er nicht abzuheben, wartete das Ende des Läutens ruhig ab, nahm die Hände Beatrices, sah ihr in die Augen, lächelte sie an und sagte: "Ja, ich will, meine Geliebte!" Da schloss Beatrice die Augen, atmete lange aus, als wäre die größte Last ihres Lebens von ihr gegangen, drückte Celestinos Hände, als klammere sie sich daran, zog ihn zu sich, umarmte ihn, küsste ihn und flüsterte in sein Ohr: "Amore!" Der Ober brachte ein kleines Getränk auf Kosten des Hauses, denn er sah, dass sich Großes anbahnte. Die beiden freuten sich über so viel dezente Aufmerksamkeit und Beatrice fragte den Kellner: "Sind alle Ober in Wien solche Hellseher?" "Solo l´italiani!" antwortete er, denn er war aus Arezzo. "Gibts auch echte Wiener Ober?", fragte Celestino. "Solo nel museo e nel cimitero!" Das Telefon läutete abermals, Celestino hob ab, hielt mit der anderen Hand weiter die seiner Geliebten und meldete sich bei seinem Questore. Der erzählte ihm, dass sich in Rom einiges ereignet habe, er das aber nicht am

Telefon erörtern möchte, es aber sehr angebracht sei, dass sein Commissario nach Rom komme: "Ziemlich rasch!", wie der Questore betonte. Dann verabschiedete sich Celestino nachdenklich und mit ernster Miene. Sorgenvoll, könnte man auch sagen.

"Was ist, Liebster?", fragte Beatrice.

"Ich muss nach Rom!"

"Dann fahr nur, denn ich muss nach Mailand, ohne dich." Celestino war in doppelter Ungewissheit. In Rom braute sich was zusammen und Beatrice musste nach Mailand? Ohne ihn?

"Liebste, ich komme mit dir." Da lächelte Beatrice und nahm seine Hände: "Das geht nicht. Ich muss zu Giorgio. Da muss ich allein hin, mit meinen engsten Freundinnen und Verwandten. Du darfst die Braut in ihrem Kleid erst am Tag der Hochzeit sehen. So ist es Brauch!" Celestino schwankte zwischen Erleiterung und Sorge. Seine Geliebte allein lassen? Ohne seinen Schutz? Auf der anderen Seite vielleicht aber sicherer in Mailand als bedroht in Rom? Beatrice war sich ihrer Zukunft so sicher, Celestino spürte jedoch, dass sich in ihrem Rücken etwas zusammenzog. Das hatte er den Worten des Questore entnommen, das spürte er als Kriminalist. Die Reise zu Giorgio Armani war ihm durchaus recht und er organisierte entsprechenden Schutz für Beatrice und ihre Begleiterinnen, rief den Questore an und sagte sein Kommen für den nächsten Tag zu. Seine Familie würde er dabei gleich mitnehmen, nur Mamma könnte gern mit Beatrice nach Mailand reisen, wenn sie wollte.

Mit verschiedenen Gedanken gingen die beiden ins Hotel zurück. Beatrice in der Vorstellung an ihr Kleid, an das Ereignis, an die Zukunft, an ihre Rolle als Frau, als Braut, Celestino mit innerer Sorge und äußerer Bedrückung. Beatrice sah es ihm an, es war nicht schwer zu erkennen, jeder konnte es sehen. Sie nahm ihn an der Hand, ging am livrierten Portier des Hotels vorbei in die Eingangshalle und weiter in die Lobby und fuhr mit ihm hinauf in ihre Suite. Dem Concierge hatte sie noch mitgeteilt, dass sie nun für vier Stunden für niemanden zu sprechen seien, auch nicht für ihre Familie, auch nicht für Graf Hothyany, den man hier schon kannte, auch nicht für den italienischen Gesandten, der sich für heute Nachmittag angemeldet hatte. So waren sie in ihrer Suite ganz allein. Es war ganz still. Die Mittagssonne schien zum Fenster herein, die Kuppel der Karlskirche funkelte grüngolden herüber, das Reiterstandbild des Fürsten Albert war hinter dem Dach der Oper zu sehen, Rathaus und Parlament ein Stück seitlich und dahinter, die grünen Berge und Wälder der beginnenden Alpen im Hintergrund, ebenso die Weinberge an den ersten Anstiegen dazu. "So werden sich unsere Wege morgen trennen, mein Geliebter!", sagte sie nachdenklich: "Du fehlst mir schon jetzt!"

"Du mir auch", antwortete Celestino mit ehrlichem Herzen.

"Löse den Fall. Löse den Fall. Ich kann dich nicht mehr hergeben. Ich muss mit dir beisammenbleiben!" und Celestino war schwer ums Herz. "Ich werde ihn lösen!", sagte er mit gedachter Zuversicht. "Ich werde es!", fügte er voll Kampfgeist hinzu. Dann liebten sie sich mit übervollen Herzen und der Sehnsucht des Verzichtens, dass die Stunden dahinflogen und es langsam dunkler wurde und die Eltern Celestinos längst zurück sein mussten. Doch keiner von denen wagte ein Klopfen an ihrer Tür, selbst Mamma Carabello nicht. Graf Hothyany erkannte die Situation mit Würde als Erster und führte die Familie noch einmal aus dem Hotel ins Ristorante San Carlo nur eine Straße weiter. Ihm war jetzt nicht mehr nach Führung, ihm war nicht nach Warten, ihm war nach Essen und Wein und bei der italienischen Familie des Commissario Carabello konnte er sicher sein, dass auch sie eine kleine Heimat bei San Carlo finden würde. Hothyany trank auch hier Weißwein, wie schon den halben Vormittag, den ganzen Nachmittag und an allen Stationen seiner Führung. Großvater hatte sich ihm angeschlossen. Man war fröhlich. Nur Mamma Carabello machte sich ein wenig Sorgen, wie das Mammas so zu tun pflegen und italienische besonders. Ihre Sorgen hier in Wien waren allerdings unbegründet. Ihr Sohn Celestino und seine geliebte Beatrice waren in Sehnsucht aneinandergedrückt und wussten, dass es sie verzehren würde, ohne einander sein zu müssen, sei es nur für ein paar Tage. Sie gaben einander alles, was sich Liebende in einer solchen Stunde geben können und sie wollten nicht mehr voneinander lassen, in dieser Stunde und in keiner folgenden, dessen waren sie sicher. Nein, es war keine Trennung mehr möglich. Auch nicht, als Beatrice zu ihm sagte: "Denk daran, mein Geliebter. Du wirst niemals Kinder haben! Nicht mit mir." Celestino aber ging es durch den Kopf: "Löse den Fall, löse den Fall!" Und er mühte sich, in alle Richtungen zu denken und sich so rasch es ging, auf die Fährte des Mörders zu setzen.

14

Am nächsten Tag reiste man ab. Beatrice mit Mamma Carabello nach Mailand ins Modehaus Armani, in dem sie sich mit ihren engsten Verwandten und zwei Freundinnen treffen wollten, und Celestino mit Vater und Großvater nach Rom. So wurde die Trennung für beide ein wenig leichter. Zum Abschied war noch Hothyany erschienen, in der Hoffnung noch etwas Geld zu bekommen, doch er wurde enttäuscht, denn Celestino und Beatrice waren zu aufgeregt, daran zu denken. Aber zur Hochzeit würde man ihn einladen, wohin auch immer, man wisse den Ort noch nicht, und so konnte sich der Graf ein wenig mit der Hoffnung auf die Zukunft trösten und versprach, ganz bestimmt zu kommen, auch mit einer seiner Gattinnen - und derer gebe es viele, falls das gewünscht sei.

Ornella war inzwischen bei der anderen Tigerlilly gewesen, der zweiten Sekretärin, und fand eine völlig andere Situation vor. Die Wohnung war auch schön und groß, aber modern eingerichtet und vor allem total verschlampt. Überall lagen Sachen herum, Schachteln stapelten sich, Bekleidung war übereinander geworfen auf den Stühlen und Sesseln und am Sofa verteilt und sogar am Esstisch, Schuhe ebenso, die Küche war verdreckt, das Bad, das Vorzimmer und alles quoll über, als hätte man es von einem Lastwagen in aller Eile in die Räume geworfen. Sie selbst aber, die zweite Sekretärin, war äußerst modisch gekleidet und stylisch herausgemacht, dass sie in jeder Parfümerie von den Verkäuferinnen bestimmt mit "Madame!" angesprochen wurde. Und sie fand kein Wort des Bedauerns über den Zustand ihrer Behausung, tat, als wäre es das Selbstverständlichste der Welt und könne gar nicht anders sein. Auch ihr stellte Ornella in etwa die gleichen Fragen, wie schon der ersten Tigerin, die Antworten wichen jedoch ab. Auf die Frage nach der Bezahlung der Wohnung und dem Verhältnis zum Dottore etwa antwortete sie: "Er und andere haben bezahlt, mit ihm und anderen habe ich Verhältnisse gehabt. Mir war doch vollkommen klar, dass ich nicht die Einzige war in seinem Leben." Das Verhältnis zur ersten Sekretärin bezeichnete sie als bedeutungslos, nebenher lebend, das zur dritten Sekretärin als nicht existent. Dottore Avvocato beschrieb als sehr raffiniert, hinterlistig, heimtückisch und berechnend, besonders seiner Frau gegenüber, die auch sie als feine Person aber farblos beschrieb. Die Kriminellen habe er ausgeplündert nach Strich und Faden, aber das hätte sie nicht gestört, denn wenn jemand was dreht, müsse er eben auch den Preis dafür bezahlen - oder in den Knast gehen. Zu ihr aber sei der Dottore immer sehr nett und großzügig gewesen, aber sie sei ja auch "nur" die zweite Sekretärin gewesen und nicht die erste. Wer ihr als erstes eingefallen wäre, als sie die Nachricht vom Tod des Dottore erfahren hatte? Die Signora, denn die habe er in den Wahnsinn getrieben und sich an ihr "abgeputzt, wie an einem Fußabstreifer!" Das habe sie ihm auch einmal gesagt, aber er habe nur die Achseln gehoben und "Halts Maul!" gebrummt. Deshalb könne sie seine Frau auch verstehen und hätte an ihrer Stelle schon viel früher gehandelt und dem Dottore "einen Pfeil in den Rücken schießen lassen, oder gleich zehn!"

Den Bruder der Donatella beschrieb sie ähnlich, wie bereits die erste Sekretärin, und auch sie habe sich vor ihm gefürchtet. Die Donatella selbst bezeichnete sie als Allerweltsschlampe auf höchstem Niveau, aber auch als liebes Mädchen aus dem Süden. Mag schon sein, dass auch sie hinter dem Mord stehe, denn den Höhlenmenschen aus den Sassi sei alles zuzutrauen, wie den Wölfen, die durch die Nacht streichen. Mamma Rizzardi kenne sie nicht.

Damit war die Einvernahme mit der zweiten Tigerin abgeschlossen und Ispettora Ornella konnte zur nächsten Befragung eilen. Und sie eilte rasend schnell. Nämlich nochmal zu Abrazzi, denn der hatte inzwischen Melania eingestellt, das von der Signora

166

Tedesci hinausgeschmissene und vom Hotel Bellevue in Bern inzwischen gekündigte Hausmädchen, denn auch dort hatte sie gestohlen. Nicht viel, aber für Schweizer Verhältnisse zu viel. So hatte sie sich bei Abrazzi beworben und weil dort grad eine Stelle frei gewesen war, wurde sie umgehend eingestellt, natürlich ohne die Vorgeschichte der Melania zu kennen. Ispettora Ornella kannte sie bereits von der ersten Einvernahme, hatte sich wieder gut vorbereitet auf das Hausmädchen und alle Unterlagen über die kleinkriminelle Vergangenheit ihrer Familie und ihres Umfeldes mitgebracht in noch detaillierter Weise, als beim ersten Mal. Sie schleuderte dem verzagten Mädchen alles um die Ohren, auch ihre ewige Stehlerei und drohte ihr mit hartem Gefängnis, wenn sie nicht sofort alles erzähle, was sie über das Haus Tedesci und alle Umstände dort wisse. Da brach das Mädchen in einem Strom von Tränen zusammen und warf sich an die Brust der Ornella, dass diese nicht anders konnte, als sie wie ein Kind an sich zu nehmen und lange und geduldig zu beruhigen, dabei aber nicht aus den Augen zu verlieren, die Wahrheit aus ihr herauszupressen. Denn in Melania sah sie nicht nur das geschundene Mädchen, sondern auch die verschlagene Diebin.

Das Schöne an der Polizeiarbeit ist, dass man durch ständiges Ändern des Befragungsteams, durch Pferde wechseln sozusagen, und durch Ändern des Befragungsstils das ungeübte Volk schnell aus dem

Gleichgewicht bringen kann. Guter Onkel, böser Onkel ist zum Beispiel ein beliebtes Instrument bei Einvernahmen. Ornella war der Melania gegenüber sogar gute Tante und böse Tante in einer Person. Und diese Rolle spielte die junge Polizistin aus dem Volk meisterhaft, als wäre sie ein philosophisch und psychologisch ausgekochtes Naturtalent. "Wer ist der Mörder des Dottore!" herrschte sie Melania an, Sag es! Sag es!" Und Melania war verzagt und wusste keine Antwort. "Dann warst du es und deine Familie! Ihr wart es, ihr Slowenen, ihr Bergslawen, ihr Naturverbrecher, du und deine Familie wart es!", fauchte die Ornella, dass das Mädchen am ganzen Körper zitterte und Ornella sie zärtlich in ihre Arme nehmen und auf die Wange küssen musste. "Was hast du denn gesehen?" fragte sie nach einer langen Pause mit sanfter Stimme. Da legte das kleine Persönchen sich als Ganzes in die Hände der Ispettora und erleichterte ihr Gewissen: "Schon vor längerer Zeit ist der Dottore wieder ein paar Tage nicht nachhause gekommen und die Signora hat sehr gelitten und zuletzt auch geweint. Eines nachts ist er sehr spät und völlig überraschend aufgetaucht, mit Donatella im Arm. Die hat sich aufgeführt, wie ein besoffener Clown und die Signora gedemütigt." Was sie gesagt habe und was vorgefallen sei, wollte Ornella mit sanfter Stimme wissen und strich dem Mädchen über die Haare. >Geh doch ins Kloster, wenn du einen Mann nicht befriedigen kannst<, habe Donatella hysterisch gelacht. Besoffen sei sie gewesen, bis an den

Rand des Gehirns und auch der Dottore war stockbe-
soffen und übereinander hergefallen seien sie dann,
die Donatella und der Dottore, dass die Signora alles
habe mitansehen müssen. Die ganze rasende Orgie.
Da sei die Signora weinend zusammengebrochen
und habe in einem fort geflüstert: >Wenn ihr nur tot
währt. Wenn ihr nur alle beide tot währt! < Jahre aber
sei das her und mehr habe sie nicht gesehen, außer
den Pater in jüngerer Zeit, wie er im Palazzo übernachtet hat.

Auf die Frage, wer ihr als Täter als erstes eingefallen sei, als sie vom Tod des Dottore erfahren habe,
sagte sie leise: "Der Bruder der Donatella!"

"Im Auftrag der Signora?" fragte Ornella.

"Vielleicht!", hauchte Melania. "Wie kommst du
auf den Bruder von Donatella?"

"Frau Garazza war manchmal im Palazzo und hat
etwas vorbeigebracht für den Dottore. Da haben sich
die beiden Frauen auch unterhalten und die Signora
hat auch immer Kaffee serviert und sei ganz liebens-
wert zur Signora Garazza gewesen. Und zweimal
muss es ungefähr gewesen sein, da hat Frau Garazza
von einem Unhold erzählt, der manchmal mit der
Donatella in die Kanzlei gekommen ist. Schon vom
Erzählen ist einem Angst und Bang geworden, vor
diesem >Mörder, der für Geld tötet<, so hat Frau
Garazza gesagt!"

"Wie aber soll die Signora mit dem >Unhold< zu-
sammengekommen sein, wie soll sie ihn beauftragt
haben?", fragte Ornella.

169

"Das weiß ich nicht!" Sie selbst und ihre Familie habe mit dem Mord wirklich nichts zu tun. Ja, man sei hin und wieder ein bisschen ins Stehlen geraten, aber man sei ja auch arm und es tue ihr auch leid und sie werde es ganz bestimmt nicht wieder tun.

"Das hast du schon beim letzten Mal versprochen und hast es trotzdem wieder gemacht. Sogar in der Schweiz! Wenn du hier bei Abrazzi stiehlst, stecke ich dich ins Gefängnis!", ließ Ornella die Melania verwirrt zurück und eilte davon in die Questura. Dort berichtete sie ihrem obersten Boss und der wiegte den Kopf. "Das sieht nicht gut aus. Gar nicht gut! Doch die Signora Tedesci ist keine Mörderin und sie gibt keinen Mord in Auftrag, das wissen wir beide!"

"Wer kann schon in einen Menschen hineinschauen?" fragte Ornella den Questore und beide einigten sich übereinstimmend auf den nächsten Schritt: Rizzardi wird einvernommen, und zwar hier in der Questura unter Polizeibewachung.

"Kein Hausbesuch!", ordnete der Questore an. So ließ Ornella den Roberto Rizzardi von der Polizei unter seinen Lastwagen hervorholen und so wie er war in den Vernehmungsraum der Questura bringen. Mehrere Polizisten waren anwesend.

Lange wollte sich die junge Ispettora Zeit nehmen, nächtelang, wenn es sein musste und das Befragungsteam austauschen, falls es nötig sein sollte. Länger als achtundvierzig Stunden durfte sie ihn nicht festhalten, das waren die Vorschriften.

Als Roberto Rizzardi in der Questura eintraf, erschrak sogar Ornella vor seiner grausamen Erscheinung. Sie wusste sehr wohl zu unterscheiden, zwischen dem Äußeren einer Person und seinen Einstellungen, aber hier sah sie keinen Zweifel an seinem Charakter. Dennoch bemühte sie sich sehr, die Trennung beizubehalten und begann das Verhör zunächst sehr freundlich und mädchenhaft mit ganz harmlosen Fragen, nach Namen, Wohnort, Beruf, Einkommen und so fort. Doch Rizzardi schwieg. Er schwieg dumpf vor sich hin, wie er die Spaghetti seiner Mutter dumpf in sich hineinfraß. Nicht eine Miene verzog er, nicht eine Regung kam von ihm, nicht ein Körpersignal, so wie es die Psychologen bei der Polizei ausführlich beschrieben hatten in den Schulungen. Wie ein Stück Holz, ein Quader aus Stahl, eine Säule aus Beton saß er da und starrte vor sich hin mit kalten Augen. Ohne Hass waren die Augen, ohne Emotion, ohne Spur einer Erkrankung auch, das stellte sogar die Polizeipsychologin fest, die alles beobachtete. Ornella dachte genauso. Nach bereits einigen Stunden hatte man sehr viele Fragen gestellt, doch Rizzardi hatte keine einzige Antwort gegeben, keine einzige. Nicht wie er heiße, nicht wo er wohne, nicht wovon er lebe, nicht was er den ganzen Tag mache oder in seiner Freizeit, gar nichts hatte er beantwortet. Nur ein einziges Mal, auf die Frage, ob er beim Militär als Kampftaucher eingesetzt war, nickte er kurz, als wäre er sogar stolz darauf. Er war ein Unterwassermensch, schweigsam, verschlossen, fischgleich tauchte er durch alles durch. Und wusste wohl auch, dass man ihn nicht länger als achtundvierzig Stunden hier festhalten dürfe. Ein längerer Tauchgang halt, hatte er sich vielleicht gedacht. Aber Ornella hatte einen Plan, den sie sich fest vorgenommen hatte, und so ließ sie dem Rizzardi nur kurze Schlafpausen und wechselte das Befragungsteam alle paar Stunden aus. Mal hart, mal weich, mal versöhnlich, mal freundschaftlich, mal brutal, mal jovial. Mal gabs Kaffee, mal Wasser, mal eine Zigarette, mal was zu essen, mal ein Glas Wein. Streng nach Vorschrift, versteht sich. In der vierzigsten Stunde schließlich ließ Ornella einen ebenso grausam aussehenden Beamten zu ihm, wie es Rizzardi selbst war. Der saß ihm lange Zeit vollkommen stumm gegenüber und sah ihn unentwegt an. Rizzardi blickte stumpf auf die Tischplatte. Keine der beiden Seiten bewegte sich. Wie zwei Kampfhunde, die sich belauern. Nur viel intelligenter und mit viel mehr Ausdauer. Als sie sich zwei Stunden so gegenübergesessen waren, sagte der Beamte: "Roberto!" und legte seine Pranke auf die des Rizzardi, dann machte er wieder eine lange Pause. Und so leise er mit seinem tiefen Bass konnte, flüsterte er: "Ich habe deine Mutter verhaften lassen!" Da war es, als regte sich ein kurzes Blitzen in den Augen des Rizzardi, als säße eine Schlange vor dem Biss gegenüber. Die Psychologin beobachtete genau und wollte gerade etwas zu Ornella sagen, da schoss die rechte Hand des Rizzardi an die Gurgel des Beamten und drückte so gewaltig zu, dass dieser nahe daran

war zu ersticken, wäre er nicht ein hervorragend ge-
schulter Nahkämpfer gewesen, der den Arm des
Roberto Rizzardi mit einer Drehung seiner beiden
Hände und seines Körpers zu fassen bekam und ihn
auf den Tisch drückte, dass er seinerseits hart aufschlug und drohte, sich die eigene Schulter auszuke-
geln. Und obwohl es höllisch schmerzen musste, wie
ein Arzt danach beschrieb, war kein Laut aus ihm
herauszubringen. Langsam, ganz langsam lockerte
der Beamte die Fixierung des Rizzard und ließ ihn
sich in kleinen Bewegungen erheben zu seiner vorhe-
rigen Haltung als Sitzender im Verhör am Tisch.
Dann ging der Beamte aus dem Raum. Nur in seinem
Rücken verblieben zwei Polizisten im abgedunkelten
Teil des Raumes. Nach einer längeren Pause kam Ornella ganz allein herein. Sie setzte sich dem Tatver-
dächtigen gegenüber und reichte ihm Kuchen und
Wein. Rizzardi bewegte sich nicht und rührte auch
die Labung an. "Signore Rizzardi", begann Ornella
sanft und leise. Ich habe nur eine Frage an Sie. Eine
einzige. Wollen sie sie beantworten?" Und Roberto
senkte seinen Kopf ein wenig, was ebenso eine Zu-
stimmung, wie eine Resignation über die Aussichts-
losigkeit einer solchen Frage bedeuten konnte. "Eine
einzige Frage!", wiederholte Ornella, "danach können sie gehen!" Und sie nahm all ihre jugendliche In-
telligenz zusammen und stellte diese einzige Frage,
die sich in ihrem Plan vorgenommen hatte zu stellen:
"Hat Signora Tedesci mit Ihnen gesprochen?" und es
folgte eine lange Pause mit atemloser Stille, als wollte

173

der Raum vor Spannung zerreißen. Ornella sagte nichts, kein Wort. Sie tat keinen Laut. Sie atmete auch selbst nicht mehr, ebenso wie Rizzardi. Und nach einer endlosen Weile des gespannten Wartens senkte er endlich ein wenig den Kopf und sagte das stillste und einzige Wort, das man jemals von ihm gehört hatte: "Ja." Ornella wusste, dass jede weitere Frage sinnlos war. Sie stand auf, reichte dem Rizzardi die Hand, lächelte ein wenig und ließ ihn gehen.

Umgehend informierte sie den Questore. Der Faltete die Hände unter seinem Kinn, neigte sich zu Ornella vor und sagte feierlich:

"Mein Kind. Es braut sich etwas zusammen. Es ist kein Beweis. Doch bedenken Sie: Rizzardi ist ein Taucher, kein Bogenschütze. Und was die Signora mit ihm gesprochen hat, ist auch unbekannt." Ornella wusste das alles, sie dachte genauso und sagte deshalb:

"Dann werden wir sie fragen! Ich habe sie ohnedies einbestellt in zehn Tagen." Der Questore sah sie lange an: "Gehen Sie nochmal zu den Rizzardi. Zur Mutter!" Ornella nickte und würde sich gleich morgen auf den Weg machen. Heute müsse sie schlafen. Das Verhör habe Kräfte gekostet. Der Questore begleitete sie zur Tür.

Am nächsten Tag, schon bald nach Dienstbeginn, erschien Commissario Carabello beim Questore. "Sie haben mich rufen lassen!"

"Mein lieber Carabello. Die Ereignisse überschlagen sich aber wir haben alles im Griff. Geben Sie nichts auf Gerüchte, schauen Sie nicht auf Zwischenstationen, kümmern sie sich um Ihre Signora. Fahren sie zu ihr."

"Sie ist in heute in Mailand mit ihren Frauen. Ich habe sie Hals über Kopf verlassen, wegen ihrer Nachricht und jetzt soll ich wieder gehen?"

"Gehen Sie, gehen Sie mein lieber Carabello. Heute noch nicht, heute ist der wichtigste Tag einer Frau und in der Vorbereitung einer Hochzeit. Da wird das Brautkleid ausgesucht. Ein Mann hat dabei nichts verloren, der Bräutigam schon gar nicht. Ich bin davon überzeugt, dass Maestro Armani eine Königin bekleiden und eine Prinzessin aus ihr machen wird. Er ist ein Genie! Fahren Sie morgen wieder zur Signora.

Heute aber, mein lieber Carabello, für heute möchte ich sie um etwas Besonderes bitten, einen Spezialauftrag sozusagen: befragen sie Donatella. Sie sind der Einzige, der etwas aus ihr herausbringen kann und Sie sind der Einzige, der ihr widerstehen wird."

"Schicken sie einfach eine Frau hin!", erwiderte Celestino, der diesem Auftrag entgehen wollte.

"Der würde sie die Augen auskratzen. Gehen Sie, mein lieber Carabello, gehen Sie selbst und gehen Sie allein. Sie ist im Hotel Waldorf. Ich habe ihr dort ein Zimmer buchen lassen. Ich will wissen, welche Rolle ihr Bruder spielt."

"Ich freue mich, dass die römische Polizei so viel Geld hat, das Waldorf für eine Zeugenbefragung zu mieten." und er machte sich auf den Weg. Der Questore sah ihm schmunzelnd nach, als hätte er das Zimmer selbst bezahlt.

15

Als Celestino im Hotel Waldorf eintraf und ihm sogleich der Weg zu Donatellas Zimmer gewiesen wurde, als hätte man auf ihn gewartet, überkam in wieder die quälende Sehnsucht nach Beatrice. Zwar war er nicht im Ungewissen über ihren Aufenthalt, zwar wusste er jetzt, dass er sie schon morgen wieder in die Arme schließen würde, aber es war ihm, als atmete er mit einer halben Lunge. Auf dem Weg von Wien nach Rom, im Flieger, war er mit Vater und Großvater beisammen und war also nicht einsam gewesen. Auch redeten alle drei sehr viel, doch die intensive Zeit an der Seite seiner Geliebten hatten ihn abhängig von ihr gemacht, dass er gar nicht verstehen wollte, warum er auf der Terrasse des Kursalons eine ganze Sekunde lang gezögert hatte, die Antwort auf ihre Frage zu geben: "Ist es dir recht?" Natürlich war es ihm recht, sie am einundzwanzigsten September zu heiraten - ihrem Geburtstag. Natürlich wäre es ihm auch am dreiundzwanzigsten oder am zwanzigsten oder am zehnten oder noch heute recht gewesen. Das wusste er jetzt ganz genau, doch gestern hatte er eine Sekunde gezögert. Und er wusste auch, dass er niemals Kinder haben würde. Niemals, und es war ihm recht so, da konnte sich die Türe zu Donatellas Zimmer ohne weiteres von innen öffnen. Er kannte sie nicht, nur vom Hörensagen ihres schlechten Rufes, das reichte ihm aber um ganz gewiss zu sein, in doppelter Absicherung zu leben: in der Sehnsucht zu Beatrice und im schlechten Ruf der Donatella. So öffnete sich die Tür zum Gemach Donatellas tatsächlich von innen und sie stand ihm in all ihrer Schönheit gegenüber und in all ihrem Duft und in all ihrer Größe und in all ihrer Weiblichkeit. Zwei schöne Menschen im gleichen Alter standen sich gegenüber. Celestino hatte nur Augen für seine Beatrice, dessen war er sich sicher, Donatella hatte nur noch Augen für ihn, dessen war sie sich sicher. So bat sie ihn herein, dass er würde nie wieder ihr Zimmer freiwillig verlassen wollen und setzte sich neben ihm aufs Sofa, wie er damals beim ersten Besuch neben der Signora Tedesci gesessen war. Nur dass die Signora einen feinen Duft getragen hatte, Donatella heute aber einen, der für alle Männer Roms gereicht hätte. Bei offenem Fenster wären sie alle ins Hotel Waldorf geströmt.

"Du willst mich also befragen?" hauchte sie mit rauchiger Stimme, dass Celestino sich erst sammeln musste, "Also frag!" Und sie ließ eine lange Pause mit ebensolchen Blicken folgen. Celestino sah sie an. Er neigte den Kopf zur Seite, er amüsierte sich, er war immun. Das war seine Lebensversicherung. Donatella trug ein hautenges Kleid von dunklem Rot. Ihre Figur war eng umschlossen vom Samt, die Brüste wurden von der Form des Kleides hervorgehoben, das Dekolleté war tief genug ausgeschnitten, um vieles zu zeigen und wenig genug die Lust am Entkleiden zu fördern. Die Beine waren von exzellenter Form und Länge, die Hände fein, die Finger lang, die Arme weiblich. Die Augen waren tiefgrün, die Haare hingen schwarz in den Rücken. Der Rücken war frei vom Kleid und bronzefarben seidig. Ihre Lippen waren rot, wie Herzkirschen und voll, wie ein Becher Rotwein. Die Schuhe von hohen Absätzen, die Beine von feinem Netz umhüllt, das im Licht schimmerte. Das Kleid war viel zu kurz und die Donatella lehnte zufrieden und einladend im Sofa, als wollte sie fragen: "Gefalle ich dir?" So aber sagte sie charmant, langsam und lächelnd: "Celestino ist klug, Celestino ist schön, Celestino ist jung, und Celestino wird mich jetzt etwas fragen!" Doch Celestino fragte nicht. Er sah sie nur an. Er dachte an Beatrice. Aber er atmete den Duft der Donatella und er sah ihre Brüste. Sah sie durch den dunkelroten Samt, sah sie auf sich zukommen, langsam ganz langsam. Näher und näher sah er sie kommen, dass er Milch aus der einen und Cognac aus der anderen hätte trinken können, sosehr waren sie auf ihn zugekommen, wie auch die Hand mit den langen Fingern und den kralligen Nägeln, die sich jetzt seinem Arm und seiner Brust näherten und dann seinem Nacken, ihn zu sich zu ziehen. Donatellas Kopf begann sich nach hinten zu senken, ihre Haare verlängerten sich an das Unterste ihres Rückens, ihre Augen begann sich langsam zu schließen, ihre Lippen öffneten sich noch langsamer, ihr Körper hatte ein feines Vibrieren. Da gab es keinen Ausweg mehr für Celestino, der Teufel kannte keine Gnade. Und so neigte auch er sich vor und näherte sich langsam, ganz langsam mit seinen Lippen dem Ohr Donatellas und er legte einen Hand unter ihren Haaren an ihren samtigen Rücken und die andere an ihren Nacken in die Dichte ihrer Haare, sie näher an sich zu ziehen, ihr heiß hinein zu atmen und ihr zuzuflüstern: "Hat dein Bruder etwas mit dem Mord zu tun?" Einen Augenblick nur, einen winzigen Augenblick, schien Donatella ihr begonnenes Werk zu unterbrechen, setzte es aber mit dem Können einer Diva und einem Lächeln fort und hauchte zurück: "Frag ihn doch selber, Celestino! Mich kannst du was anderes fragen!" Im Annähern hatte Celestino sich umgesehen. Es war ihm, als wäre der Geist des Questore hier. Seine Schuhe waren es auf alle Fälle. Sie standen unter dem anderen Sessel der Garnitur. Der Teufel war mit Donatella, Gott war mit Celestino. So konnte er jetzt auch aufstehen, der Donatella die Hand reichen, zu sich hochziehen, um die Mitte zu fassen und eng mit ihr zu tanzen. "Wir sind ein schönes Paar!", hauchte er ihr zu. "Wir sind ein sehr schönes Paar!" hauchte sie zurück und bot ihm ihren Mund zum Kusse. Dies zu unterstreichen, legte sie ihre langen Arme um seinen Hals und zog ihn zu sich. "Ich habe einen starken Rücken, Spürst du seine Muskeln?", widerstand er Donatella. Da schien sie aufzugeben seinen Rücken zu überwinden und ließ sich glücklich lächelnd auf das Sofa sinken, dass sie dort lag, wie eine weibliche Masse, bereit sich formen zu lassen. "Wie schön du tanzt, Celestino!", hauchte sie. Tatsächlich hatte er schon lange nicht getanzt, mehr als drei Jahre bestimmt, auch mit Beatrice noch nicht und so beschloss er auf der Stelle, morgen mit Beatrice tanzen zu gehen, und beugte sich mit freudigen Augen zu Donatella, nahm sie um die Mitte, zog sie ein wenig zu sich hoch, spürte ihre volle Haarpracht im Rücken hinunter zum Sofa gleiten, ließ ihr Gesicht an seines Kommen, so nahe, dass sie sich beinahe berührten und flüsterte: "Donatella!", dass sie glücklich hinabsinken wollte aber danach förmlich abstürzte als er fortsetzte: "Ich werde heiraten." Einen kurzen Augenblick herrschte völlige Stille, dann blitzen ihre dunkelgrünen Augen auf und sie versetzte ihm eine Ohrfeige, dass es laut knallte. Einen weiteren Augenblick später setzte Celestino fort: "Deine Todfeindin!" Und sie Antwortete mit Gift und Galle: "Ich habe viele Todfeindinnen. Ich habe nur Todfeindinnen! Welche ist es?" Und sie zählte eine lange Liste von Namen auf, dass es Celestino schwerfiel, die Namen zu behalten. Beatrice war nicht darunter.

"Der Dottore wollte dich nicht heiraten!", sagte Celestino so unvermittelt, dass es Donatella einen Stich versetzen musste. "Er hat es mir versprochen!", antwortete sie einer Ruhe, die nicht echt war, die jede Sekunde in einem Ausbruch münden konnte. So setzte sich Celestino neben sie auf das Sofa, legte seine Hand sanft auf ihren Arm: "Versprochen - aber nicht gehalten!"

"Er wollte es, wie ich es wollte - aber diese Bestie hat es verhindert und er war zu schwach, es durchzuziehen!"

"Und so hast du den Feigling erschießen lassen!" Da krachte eine zweite Ohrfeige in Celestinos Gesicht, dass es noch mehr schallte, als vorhin, denn sie kam unvermittelt und ohne jegliche Vorwarnung. Mit Gift in der Stimme, mit vergeblicher Zurückhaltung, ohne Verzweiflung aber mit festem Ton antwortete sie: "Ich war es nicht, du schöner Commissario! Ich war es nicht und mein Bruder auch nicht. Er ist Taucher, keine Bogenschütze!" Celestino nahm ihre Hand und küsste sie: "Wer war es dann? Wer ist der Mörder?" Donatella zog ihn zu sich, küsste ihn auf den Mund und hauchte: "Ich habe mich in dich verliebt, Celestino. Verzeih mir!" Da ging Celestino aus dem Raum und dem Teufel aus dem Weg. Er war an der Seite Beatrices, seiner Braut, seiner zukünftigen Frau. In seinen Gedanken aber gab es ein Samenkorn. Nach einer kurzen Weile kehrte er zurück. Donatella lächelte, als hätte sie gewonnen. Und so sanft er konnte, und so eindringlich und so verständnisvoll, wie es eine Frau braucht sagte er: "Donatella, ich bin nicht der Richtige für dich. Du brauchst einen reichen Mann!"

"Du bist reich. Schon bald. Du heiratest Beatrice, eine reiche Römerin!" und sie freute sich auf diese Aussicht.

"Und ich bin vergeben. Schluss, aus Mickey Maus! Woher weißt du übrigens, wen ich heiraten werde?"

"Ganz Rom weiß es!" antwortete die Donatella mit dem größten Charme, den sie in sich hatte. Noch weitere Antworten suchte Celestino aus ihr herauszulocken, mit Charme, mit Bestimmtheit, mit Härte, mit Androhung, doch sie lächelte nur. Lächelte, als würde sie alles in Ruhe abwarten können, bis sie ihr Ziel erreicht habe. Und gewissermaßen als Vorleistung darauf verriet sie ihm noch eines: "Kümmere dich um Signora Garazza!"

Als wäre das als Stichwort im Theater gefallen, kam die dritte Sekretärin, Signora Garazza also, zum Questore ins Büro und bat schüchtern um Vergebung, sie hätte nur etwas vergessen beim letzten Mal und grad gestern wäre es ihr wieder eingefallen. Sie wisse auch nicht, ob es wichtig sei, aber es wäre ihr eingefallen, und weil ja der Questore gemeint habe, sie solle jederzeit wiederkommen, wenn es etwas Wichtiges gäbe, sei sie eben jetzt schnell vorbeigekommen. Sie würde ihn aber nicht lange aufhalten, den Signore Questore, denn sie wisse ja, wie wenig er Zeit habe und bestimmt auch Wichtigeres zu tun, als ihre kleinen Geschichten anzuhören. Der Questore legte wieder sanft seinen Arm um die dritte Sekretärin, führte sie zur Sitzbank in der dunkleren Ecke des Büros und ermutigte sie, zu sprechen. Er trug heute schwarze Schuhe zu seinem blauen Anzug aber einen braunen Ledergürtel. Signore Garazza sah es mit einem Blick, als wäre sie bei der Polizei beschäftigt.

"Nun, liebe Signora Garazza", begann der Questore väterlich und ruhig, "was ist Ihnen denn aufgefallen?"

"Nun ja", begann sie zögerlich, "das ist schon ein paar Jahre her, aber da war einmal ein Pater beim Dottore, ein sehr schöner Pater, ich erinnere mich genau, der war auch schon früher ein paarmal da gewesen beim Dottore, diesmal aber, also bei seinem letzten Besuch, da war alles anders. Der Pater war verändert. Er stürmte geradezu ins Büro des Dottore, er machte eine finstere Miene, hatte ein bedrücktes Gesicht, ging gebeugt, wo er doch sonst immer so aufrecht gegangen ist, kurz, er gefiel mir gar nicht, der Pater Giovanni, so hieß er glaube ich."

"Haben Sie etwas gehört? Worüber haben die beiden gesprochen?"

"Gesprochen? Geschrien haben sie! Besonders der Pater. Dass ihm die Scheiße bis zum Hals stünde, dass er verzweifelt sei, dass er überhaupt nicht mehr leben wolle und lauter solche Sachen eben. Ganz ungewöhnlich für einen Pater, finden Sie nicht Dottore Questore?" Ja, auch der fand es ungewöhnlich, wenngleich er in seinem Leben als oberster Polizeibeamter schon alles erlebt hatte, meinte er. Nur eines hatte er noch nicht erlebt, dass sich einer seiner Kommissare in eine Verdächtige verliebt und diese geheiratet hatte - oder im Begriff war sie zu heiraten, das war ihm neu, dem Questore Pizzo. Jetzt aber wandte er sich wieder der Signora Garazza zu und fragte noch allerlei, den "Fall Pater Giovanni" betreffend und diesen "von allen Seiten" zu beleuchten. Es war zwar ungewöhnlich, dass ein Pater schreit, aber noch keinen Grund, daraus einen begründeten Verdacht abzuleiten. Zu welchem Fall auch? Zur "untypischen" Todesart seiner Cousine? Schon möglich. Zum Tod des Dottore selbst? Vielleicht. Könnte ja sein, dass der Dottore dabei war, den Fall des Pater Giovanni bei Gericht zu verlieren. Aber ihn dafür gleich zu töten oder töten zu lassen? Ein Pater? Unmöglich, dachte auch Questore Pizzo, versprach aber der Signora Garazza, die Sache im Auge zu behalten und allenfalls zu handeln. Dann bedankte er sich bei der Zeugin, küsste ihre Hand und brachte sie wieder langsam zum Ausgang, so langsam es ging. Seine schwarzen Schuhe knarrten dabei leise.

Im Gemach der Donatella, im Hotel Waldorf, war Celestino dabei aufzubrechen. Es war schon tiefe Nacht und das weitere Gespräch mit der Zeugin verlief ruhig und nahezu freundschaftlich. Kein Wort war mehr von Liebe, kein Wort auch von ihrem Bruder oder ihrer sonstigen Familie. So brach der Commissario schließlich auf, verabschiedete sich von Donatella, oder wollte sich verabschieden, denn Donatella, erkennend, dass er sie nun verlassen würde, zog ihn noch einmal mit aller Leidenschaft zu sich und verlangte geküsst zu werden, indem sie ihm ihren offene Mund und die lüsternen Lippen an sein Gesicht schmiegte und sich auch sonst mit ihrem ganzen weiblichen Körper so fest an ihn drückte, dass jeder

Mann daran verbrennen musste. Celestino drehte sich rasch um, ging zur Tür hinaus, sandte ihr noch einen Luftkuss nach hinten, ohne sich umzudrehen und ging um die Ecke des Flures. "Schuft!", hörte er noch leise hinter sich und "Warte nur!", dann aber war er es ruhig. Am Abgehen über das Stiegenhaus - er nahm selten den Lift - war es ihm, dass er einen Schatten über den Flur laufen sah, in Donatellas Zimmer vielleicht. Aber das konnte er nicht mit Gewissheit sehen und es hätte auch sehr verwundert. Aber er dachte einen Augenblick länger an den Schatten, einen schwarzen Schatten, als ihm lieb war.

Am nächsten Tag war er auf dem Weg nach Mailand, seine zukünftige Frau, seine Braut, seine geliebte Beatrice zu treffen und endlich, endlich wieder in die Arme zu nehmen. Wie war sie doch von zarter Weiblichkeit, gegen das Ungetüm des Höhlenmädchens von eben. Wie war sie doch schön und doch erotisch in seinen Augen und seinem Empfinden nach, und wie war seine Arbeit als Commissario dem allem im Weg. Ein wenig begann er mit dem Gedanken zu spielen, seine Arbeit sein zu lassen und sich nur seiner Frau zu widmen. Keine Ablenkung gäbe es dann mehr, keine dringenden Fälle, die ihn von ihrer Seite rissen, keine Ungeheuer mehr, die ihm in den Traum folgten. In dieser Nacht träumte er von einer Frau. Sie hatte volle Lippen und üppige Brüste, sie tanzte mit ihm auf einer glühenden Wiese, es war eine schwarze Nacht und ein finsterer Sturm und sie nahm ihn an einen Baum gedrückt, die Hände an die oberen Äste gefesselt, mit großer Heftigkeit. Die roten Hörner durch ihre schwarzen Haare bildete er sich gleich dazu ein. So traf er sich am nächsten Vormittag mit Beatrice in Mailand, vergewisserte sich, beim Wachpersonal, dass nichts vorgefallen war, ließ seine Mutter und die anderen Frauen nach Rom bringen und umarmte Beatrice, dass beider Sehnsucht auf der Stelle verlangte gestillt zu werden. Sie waren im Hotel, sie waren glücklich, Beatrice strahlte. "Das Kleid, das schöne Kleid, dieses wunderschöne Kleid. Du bist ein Genie, Armani wird begeistert sein!", drehten sich ihre Worte im Mund um.

"Wie war es bei dir, erzähl!" sah sie ihn glücklich an. Und Celestino erzählte ihr alles von der gestrigen "Einvernahme" bei Donatella. Jedes Detail. Seine Braut sah ihn dabei an, lächelte, hörte genau zu, sagte keinen Satz dazwischen und am Ende: "Ich liebe dich, Celestino!" Dann zog sie ihn sanft und mit ihrer feinen Weiblichkeit zu sich herab, dass dem Celestino wohl wurde, und verlangte nach Liebe! Celestino gab sie ihr. Sein Herz war glücklich, sein Körper jung.

16

Zur gleichen Zeit war Ispettora Ornella bei Mamma Rizzardi eingetroffen. Donatella war nicht zuhause (wir wissen, wo sie war), ihr Bruder auch nicht (wir wissen nicht, wo er war, in seiner Werkstatt, unter den Lastwagen war er jedenfalls nicht). Ornella sagte Mamma Rizzardi auf den Kopf zu, dass sie unter Verdacht stehen, alle drei. Donatella, ihr Sohn Roberto und sie selbst auch. Da heulte La Mamma auf, dass es alles nicht stimmen könne, dass sie die ehrlichsten Menschen der Welt wären, dass Roberto damals beim Militär einfach Pech gehabt habe und einfach zu jung gewesen war, wie er seinen Vorgesetzten fast erwürgt hatte und dass sie ja täglich zu den Heiligen und zu Santa Vergine bete, wie auch jetzt: "Da, sehen sie!" umfasst sie die Statue der Mater Dei an den Füßen und begann laut zu beten und die Statue unentwegt zu küssen. "Glauben Sie mir, liebste Donna Dottoressa, wir sind anständige Menschen. Auch mein zweiter Sohn!" Zweiter Sohn? dachte Ornella blitzschnell und ließ sich von Mamma Rizzardi aufklären.

Ja, das wäre der Halbbruder ihrer beiden Kinder hier. Ihr Mann sei ja früh verstorben und da habe sie sich in einer anderen Höhle in Matera mal mit jemanden eingelassen, der ihr schöne Augen gemacht und viel versprochen habe, und daraus sei dann Lorenzo entstanden, den sie aber weggeben musste in Pflege, denn der Vater habe sich gleich wieder aus dem Staub gemacht und seine Versprechen niemals eingehalten. Sie leide ja auch darunter, dass sie Lorenzo habe weggeben müssen, zu einer anderen Familie in Pflege, aber es sei eben nicht anders gegangen, damals. Und wieder weinte sie die Mater Dei an, dass die Tränen in einem langen Strom von ihren Füßen herabtropften auf den Boden.

Viel mehr war nicht herauszukriegen aus Mamma Rizzardi, auch nicht über Details wann und wo Donatella und Roberto, ihre Kinder, zum Zeitpunkt des Mordes am Dottore gewesen waren, denn sie wisse nie, wo sich die beiden grad aufhielten: "Auch jetzt nicht. Schauen sie! Sie sind nicht da und ich habe keine Ahnung, wo sie sich aufhalten." Aber immerhin, Donatella komme immer wieder zum Schlafen nachhause und Roberto zum Essen und Donatella zahle die Miete und Roberto die Lebensmittel.

So ließ Ornella Mamma Rizzardi in Ruhe und berichtete dem Questore. Auch Celestino hatte ihn morgens angerufen und seinerseits alles von Donatella erzählt, auch dass ihm in ihrem Zimmer im Hotel Waldorf ein paar braune Herrenschuhe unter einem Sessel aufgefallen wären. Mehr gäbe es nicht zu berichten. "Seien Sie vorsichtig, mein lieber Commissario. Und geben Sie nichts auf Gerüchte!", waren die Worte des Questore, ehe Celestino ins Flugzeug nach Mailand stieg.

Nun hatte der Questore alle Fakten auf dem Tisch und Commissario Celestino Carabello (CCC) hatte seinem Questore alles weitergegeben, fast alles. Nur den Verdacht gegen die Signora Tedesci, einen kleinen Verdacht, einen winzig kleinen, wie er selbst meinte, hatte er nicht weitergegeben. So tauschte er braune Herrenschuhe gegen einen winzigen Verdacht. Celestino aber kümmerten sich in Mailand nicht um Fälle, er besprach mit Beatrice Wichtigeres, und diesmal machte Celestino den Anfang: "Wo wollen wir heiraten, Liebste?" So ging man alle möglichen Orte durch, die man für eine solche Feier für geeignet fand. Am Ende wählten beide aus, was ihnen bereits zu Beginn und als Erstes dazu eingefallen war, das kitschigste und romantischste zugleich: Venedig, das Allerweltsschlafzimmer, hätte Hothyany vielleicht gesagt, den man beinahe vergessen hatte, auf die Gästeliste zu setzen. Übrigens hatten sie auch Wien in Erwägung gezogen, wo sie die glücklichste Zeit ihres gemeinsamen Lebens verbracht hatten, es aber dann in ihrer kindlichen Freude, fast könnte man es kindisch nennen, für die Feier der Silbernen Hochzeit auserkoren. Silberne Hochzeit! Das kam Beatrice jetzt in den Sinn. Da wäre sie achtzig. Celestino fünfzig. Ein Mann in den besten Jahren, er, eine alte Frau auf dem Weg ins Pflegeheim, sie. Grauenhaft. Schnell wandte sie sich einem anderen Thema zu, der Gästeliste. Sie wollte und musste im Augenblick leben. Alles andere wäre hoffnungslos, wenn man weiter denkt, als an die nächste Woche. In der Vergangenheit kann man leben, in der Zukunft muss man leben, in der Gegenwart darf man leben.

Da kam es wie ein Donnerschlag auf den Schreibtisch des Questore, als seine Sekretärin ein Schreiben des Staatsanwalts hinlegte, einen Haftbefehl. Questore Pizzo zitterten die Hände, die Arme, die Beine, als er las, wen die Anordnung betraf: Signora Beatrice

Tedesci-Orlando, wegen des begründeten Verdachts, den Mord an ihrem Mann, Dottore Bruno Tedesci, Avvocato, in Auftrag gegeben zu haben. Ein glaubwürdiger Zeuge habe das in einem Brief an den Staatsanwalt dargelegt: Pater Dottore Giovanni di Montelucca. Auch andere Zeugen haben das laut Befragungsprotokoll der Polizei als Möglichkeit genannt. E sei daher die Untersuchungshaft zu verhängen und vom Haftrichter ein entsprechender Beschluss zu fassen.

Questore Pizzo war bleich. Er hatte keine Wahl. Er musste den Haftbefehl vollstrecken lassen. Er war Beamter. Er war Jurist. Schnell blätterte er in seinen Gesetzbüchern und Kommentaren zur Judikatur. Er fand nichts. Kein Schlupfloch. So rief er seine Kollegen an und stellte die allgemeine Frage, unter welchen Bedingungen ein Haftbefehl eines Staatsanwalts unwirksam würde.

Auch da fand mein keine rasche Antwort. Nur einer, der alte Dottore Squizzarini, Consigliere de classe III, sagte schlau: "Wenn die Beschuldigung zurückgezogen wird, verliert der Haftbefehl seine Grundlage, dann ist jetzt noch Freitagabend, Sie verstehen, mein lieber Pizzo?" Der Questore bedankte sich, er verstand. Es gab nur noch eine Chance den Haftbefehl zu verhindern, Pater Giovanni musste seine Anschuldigung zurückziehen - oder bestätigen. Im einen Fall wäre die Signora, die feine Signora Tedesci, dem Questore tat sie so leid, im einen Fall also wäre sie frei, im anderen aber, wenn der Pater seine

Anschuldigung beibehalten oder sogar untermauern sollte, war sie verloren und musste dem Haftrichter vorgeführt werden und vielleicht sogar in Untersuchungshaft kommen. Jetzt musste es rasch gehen. Er ließ auf der Stelle den Pater Giovanni von einer Polizeieinheit abholen, "zur Einvernahme und Bestätigung seiner Aussagen dem Staatsanwalt gegenüber - und mit großem Dank, die Aufklärung dieses gemeinen Mordes vorangetrieben zu haben" - wie der Questore handschriftlich dazufügte. Danach rief er seinen Commissario an. Der war grad in glücklicher Stimmung in einem Mailänder Hotel mit der Erstellung der Liste der Hochzeitsgäste befasst, die er soeben mit Beatrice fertiggestellt hatte. "Mein lieber Commissario", begann der Questore laut und fröhlich, als wollte er ihm seine Beförderung zum Vizequestore mitteilen, doch dann fügte er leise hinzu, der Commissario möge doch bitte einen Augenblick aus dem Zimmer gehen, damit die Signora nichts von dem Telefongespräch höre. Celestino tat, wie ihm geraten, Beatrice war ohnedies eben ins Badezimmer gegangen, und hörte sich die Schreckensnachricht an: "Lassen sie sich nichts anmerken, Commissario. Sie müssen jetzt stark sein. Lassen sie die Signora nichts merken. Verhalten sie sich normal, so gut sie können. Packen Sie alles zusammen und kommen Sie mit ihr sofort nach Rom. Verstauen Sie die Signora im Palazzo, sie bekommt Rundumschutz von mir. Sagen Sie ihr kein Wort und kommen sie anschließend sofort zu mir. Ich habe ihnen eine Escorte zusammenstellen lassen und ein paar Leute zur Unterhaltung, damit es fröhlich aussieht. Sie stehen schon vor ihrem Hotel. Sagen sie der Signora, das sei eine Aktion ihrer Kollegen zur bevorstehenden Hochzeit. Seien sie stark, Commissario! Ich verlasse mich auf Sie. Ihre Frau verlässt sich auf Sie! Und kein Wort! Kein Wort zur Signora!" Celestino tat gefasst, er war schockiert, er war nahe an der Zermürbung. Alles, was er sich zu so einem Fall ausdenken konnte traf nun ihn selber - und seine geliebte Frau, wie er sie jetzt schon nannte.

"Wer quält dich?", kam sie heiter aus dem Bad. "Der Questore!", nahm Celestino all seine Kraft zusammen: "Er und meine Kollegen haben eine Überraschung für uns!" sagte er so stark er konnte, halb zum Schutz vor der Nachricht, halb zur Ermunterung auf das Kommende. Da läutete es auch schon an der Tür: "Polizeiescorte vollzählig zu Ihrer Begleitung angetreten!", meldete ein Offizier in glitzernder Galauniform und strahlte übers ganze Gesicht, als er der Signora die Hand küsste. Man verließ die Suite, man begab sich zum Ausgang. Draußen standen sechs weiße Motorräder und eine gepanzerte Staatslimousine samt Chauffeur und Begleitoffizier. Die Wagentüren wurden geöffnet, Signora Tedesci in den Wagen geholfen, auch Celestino stieg ein, zuletzt der Begleitoffizier. Beatrice sah ihren Mann, so nannte sie ihn auch bereits, mit durchaus freudiger Überraschung an: "Wohin fahren wir?"

"Der Questore lässt Ihnen ausrichten, dass der Fall vor dem Abschluss steht. Die Kollegenschaft der

Questura freut sich, Sie escortieren zu dürfen und nach Rom zu bringen.", meldete der Begleitoffizier stolz, ihr Palazzo sei unter strenger Bewachung und sie in absoluter Sicherheit. Ihr Gepäck im Hotel werde grad schön zusammengepackt und sei hinter ihnen bereits auf dem Weg. Celestino nickte, als wisse er von allem Bescheid. Innerlich jedoch war er am Abgrund. Er hatte keine Ahnung, was die nächsten Tage bringen würden, er wusste es nicht einmal von dieser Nacht. Konnte gut sein, dass man Beatrice direkt ins Polizeigefängnis bringen würde. Der Questore würde zwar alles tun, dies zu verhindern, dachte er, aber auf wen könne man schon einer Stadt bauen in dieser Zeit, in der Zeit vor einer Pensionierung und die könnte schneller daherkommen, als ein Questore sich das ausdenken kann. Manch einer war schon über Nacht pensioniert worden, mancher über die Mittagspause. So konnte Celestino nichts anderes tun, als sich dem Schicksal zu überantworten, und dem Geschick seines Questore und Beatrice während der ganzen Fahrt die Hand halten. Sie war überrascht von der schnellen Aktion, irgendwie aber auch erfreut und doch auch in Sorge, warum denn alles so plötzlich und so schnell gehen müsse, wie der Überfall auf sie damals vor ihrem Haus, nur viel freundlicher jetzt und mit viel Erklärung und viel Polizeischutz. Es blieb ihr nichts anderes, als sich auf Celestino zu verlassen. Der sollte doch schließlich wissen, dass alles in Ordnung war. Doch der wusste nur, dass nichts in Ordnung war, gar nichts, sondern im

Gegenteil, dass alles in Unordnung war und aus den Fugen. So hoffte er so schnell als möglich in Rom zu sein, und die Sache aus der Nähe zu verfolgen. Allein konnte er die Leitung jetzt nicht übernehmen, dazu hätte er Beatrice im Palazzo sich selbst überlassen müssen. Die ganze Zeit an ihrer Seite sein wollte er ihr auch nicht zumuten, denn sie würde seine Anspannung sehen und mit ihm zittern. Es musste also eine kluge Mischung aus allem sein: aus Anweisungen an seine Kollegen, aus Unterstützung für seinen Questore, aus Fürsorge für seine Frau.

Celestino war gespalten, Celestino war gefordert, Celestino war schwach, er wusste es. Dem Questore hatte er zusagen müssen, stark zu sein, doch er war schwach. Elendsschwach. So fasste er den Plan, während seiner Abwesenheit Vater, Großvater und seine Mutter in den Palazzo zu bitten, die Beatrice zur Seite stehen könnten. "Wie weit seid ihr mit dem Fall?", fragte der Commissario den Begleitoffizier mit starker Stimme, die ihm doch vorkam, wie das Piepsen eines Mäusleins. "Knapp vor der Aufklärung!" gab dieser selbstsicher zurück, wie ihm der Questore aufgetragen hatte. "Es wäre mein schönster Tag. Dann müsste ich keine Angst mehr haben!", war Beatrice zu hören, die sich fest an Celestino anhielt. Die Kolonne fuhr sehr rasch über die Autobahn, bog direkt auf die Straßen nach Rom ein, bließ sich den Weg frei mit Licht und Sirenen. Hinter Ihnen hörte man einen Hubschrauber, er hatte sie die ganze Fahrt über begleitet. Beatrice sah beruhigt in den Himmel. Dann war man in der Straße vor dem Haus angekommen. Parkende Autos gab es keine, Celestino vergewisserte sich diesmal ganz genau selbst, ob er etwas Ungewöhnliches wahrnehme und trat durch das Spalier an Polizisten in den Piccolo Palazzo. Die die Türen schlossen sich hinter ihnen. Sie waren zuhause.

17

In der Zwischenzeit war die andere Polizeieinheit, die zivile, im Kloster Santa Maria delle Grazie eingetroffen und wollte Pater Giovanni sprechen. Er war anwesend. Man übergab ihm den Bescheid des Questore, er las die Handschrift dazu: "...mit großem Dank, die Aufklärung dieses gemeinen Mordes vorangetrieben zu haben!", doch der Pater witterte Gefahr, denn er war nicht nur studierter Theologe und Physiker, sondern auch Psychologe. Alle Abschlüsse mit Auszeichnung. So überlegte er, was diese Handschrift aussagen wollte. Gegen den Bescheid selbst konnte er nichts unternehmen, er war amtlich, doch begab er sich vor seiner Abfahrt nach Rom in die Questura "noch einen Augenblick zur Oberin, um ihr Bescheid zu geben!", wie er den Beamten versicherte, und so ließen sie ihn in das Büro der Schwester Oberin eintreten, doch Agostino Pinna, der die Aktion leitete, trat mit ein. Das hatte ihm der Questore ausdrücklich aufgetragen, denn er fürchtete, dass Pater

Giovanni vielleicht flüchten oder den Vatikan einschalten könnte. Letzteres hätte ihm tausendmal
mehr Sorgen bereitet als Ersteres. Und so hatte der
Pater keine Gelegenheit über die Schwester Oberin
den Vatikan einzuschalten, sondern sagte nur: "Ich
fahre nach Rom, in einer amtlichen Angelegenheit.
Abends bin ich wieder zurück, nicht wahr Signore?"
wandte er sich an Tino. "Sicher!" gab dieser wie
selbstverständlich zurück und im Abgehen aus dem
Büro verwickelte er den Pater sogleich in ein Gespräch über schwangere Frauen, dass es aussehen
musste, als sei alles eine ganz harmlose Angelegenheit. Auch das hatte ihm der Questore mitgegeben.
So redete der Tino Pinna die ganze Fahrt auf den Pater ein und der gab ihm nach bestem Wissen Rat,
lachte sogar manchmal, wenn Tino zu sehr verzweifelt war und schilderte, wie sehr er sich Sorgen mache
"um dieses arme Weib", das schon sein fünftes sei.
"Man soll nur einmal heiraten!", sagte der Pater. "Ich
weiß, ich weiß und ich wollte es ja auch, aber der Teufel, der Teufel hat mich jedes Mal in die Nase ge-
zwickt und so bin ich von einer Sache in die andere
gestolpert!", meinte der Beamte. Er sei ein Opfer!
Ganz bestimmt! "Ein Opfer der Frauen, ein Opfer des
Teufels", ein Opfer seiner Schwäche vielleicht.

"Oder ein Opfer der Lust?" fragte Pater Giovanni.
"Auch das, vielleicht" räumte Tino ein und sah aus
dem Fenster, um zu bedeuten, dass man angelangt
sei und er dem Pater recht herzlich danke, für seine
klugen und aufmunternden Worte und dass er sich

freue, wenn man sich da oder dort wiedersehe. Dann bat er noch um den Segen des Paters und dieser tat es.

"Mein lieber Pater Giovanni", überbot sich der Questore in Freundlichkeit, "Wie danke ich Ihnen, dass Sie sich Freitag zu so später Stunde noch die Zeit genommen haben! Aber die Sache ist sehr wichtig, wissen Sie? Sie duldet keinen Aufschub." Schließlich müsse man noch heute oder spätestens morgen einen Mörder verhaften und seine Auftraggeberin. Doch diese habe mächtige Freunde in der Gesellschaft und in der Politik und deshalb müsse man mit äußerster Diskretion vorgehen. Aber mit der Alleräußersten! Und mit Klugheit. Aber da sei er beim Pater wohl in besten Händen, denn ein Dreifachstudium zeige doch wohl die allerhöchste Klugheit.

So freue er sich auf die Bestätigung der Angaben im Brief an den Staatsanwalt und auf nähere Details. "Denn wir in der Questura sind ja noch viel neugieriger, als die Staatsanwälte!", lehnte er sich fröhlich zu dem Pater hinunter, der gerade Platz genommen hatte und den der Questore jetzt mit Keksen und mit Cognac bewirtete. Ja, auch mit Cognac - Dienstcognac nannte ihn der Questore - , denn er kannte die Wirkung des Alkohols aus der Praxis wahrscheinlich besser, als der Pater aus seinen Studien der Psychologie, jedenfalls kannte er sie von sich selbst - und von so manchen vergessenen Schuhen.

So plauderte der Questore sich durch den beginnenden Abend und goss dem Pater gern ein. Er ging mit ihm den Brief durch, und wie denn der Pater auf diesen Umstand aufmerksam geworden war, dass die Signora selbst hinter dem Mord stehen könne? Das Motiv wäre zwar klar, darüber war man sich rasch einig, und der Questore brachte es sogar von sich aus ins Gespräch ein, aber die Beweise, die Beweise habe man noch immer nicht. Die Sekretärin, Signora Renata Tebaldi, führte still Protokoll, als wäre sie nicht anwesend.

"Nun, es fällt mir schwer darüber zu sprechen.", begann der Pater, "Ich verletze zwar kein Beichtgeheimnis, es war ja keine Beichte, aber eine so schwere Anschuldigung an eine Person der Gesellschaft, die gibt man nicht so leicht ab, verstehen sie lieber Questore?" Natürlich verstand er das, unser Questore Pizzo und gab dem Pater in allen Punkten recht. Wenn er nur so freundlich sein könnte, ein paar kleine Beweise, "verwertbare Beweise, also solche, die vor Gericht halten, verstehen Sie?", liefern könnte, dann wäre man ihm schon sehr verbunden und richtig erleichtert. So tat Pater Giovanni einen tiefen Seufzer und begann zu erzählen.

"Wissen Sie, ich kenne die Signora Tedesci - also Beatrice - schon ewig, seit vierzig Jahren schon kenne ich sie, seit der Schulzeit, seit dem Studium und ich habe sogar eine gewisse jugendliche Empfindung zu ihr gehabt, damals, wie sie noch Orlando geheißen hat!" Später erst habe sie den Dottore Tedesci geheiratet, einen ehrenwerten Mann. Gott, wie habe er sich, der Pater Giovanni, damals gefreut, wie sie geheiratet hatte und wie habe er ihr Gottes Segen gewünscht. Leider sei die Ehe aber mit der Zeit auf eine schiefe Ebene geraten und er, der Pater Giovanni, sei gelegentlich um Rat gebeten worden, von beiden Tedesci. Gewissermaßen als Beichtvater und als Psychologe. "Verstehen Sie, mein lieber Questore?" Aber natürlich verstand der liebe Questore alles ganz genau und ermunterte den Pater weiterzuerzählen. Er goss ihm ein, der Pater erzählte.

"Nun, da ist es in letzter Zeit schon sehr eskaliert und die Signora Tedesci hat oft geweint, wenn sie mich um Rat gefragt hat." Manchmal sei sie dazu ins Kloster zu ihnen gekommen, manchmal wäre er bei ihr im Haus gewesen, wenn er ohnedies zu Besuch im Vatikan war. Und so vor ein paar Wochen, also einige Zeit vor dem Mord, wäre sie völlig am Ende gewesen und hätte gesagt: >Am liebsten würde ich ihn umbringen!< Da sei er aber erschrocken, der Pater Giovanni und habe sogar ihre Hände genommen vor lauter Schreck und ihr gesagt, dass das die schwerste Sünde sei, die Gott niemals vergeben würde, dass sie sich ganz verzweifelt, aber wirklich ganz verzweifelt, an seine Brust geworfen und nur noch losgeheult habe, dieses arme Ding, diese geschundene Frau. Und sie hätte sogar schon mit jemanden gesprochen, den sie in der Kanzlei ihres Mannes bereits ein paarmal gesehen hatte. "Mit wem?" fragte Questore Pizzo nun rundheraus. Da drückte sich Pater Giovanni auf seinem Sofa von einer Backe zur anderen und wusste nicht, wie er antworten sollte, denn das eine wisse er aus erster Hand - die Signora hatte ihm ja persönlich berichtet - das andere aber nur aus ihrer Erzählung, was ja auch nur Phantasie sein könnte. >Am liebsten würde ich ihn umbringen!<, hat sie direkt zu ihm, dem Pater, gesagt, das andere hat sie sich vielleicht nur zusammenfantasiert und gar nicht wirklich mit "dieser Person" gesprochen. "Nun, lieber Pater Giovanni", fragte der Questore wieder und reichte weiter Dienstcognac, "wer ist diese Person, von der die Signora gesprochen hat?!" Da beugte sich Pater Giovanni vor, als würde er sich einen Anlauf nehmen, neigte sich zum Ohr des Questore und flüsterte ihm einen Namen zu, dass die Sekretärin zwar nichts hören konnte, dennoch aber in großer Sorge war, als sie den Questore zusammenfahren sah. "Oh, Oh - Pater Giovanni. Das sieht jetzt aber gar nicht gut aus. Gar nicht gut. Für niemanden!"

Zur gleichen Zeit kümmerte sich Celestino zwar liebevoll aber doch mit größter Anspannung um die Signora. "Liebling, warum bist du so nervös?", küsste sie ihn.

"Heute ist ein entscheidender Tag. Ein ganz entscheidender. Heute kriegen wir den Mörder, spätestens morgen. Da bin ich mir ganz sicher!" Seine Familie war inzwischen eingetroffen und kümmerte sich liebevoll um Beatrice. Auch zwei Personen von ihrer Familie waren gekommen, es war der Wunsch der Signora gewesen und Celestino war es recht, sehr recht sogar, konnte er doch jederzeit von hier weggerufen werden. Vater, Großvater und er begaben sich manchmal kurz in einen Nebenraum, um sich zu besprechen und sie fragten Celestino auch, denn sie sahen sein sorgenvolles Gesicht, doch der erzählte ihnen von nichts, jedenfalls nichts den brutalen Angriff auf seine Braut. Den Rest, also was sich gerade ereignete, in der Questura oder draußen an den verschiedenen Schauplätzen, das wusste er selbst nicht. Vater und Großvater verstanden aber seine Anspannung und waren an seiner Seite. Großvater war beinahe ebenso bedrückt, wie Celestino, denn er hatte inzwischen bei seinen alten Kontakten in den Polizeidienststellen und bei der Staatsanwaltschaft nachgefragt und den ganzen Sachverhalt erzählt bekommen.

Irgendein kleiner Kanzleischreiber ist immer auf dem Posten, den man noch aus alten Zeiten kennt. Doch Großvater sagte ebenso kein Wort, wie Celestino und verschwieg sein Wissen in gleicher Weise. Er wusste nur, dass die Sache sehr böse enden konnte. Nur Vater Carabello hatte nicht nachgefragt und so konnte ihn auch keine Information bedrücken, er hatte schlichtweg keine. Viel Wissen macht Kopfweh, ein Spruch aus dem Volk, fasst das alles zusammen.

So war man hier gefangen im Piccolo Palazzo und musste hoffen, dass dort draußen gut gearbeitet wurde, vom Questore, von Tino, von Celestinos Leuten, den Beamtinnen und auch von der jungen Ornella. Der ging noch immer die Aussage der Mamma Rizzardi im Kopf herum. Sie wollte wissen, wer der Halbbruder war, was aus ihm geworden ist, wo er lebt, mit wem und so weiter. Den Namen hatte sie noch von La Mamma bekommen, den Namen der Familie also, die ihn aufgenommen hatte, damals als Säugling und dass er Lorenzo hieß, als sie ihn abgegeben hatte. So ließ Ornella nachforschen und forschte selbst nach und brauchte ewig lange, um irgendwelche zarten Anhaltspunkte zu finden. Bestätigt waren diese damit noch nicht und spektakulär waren sie auch nicht, also musste Ornella sich weiter durchfragen und dutzende Telefonate führen. Ihre Leute, besser gesagt jene des Commissario, denn es war ja seine Mannschaft, zu der auch sie gehörte, diese Kolleginnen und Kollegen also halfen dabei nach Kräften mit und machten sogar freiwillige und unbezahlte Überstunden. Auch Agostino Pinna half mit und blieb die halbe Nacht in der Questura, war er dadurch doch eine andere Sorge los, die um seine jammernde schwangere Frau, um die sich inzwischen ihre Mutter kümmerte. Seine fünfte Schwiegermutter! Er fasst sich manchmal vor sich selbst an den Kopf.

Alles, was man bisher über den Lorenzo, den Halbbruder der Donatella und des Roberto Rizzardi, in Erfahrung bringen konnte war, dass er gelernter

Tischler war und später beim Militär untergekommen ist, und zwar nahe seinem Geburtsort. Dort sei er immer noch stationiert und vollkommen unauffällig. Nur einmal, da sei er in Rom gewesen und habe dort einen Priester geohrfeigt, das wäre aber ohne weitere Folgen geblieben und auch sonst wisse man nichts über ihn zu berichten. Dass ein Priester eine Ohrfeige bekommt, ist zwar nicht schön, kommt aber überall auf der Welt gelegentlich vor.

"Nur eine Watschn hat er gekriegt!" rief der Holzfäller aus den Alpen bei seiner Einvernahme bei der Polizei auf den Vorhalt, er hätte den örtlichen Priester bedroht: "Nur eine Watschn. Und die hat er verdient!", weil der Priester sich verstiegen hatte, dem örtlichen Jäger die Beichte abzunehmen, obwohl dieser den vierten Bruder des Pius Bergler, so hieß der Holzfäller aus Tirol, bei Nacht und Nebel und von hinten erschossen hat, bloß weil er diesen mit rußgeschwärztem Gesicht nach der Art der Wilder im Wald, mit einem Reh über den Schultern, erwischt hatte. Dass dieser Jäger auch noch freigesprochen wurde bei Gericht, weil er den Schuss als tragischen Unfall darstellen konnte, brachte den Holzfäller so in Rage, dass er gar nicht anders konnte, als dem Priester eine Watsche zu geben. Ein durchaus gängiges Schema also, das noch keinen Verdacht gegen den Halbbruder Rizzardi begründen ließ, der ebenfalls einen Priester geohrfeigt hat. "Das kommt schon vor, glauben Sie mir. Meine Vorfahren waren nicht nur geschlechtskrank, sie waren auch Raubritte!", hatte

Graf Hothyany den Rizzardis in Wien anlässlich seiner Führungen schon erzählt, als man ihn danach fragte, ob auch hier so brutale Sitten herrschten, wie an manchen Orten Italiens. Nein, gegen den Halbbruder Lorenzo lag nichts weiter vor aber auch gar nichts. Dennoch investigierte Ornella weiter.

Questore Pizzo aber war in großer Sorge, als er von Pater Giovanni den Namen jener Person ins Ohr geflüstert bekam, den ihm Signora Tedesci als Auftragsmörder genannt hatte, falls es nicht doch nur ihrer Phantasie entsprungen war, das ganze mörderische Vorhaben. "Wenn das stimmt, lieber Pater, wenn es wirklich diese Person ist, dann Gnade allen Gott, die da irgendwie mitdrinstecken! Da bin ich in großer Sorge um alle, auch um Sie, lieber Pater, auch um sie!" Denn er sei schließlich Mitwisser und diese Person sei für seine Brutalität bekannt. Die kenne keine Gnade! So malte er dem Pater Giovanni schwarz, dass er selbst schon ein wenig daran zu glauben begann, obwohl er zunächst keinen Zusammenhang zu seiner Person erkennen wollte. Der Questore schenkte ihm mit besorgter Miene nach, die Sekretärin tippte leise im Verborgenen und sie tippte auch den Namen der Person, die der Auftragsmörder sein sollte, als das Telefon klingelte.

Questore Pizzo hob ab und stellte den Lautsprecher an, dass auch Pater Giovanni mithören konnte. Es war der Vatikan, der ebenfalls in großer Sorge um den Verbleib des Paters war, sei der doch nun bereits seit über vier Stunden vom Kloster weggeblieben.

Questore Pizzo beruhigte den Anrufer, dass er selbstverständlich alles in seiner Macht Stehende tun werde, den Pater Giovanni zu beschützen und wohlbehalten wieder nachhause zu bringen. Das sei er der Kirche schließlich schuldig, und man könne sich auf ihn verlassen. "Da sehen sie es, lieber Pater Giovanni, auch ihre Kirche ist in großer Sorge um sie. Das gefällt mir gar nicht, nein, ganz und gar nicht!" Dann ließ er den Pater noch einmal genau und mit allen Details und mit Angaben von Orten, Datum, Uhrzeit, Wettersituation und so weiter schildern, was denn wann vorgefallen sei und was genau die Signora gesagt hatte, und bitte wortwörtlich und was sie dabei angehabt habe, welche Kleidung also und sonst noch ganz viele Details, die nur jemand wissen kann, der wirklich selbst dabei war.

Schon bei der Niederschrift entdeckte er dabei kleine Ungereimtheiten, die er sich von Pater Giovanni auch aufklären ließ und erleichtert aufatmete, dass er es "glaubwürdig ausräumen konnte", diese Ungereimtheiten.

Nur Pater Giovanni, der gelernte Psychologe, fand für sich selbst so manchen Wurm in seiner Darstellung, die er als Polizist nicht so einfach hingenommen hätte, als der Questore es eben tat. So misstraute er ab sofort nicht nur dem Questore sondern auch sich selbst und hätte am liebsten gar nichts mehr gesagt. Doch er wusste, wie gefährlich das sein kann und wie rasch sich das gegen einen selbst kehrten kann.

18

Der Questore tat alles, den Pater Giovanni soweit zu bringen ihm Angst zu machen, dass er sich diese Nacht besser in einem Versteck aufhalten sollte, als einfach ins Kloster zurückzukehren oder in ein Hotel oder vielleicht sogar in den Vatikan, denn diese Person sei aufs äußerste gefährlich und zu allem fähig, vor allem, wenn es um Rache geht. Man habe ihn schon einige Male "als Gast" gehabt bei der Polizei und wisse um seine Gefährlichkeit. "Das gefällt mir gar nicht, das gefällt mir gar nicht!" wiederholte der Questore unentwegt und ging dabei in Kreisen um den Sessel des Paters, dass er einmal an seiner Seite, dann in seinem Rücken, dann wieder vor ihm war, und man nicht wusste, mit welchem Gesicht er aus seinen Runden auf die Vorderseite kommen würde. Pater Giovanni wurde unsicher, Pater Giovanni wurde nervös, Pater Giovanni trank vom Dienstcognac. "Gerade der! Gerade der!" wiederholte sich der Questore vor und hinter dem Sessel und also vor dem Gesicht und hinter dem Rücken des Paters. "Gerade Rizzardi. Roberto Rizzardi!" Egal ob es stimme, dass die Signora den Rizzardi als Mörder tatsächlich engagiert habe oder ob es nicht stimme. Allein, dass sein Name nun bei der Polizei als Mörder genannt wurde, mache ihn äußerst gefährlich, äußerst gefährlich. Im einen Fall musste er sich überführt fühlen, im anderen falsch beschuldigt. Für beides würde er sich rächen. Da wusste Pater Giovanni, dass es auch um ihn schlecht bestellt war: der Questore hatte recht. Er hätte diesen Namen nie nennen dürfen. Niemals! Wie konnte er nur so unvorsichtig sein, den Namen ins Spiel zu bringen, ihn sogar dezidiert auszusprechen.

"Wissen Sie was, mein lieber Pater?" sagte der Questore und blieb vor ihm stehen, die Hände auf dem Rücken, so wie er sie schon die ganze Zeit hinter sich gehalten hatte, als er den Pater umkreist hatte, wie ein Raubvogel, der ein Opfer gesehen hat. "Bleiben Sie hier. Hier bei mir. Hier kann Ihnen nichts geschehen, hier sind Sie sicher, hier sind Sie beschützt!" Dann gab er ihm zu trinken und Pater Giovanni trank.

"Sie können hier in diesem Raum bleiben. Ich stelle ihnen zwei Posten für diese Tür und zwei vor die andere. Eine Toilette ist da drüben. Nur Bett haben wir keines, aber sie können auf dem Sofa schlafen. Oder -" Questore Pizzo unterbrach sich, als wäre ihm gerade in diesem Augenblick die glänzendste aller Lösungen eingefallen:

"Oder - und das ist wahrscheinlich die beste aller Lösungen - ich gewähre Ihne Polizeischutz! Ja, das ist es, ich gewähre Ihnen Schutzhaft. Da ist rundum alles abgesichert, da kann niemand eindringen, auch nicht mit einem Panzer und wir nehmen inzwischen den Rizzardi hopp!" So schlug er dem Pater Giovanni also vor, offiziell Schutzhaft zu beantragen, schriftlich und in aller Form natürlich - und der Questore gewährte sie ihm, schriftlich und in aller Form auch. Dann ließ er einen seiner Beamten hereinkommen und gab ihm lautstark den Auftrag: "Rizzardi verhaften. Aber sofort!", und Pater Giovanni wusste nicht, ob er sich darüber freuen oder Angst haben sollte. So tranken der Questore Pizzo und Pater Giovanni noch vom Dienstcognac, man ließ die Sekretärin nachhause gehen, sie hatte alles protokolliert und sagte noch, sie wolle alles nur noch rasch ins Reine schreiben, und die beiden Männer plauderte noch lange vor sich hin, vor allem der Questore. Am Abend, am sehr späten Abend, ging plötzlich die Tür auf, ein Beamter kam schnell herein und meldet dem Questore leise: "Rizzardi ist nicht zu finden! Er dürfte uns schon wieder entwischt sein."

"Verdammt", sprang der Questore da auf, "Jetzt müssen wir schnell handeln. Kommen Sie lieber Pater, ich bringe sie persönlich zur Schutzhaft!" Schnappte ihn am Arm, nahm die Cognacflasche mit und ging mit ihm in den Keller, wo der Haftraum war. Ein Beamter saß davor, der Pater bezog seine "Zelle", der Questore wünschte ihm eine gute Nacht, gab ihm die Cognacflasche, umarmte ihn, verabschiedete sich, schloss die Zellentür, zog den Schlüssel ab, steckte ihn ein und sagte dem Beamten: "Hier ist der Pater sicher, hier kann ihm nichts geschehen!" Dann verabschiedete er sich mit dem Versprechen, den Rizzardi bald gefunden zu haben: "Wir finden den Mörder, keine Sorge, Pater Giovanni. Jeder Mörder macht einen Fehler!" und war schon im Gehen, da eilte die stille Sekretärin von vorhin, Frau Renata Tebaldi, die Treppe herunter zum Kellerverlies und reichte dem

Questore einen Eilbrief. "Der Gesandte von Uruguay sendet Ihnen eine dringende Nachricht" sagte sie und eilte wieder die Treppe hinauf. Der Questore öffnete den Brief und überflog ihn, dann las er laut vor, dass der Polizist und der Pater alles gut hören konnten: "Lieber, guter Dottore Questore Pizzo, werter Freund aus alten Tagen" und nach einer langen Einleitung voller Höflichkeiten war weiter zu lesen: "Ich schreibe Ihnen, weil sich bei unserm Ministerium für Inneres ein Paar gemeldet hat, das am Abend (Datum etc.) und dann auch in der Nacht, nahe der Engelsburg am Tiber entlang spazierte, als sie plötzlich ein dumpfes Aufplatschen im Wasser hörten, auf das sie sich keinen Reim machen konnten. Auch haben sie es noch spritzen sehen, als sie sie umdrehten. Sie waren aber bereits auf dem Weg zum Flughafen, zurück nach Montevideo und haben den Vorfall vergessen. Erst jetzt ist er ihnen wieder in den Sinn gekommen und sie hätten es im Ministerium gemeldet. Sicherheitshalber!": Es folgten lange und schwülstige Worte der Verabschiedung, die der Questore nur noch murmelte. Das Datum aber und die Zeit, zu der die Zeugen das "Aufplatschen im Tiber" gehört hatten, die wiederholte er laut und mehrmals. "Um vier Uhr dreißig! Um vier Uhr dreißig! Jetzt haben wir den Todeszeitpunkt des Dottore Tedesci auf die Sekunde genau!" Das sagte er so triumphierend, dass es eine Bestätigung seiner Worte von vorhin waren: "Jeder Mörder macht einen Fehler!" Pater Giovanni wurde bleich, als hätte ihn der Tod an den Hals gefasst. Der

Questore war munter und sicher, doch er tat fragend: " Was haben ich an diesem Tag um vier Uhr dreißig gemacht?" fragte er scheinbar zu sich selbst. "Was haben Sie da gemacht?", fragte er den Polizisten. Der hob die Schultern. "Was haben wir alle zu dieser Zeit gemacht?" tat er, als würde ihn die Antwort des Paters nicht interessieren. Doch Pater Giovanni war studierter Psychologe. Er wusste genau, was diese Frage zu bedeuten hatte. Mit den Worten: "Was geschah an diesem Tag um vier Uhr dreißig wirklich?" verabschiedete sich Questore Pizzo endgültig und stieg langsam die Treppe hinauf. Der Pater war allein. Allein in der Zelle. Dieses Gefühl kannte er von seinem Kloster, es war ihm vertraut. Nur hier saß ein Polizist davor und man konnte hineinsehen durch die Gitterstäbe und es brannte Licht. Ein kleines nur, aber es brannte. Lange war der Pater vollkommen so allein. Der Polizist redete kein Wort. Er saß still auf seinem Stuhl. Es tickte keine Uhr, es gab keinen Laut, man hörte keine Stimme, es war alles beinahe so, wie im Kloster. Beinahe! Denn alle halbe Stunde läutete das Telefon und der Questore berichtete, ob Rizzardi inzwischen gefunden worden wäre, so war es abgemacht. Und alle halbe Stunde sagte er dem Beamten: "Nein, Rizzardi ist noch nicht gefunden!" und dieser wiederholte dem Pater die Worte des Questore. Das ging über eine lange Zeit so, die halbe Nacht. Dann gab es eine lange Pause, der Questore meldete sich nicht mehr, der Polizist schlief zwischendurch immer wieder ein, Pater Giovanni war hellwach. Er schlief keine Sekunde. Er saß auf seinem Bett und trank vom Cognac. Ein letztes Mal noch blickte der Polizist hinter sich, der Pater ersuchte um ein Stück Papier und um einen Stift. Der Polizist gab es ihm und schlief dann endgültig auf seinem Tisch ein, bis ans Ende der Nacht, gute fünf Stunden lang.

Ornella war inzwischen fündig geworden und sie machte eine Entdeckung. Eine Entdeckung von so enormer Bedeutung, dass sie den Questore sofort wecken ließ, denn der hatte sich zuhause (oder wo auch immer) längst schlafen gelegt. Rizzardi interessierte ihn nicht die Bohne. So kam der Questore verschlafen und sogar ein wenig mürrisch ans Telefon, um der kleinen Ornella ihren Bericht abzunehmen. Es war ein aufgeregter Bericht: "Der Lorenzo, der Bruder vom Rizzardi - stellen Sie sich das vor Questore" und sie war total aufgeregt zu dieser späten Nachtstunde, "Also dieser Lorenzo war einmal Mitglied in einem Verein für Bogenschützen! Jahre ist das her, viele, viele Jahre! Und wissen Sie, wer noch in diesem Verein war damals? Ich habe hier seinen Namen!" und dann erzählte sie dem Questore den Namen. Der nickte nur verschlafen in sich hinein. Die Ornella aber konnte sich nicht einkriegen vor Erregung und schlief bestimmt die ganze Nacht nicht. Questore Pizzo aber griff zum Telefon, rief den Commissario an und sagte: "Alles im Griff. Morgen früh gibts den Mörder." Celestino hatte auch nicht geschlafen diese

Nacht, war aber mit dem Questore in ständiger Verbindung gestanden. Man hatte den gesamten Plan gemeinsam ausgearbeitet, denn es war ein Plan, ein ziemlich fieser sogar, könnte man sagen, wenn es nicht der unbekannte Plan zweier Polizisten gewesen wäre. Eines ausgekochten und klugen, und eines besorgten und verliebten. Ja, und da war da auch noch der Großvater. Der hatte auch an dem Plan mitgewirkt.

Celestino legte sich neben seine Beatrice, umarmte die Schlafende und küsste sie so lang er konnte auf den Rücken, bis auch er einschlief. Sie schnurrte wohlig im Schlaf. In den anderen Räumen schliefen Mamma und Vater und die beiden Vertrauten der Signora. Nur Großvater Carabello schlief nicht. Er wartete auf den Morgen. So ging er in tiefer Nacht ans Fenster und blickte hinab auf die Ponte Sant´ Angelo, genau an jene Stelle, wo der Dottore gestanden haben musste, als ihn der Pfeil um vier Uhr dreißig in den Rücken traf. Lange blickte er dorthin hinab, sehr lange und nahm seinen Blick nicht von der Stelle. Kein Mensch war zu sehen, stundenlang nicht. Kaum einer ging über die Brücke. Nur ein einziges Mal spazierte ein Pärchen darüber, ganz langsam. Großvater begann ein wenig zu lächeln, er sah nicht, wer es war, dazu war die Entfernung zu groß und seine Augen zu schwach. Er sah nur, wie das Pärchen ganz langsam und allein auf die Brücke spazierte nach drüben Richtung Engelsburg. Irgendwo auf der Brücke, mag es in der Mitte gewesen sein oder weiter drüben, küsste sich das Paar. Lange und ausgiebig, als wollte es versinken samt der Brücke in den Tiber und von ihm fortgespült werden. Dann zog eine Wolke vor den Mond und nur noch eine Laterne auf der Brücke gab ein schwaches Licht. Zu wenig für die Augen des Großvaters, als dass er hätte noch irgendetwas sehen können. Das Pärchen war verschwunden, es war fünf Uhr früh.

Ornella hatte inzwischen Lorenzo Rizzardi verhaften und in den Verhörraum in die Questura von Matera bringen lassen. Sie nannte ihn immer noch Rizzardi, obwohl er natürlich nicht der Sohn des Rizzardi war, sondern der des abgetauchten Verführers, dessen Namen nicht einmal mehr Mamma Rizzardi wusste. Lorenzo hieß auch dieser verschwundene Vater, daran erinnerte sie sich noch, an mehr aber nicht, obwohl es ein Leichtes gewesen wäre, ihn, beziehungsweise seinen Namen, in den Sassi von Matera ausfindig zu machen. Dort kannte nun wirklich jeder jeden.

Nein, Lorenzo trug natürlich längst den Namen seiner Adoptiveltern, aber so konnte Ornella die Familie leichter beisammenhalten und auch in den Erklärungen der Sachlage an die Kollegen wurde es dadurch einfacher.

Sie war bei der Befragung per Telefonschaltung immer dabei und konnte so genau hören, welche Angaben er machte, der Lorenzo unbekannten Nachnamens, genannt Rizzardi. Vom Aussehen her gab es keine Ähnlichkeit mit seinem Halbbruder, auch keine mit der Halbschwester Donatella. Er war vollkommen normal, ziemlich durchschnittlich sogar, unauffällig, eigentlich ideal für einen Malevo, einen hinterhältigen Mörder, dachte Ornella, als sie ihn per Videoschaltung sah. In den Antworten war er ebenfalls anders als sein Halbbruder Roberto. Auch nicht gesprächig aber dennoch nicht verschlossen. Normal eben. Nicht hochintelligent, kein Schnelldenker, Durchschnitt auch hier. Und so verlief auch die Befragung langsam ab, nicht weil Lorenzo so verstockt oder stumm gewesen wäre, sondern weil er einige Zeit für sich brauchte, die Frage zu verstehen und die Antwort zu suchen. Allein die Frage: "Wann haben Sie Ihre Mutter zuletzt gesehen?" machte ihm große Mühe, denn er musste langsam und mit den Fingern die Jahre zählen, die es zurücklag. So zog sich die Befragung über Stunden, dass Ornella schließlich aufs Tempo drückte und den Lorenzo direkt fragte:

"Wer hat Ihnen den Auftrag gegeben, Dottore Tedesci mit Pfeil und Bogen bei der Engelsburg zu erschießen?"

"Engelsburg? Engelsburg?", fragte der sich unentwegt.

"Sie sind doch Bogenschütze!", setze Ornella nach.

"Bogenschütze?" und er dachte lange nach, um dann mit leuchtenden Augen zu rufen: "Ja, ich bin Bogenschütze! Ich kann gut schießen!"

"Wann haben sie zuletzt geschossen?", wollte Ornella wissen. Da dachte Lorenzo wieder lange nach und sank ein wenig zusammen: "Ach, das ist ewig her. Zehn Jahre, zwanzig Jahre?"

"Wann waren Sie zuletzt in Rom?", fragte Ornella scharf.

"In Rom, in Rom? Das ist auch lange her. Bestimmt..." und er zählte wieder mit den Fingern, "...zehn Jahre, zwanzig Jahre?"

"Was haben Sie damals gemacht in Rom?"

"Meine Mutter besucht. Und meinen Bruder und meine Schwester", sagte er kleinlaut.

"Und einen Priester geohrfeigt!", rief Donatella, die das Datum verglichen hat.

"Priester geohrfeigt? Ach ja, könnte sein."

"Wie hat der geheißen, dieser Priester?"

"Weiß nicht mehr!"

"Warum haben Sie ihn geohrfeigt?"

"Weiß nicht mehr." Das war die ganze Ausbeute von drei oder vier Stunden Befragung. Aber später, viel später, als man ihn schon gehen ließ kam es aus ihm heraus und er wollte sich nun genau erinnern, wann er zuletzt mit dem Bogen geschossen hatte und wer dabei war. Es war tatsächlich fünfzehn Jahre zurück, meinte er und sein Freund aus dem Verein der Bogenschützen sei damals dabei gewesen. Sein Freund - und hier verließ ihn wieder seine Erinnerung, denn er konnte sich dieses Namens nicht entsinnen. Inzwischen aber hatte Ornella den Verein ausfindig gemacht, wo der Lorenzo damals als junger Sportschütze tätig gewesen war. Und beim Namensregister dieses Vereins, nach Eintritt und Austritt der

Mitglieder, stieß sie auf einen Namen, der ihr sofort in die Augen fiel. Es war nicht der Vorname dieser Person, es waren auch nicht ihre Titel, die hatte diese Person damals noch nicht, es war der Nachname, der der Ispettora Ornella sofort ins Auge gestochen war, denn einen solchen Nachnamen gab es in Italien nur für eine einzige Familie. Als auch noch das Geburtsdatum übereinstimmte, war der Fall für Ornella klar: ein starkes Indiz war ihr in die Hände gefallen und sie rief noch mitten in der tiefen Nacht den Questore an, der ihre Nachricht so schlaftrunken entgegennahm und dennoch sofort seinen Commissario anrief, um ihm seine Einschätzung mitzuteilen: "Alles im Griff. Morgen früh gibts den Mörder."

Gleichzeitig hat er sich auch für den nächsten Mittag um Punkt zwölf Uhr bei den Tedesci zum Besuch angekündigt. Wusste er etwas? Bluffte er, hat er geraten, war er der Wunderwuzzi, der alles im Voraus weiß, der Columbo Roms? Oder einfach nur ein kluger Beamter der römischen Beamtenkaste, der sich seit Jahrzehnten durch die Krokodilgruben bewegt hat und dabei immer als Sieger herausgekommen war.

Am selben Abend war Ball bei Abrazzi und dort im Mittelpunkt die Donatella. Sie führte das große und das kleine Wort, ließ den jungen Abrazzi mal an sich ran, dann wieder abblitzen, erzählte voll Hochmut, wen sie allen vor die Tür gesetzt hatte und wen sie hatte brennen lassen, wie eine Motte am Licht und war kaum zu bremsen in ihren Übertreibungen und ausschweifenden Erzählungen. Der Questore war auch dort. Er hörte ihr von der Seite zu, bereit, jederzeit einzugreifen, wenn die Rede zum Beispiel auf ihn kommen sollte. Doch Donatella hatte ihn schon zuvor gesehen und hütete sich auch nur ein Sterbenswörtchen über ihn zu verlieren, denn er hatte ihr mit strahlendem Lächeln zugeflüstert, dass es die ganze Gesellschaft sehen konnte und für ein charmante Einladung halten musste: "Ein falsches Wort und die Rizzardi sind am Galgen. Alle!" Da hütete sich die Donatella, den Questore bloßzustellen und sagte stattdessen: "Nur den Questore habe ich noch nicht rumgekriegt. Und auch seinen Commissario nicht, den Carabello. Aber alle anderen von der Polizei sind meine Stammgäste - auch der Staatsanwalt. Da trat im Saal eisiges Schweigen ein. Was vorhin wie ein ausgelassenes Amusement über eine schillernde Diva begonnen hatte, mündete jetzt in eine peinliche Betroffenheit, dass Donatella nichts anderes übrigblieb, als die Gesellschaft rauschend zu verlassen, wie sie gekommen war. Dabei hätte sie noch so gern erzählt, wer gestern nach dem Celestino noch bei ihr gewesen ist: Pater Giovanni.

Als Priester wäre er zu ihr gekommen, ihr die Sünden zu nehmen, als Verwundeter sei er von ihr gegangen, im Blute seiner Männlichkeit. Man müsse nur nachsehen, ob sie die Wahrheit sage, doch es sollte nicht mehr dazu kommen, weil ihr keiner mehr zuhörte. Am nächsten Morgen aber, um fünf Uhr fünfundvierzig war der Mord aufgeklärt und die Tragödie beendet.

19

An diesem Morgen, um die genannte Stunde nämlich, um die symbolträchtige Zeit von fünf Uhr fünfundvierzig, erwachte der Polizist vor der Zelle des Pater Giovanni und stand auf, sich Kaffee zu machen. Als dieser gebrüht und aufgegossen und schließlich abgekühlt war, dass man ihn trinken konnte, kam er zurück an seinen Schreibtisch und lehnte sich in seinen Stuhl, der mit dem Rücken zur Zelle stand. Er wollte den Pater nicht wecken, er würde sich von selbst melden, wenn er den Duft des Kaffees vernehmen würde. Doch er meldete sich nicht und der Polizist ließ ihn weiterschlafen, dachte er. Als er sich in seinem Erwachen umdrehte, um den Schlafenden anzusehen, machte er eine grausame Entdeckung. Pater Dottore Giovanni di Montelucca saß am Boden, angelehnt an die Gefängnistür und hatte sich mit der Kordel seine Soutane daran erhängt. Erschrocken öffnete der Polizist, ob noch irgendetwas zu retten sei vom Leben des Paters, doch er war tot und bleich, ohne Atem, ohne Regung.

Sogleich griff der Wächter zum Telefon, denn er erwartete große Unannehmlichkeiten für ihn selbst und rief den Questore an, doch der hob nicht ab um diese frühe Stunde, er stand bereits in der Tür. Er hatte die Hände im Rücken, sah in die Zelle, nickte leise und murmelte: "Es ist vollbracht!" Dann legte er seine Hand auf die Schulter des zittrigen Polizisten und sagte: "Dich trifft keine Schuld!"

Andere Polizisten und ein Arzt kamen herein, die Spurensicherung ebenso, man trug die Leiche in die Gerichtsmedizin, durchsuchte die Zelle von einem Millimeter zum nächsten, fand aber nichts. Die Kordel war dem Pater vom Hals genommen worden, es war seine eigene Kordel, die Fingerabdrücke darauf wurden betrachtet, es waren nur seine eigenen daran und eventuell die einer zweiten Person, einer Frau vielleicht aber das ließ sich nicht mehr genau feststellen. Es war kein Zweifel, der Pater war tot und er hatte sich selbst erhängt. Der Polizist konnte ausgeschlossen werden. So durchsuchte man als Letztes die Soutane, alle Taschen innen und außen und fand schließlich jenen Zettel, den der Polizist ihm auf sein Verlangen in der Nacht gegeben hatte. Auch den Stift fand man. Auf dem Zettel war in gestochen scharfer und schöner Handschrift des Paters zu lesen: "Ich habe geliebt und ich habe falsches Zeugnis gegeben. Gott ist mein Richter."

Um sechs Uhr früh bereits rief der Commissario seinen Questore an und fragte nach. Der Questore sagte nur: "Der Mörder ist gefasst! Ich bin um zwölf Uhr bei Ihnen, wie gestern vereinbart! Grüßen Sie ihre Frau von mir!" Mehr sagte er nicht. Er musste die

Untersuchung leiten, die Details klären, die Umstände ermitteln, dass der Pater nicht nur eine falsche Beschuldigung gegen die Signora Tedesci abgegeben, sondern auch den Mord an ihrem Mann in Auftrag gegeben oder selbst ausgeführt hatte. So ließ der Questore rasch alle seine Mitarbeiter zusammenkommen und das Puzzle zusammenfügen. Ornella hatte herausgefunden, dass der Pater jene zweite Person ist, die im Mitgliederverzeichnis des Vereins der Bogenschützen verzeichnet ist und sogar ein Foto aufgetrieben, wo er und Lorenzo gemeinsam beim Schießen zu sehen waren. Tino hatte herausgefunden, dass Schwester Assunta, die Cousine des Paters Giovanni mit einem Pfeil vom Rad geschossen worden war, ein Polizist war losgeschickt worden, die obere Etage der Engelsburg abzusuchen und er fand in einem Versteck den Bogen und Pfeile, wie sie für die Tötung des Dottore Tedesci und für den Schuss ins Gemach der Signora Tedesci verwendet worden sind, auch die Inschrift in die Schäfte der Pfeile waren identisch: "Per il prossimo. Per la prossima" und vor allem: auf dem Bogen und auf den Pfeilen fanden sich die Fingerabdrücke des Paters Giovanni und sonst keine. Es gab kein direktes Geständnis des Paters, dass er selbst geschossen hatte, es gab auch keine direkte Entlastung, dass es vielleicht doch ein Auftragskiller in seinem Namen gewesen sein könnte, doch die beiden Hauptverdächtigen, die zwei Rizzardi, Roberto und Lorenzo hatten ein wasserdichtes Alibi. Der eine war zur Tatzeit unter einem Lastwagen auf der Autobahn gelegen und hatte ihn repariert, was die Polizei in einem Protokoll festgehalten hat, der andere war bei Milltärübung gewesen. Donatella, die beiden Tigerfrauen, die dritte Sekretärin, Frau Garazza, sie waren alle bei ihren Liebhabern, was diese auch bestätigen konnten. Ja, auch Frau Garazza hatte einen Liebhaber, einen dänischen Lastwagenfahrer. Seit kurzem zwar und er war auch schon wieder unterwegs in halb Europa, aber damals war sie bei ihm. Blieb also nur noch Signora Tedesci selbst. Doch die war zur Tatzeit im Kloster Santa Maria delle Grazie und wollte dort Pater Giovanni besuchen, doch der war nicht anwesend. Sie hatte dort bei den Schwestern übernachtet und war ganz früh wieder zurückgekehrt.

Es bleib also nichts übrig, als den Akt zu schließen und die fehlenden Teile mit der Expertise des Polizeipsychologen und Profilers zu schließen: "Mit der höchsten aller Wahrscheinlichkeiten und aus der schriftlichen Notiz aus der Hand des Toten in der Nacht vom Freitag auf Samstag, des (Tag, Monat, Jahr) muss der Schluss gezogen werden, dass Pater Dottore Giovanni di Montelucca sich unter Verwendung einer Kordel seiner eigene Soutane selbst entleibt hat und dass er die Morde an Dottore Bruno Tedesci und an seiner Cousine, der Schwester Assunta (...Name folgt), von eigener Hand durchgeführt hat sowie auch den Pfeil in das Schlafgemach der Signora Tedesci-Orlando abgefeuert hat, in der Absicht diese zu töten oder zumindest zu erschrecken und dabei billigend in Kauf zu nehmen, auch ihren zum Schutz abgestellten Polizeibeamten, den Commissario Celestino Carabello zu verletzen oder sogar zu töten." Mit diesem höchst amtlichen Bericht wurde der Fall als abgeschlossen eingestuft und galt als erledigt.

Dazu kam noch eine kleine Angabe, die Donatella dem Questore gegenüber gemacht hatte, als sie beide beim Ball der Abrazzi waren. Damals nämlich, als Celestino bei ihr im Hotel Waldorf gewesen war, sei nach ihm noch der Pater Giovanni gekommen, spät nachts. Donatella hatte ihn zu sich bestellt, um sich von ihren Sünden reinwaschen zu lassen und um Vergebung für ihr ausschweifendes Leben zu bitten. So sei der Pater tatsächlich zu ihr ins Zimmer gekommen - es war der schwarze Schatten, den Celestino zu sehen geglaubt hatte, und hat mit ihr gebetet, zunächst, und ihr dann die Beichte abgenommen. Dann sei er aufgestanden, habe sie geheißen zu bereuen und sich vor ihn zu knien und habe beide Hände auf ihren Kopf gelegt und gebetet. Dann habe sie gespürt, wie er eine Hand von ihrem Kopf genommen und damit seine Soutane hochgehoben und sie aufgefordert habe zu büßen. Der Pater habe keine Unterwäsche getragen und die Buße sei "etwas Obszönes" gewesen. Da sei es plötzlich in ihr hochgekocht und sie habe den Pater voll Zorn dort hineingebissen, wo man einen Mann nun wirklich nicht hineinbeißt, und der Pater habe stark geblutet. Tatsächlich wurde in der Gerichtsmedizin festgestellt, dass der Pater keine Unterwäsche trug, stattdessen aber einen Verband um seinen männlichsten Teil, auf dem sich sogar Bissspuren fanden. Weiters hatte man in der Gerichtsmedizin festgestellt, dass der Pater an seinem linken Unterarm eine Abschürfung hatte, so wie sie Bogenschützen erleiden, wenn sie keine Manschette um den Unterarm tragen. Und noch jemand hatte sich gemeldet: Der langsame Lorenzo Rizzardi. Ihm war nämlich eingefallen, weshalb er einen Priester geohrfeigt hatte, damals in Rom. Es war eindeutig wegen eines Sportbogens gewesen, den sich der Priester vor langer Zeit von ihm geborgt aber niemals mehr zurückgegeben hatte. Er hieß, so glaubte sich der langsame Lorenzo zu erinnern, Giovanni oder Guiseppe oder so ähnlich. Auf einem Foto aus Jugendtagen, das ihm die pfiffige Ornella vorgelegt hatte, zeigte er aber sofort und ohne zu zögern auf den jungen Pater Giovanni.

Mit dem Schließen des Aktendeckels war es gerade Samstag, zwölf Uhr Mittag und der Questore läutete am Tor der Tedesci. Er wurde herzlich begrüßt, nach oben begleitet und traf dort auf seinen Commissario und Signora Beatrice Carabello-Orlando, wie sie bald heißen würde. "Der Fall ist abgeschlossen, Signora." sagte er, vor Freude strahlend, "Sie können wieder frei atmen!", küsste er ihre Hand. Alle Details wollte man der Signora im Laufe der Zeit mitteilen. Nur den Namen des Mörders konnte man nicht zurückhalten und musste ihre Betroffenheit auf sich nehmen. Ja, Beatrice war betroffen und bestürzt, doch einen leisen Verdacht hatte sie schon manchmal gehegt, sagte sie jetzt. Weil nämlich der Pater Giovanni nicht nur vor Jahrzehnten in seiner Jugend diesen Brief an sie geschrieben hatte, von Liebe und Tod, sondern gerade in letzter Zeit sich so auffällig um sie bemüht hatte, dass ihr manchmal schon Angst und Bang geworden war, auch wenn sie froh und dankbar war, wie er sich ihres Schicksals angenommen hatte. Viele weitere Details aber würde auch sie zu gegebener Zeit erzählen, jetzt sei sie einfach nur froh ihr Leben wieder gefunden zu haben und auch Celestino, ihren geliebten Sposo in spe.

"Eine Bitte habe ich noch: lasst uns jetzt alle zur Familie des getöteten Polizisten fahren! Sie sind die wahren und einzigen Opfer dieser Tragödie. Pater Giovanni wird von Gott gerichtet."

"Beten wir für ihn." sagte Mamma Carabello.

Für den nächsten Tag, es war ein Sonntag und genau drei Wochen vor dem einundzwanzigsten September, dem Tag der geplanten Hochzeit in Venedig, hatte Beatrice eine Zusammenkunft der wichtigsten Mitglieder ihrer Familie und der des Celestino einberufen, für vier Uhr Nachmittag und man sollte pünktlich erscheinen, Beatrice liebte die Pünktlichkeit. So kamen sie alle, auch Questore Pizzo, den hatte sie als juristischen Beistand und Vorgesetzten Celestinos auch eingeladen, und sie nahmen auf vielen Stühlen Platz, die in Reih und Glied im großen Salon aufgestellt waren, wie zu einem Konzert. Vor ihnen stand ein Schreibtisch. An dem saßen der Rechtsanwalt der Signora und sie selbst. Es sah aus, wie bei einer Testamentseröffnung beim Notar. Dann erhob sich die Signora und richtete einige Worte an die Versammelten. Es war, als würde die Queen sprechen. Danach setzte sie sich und übergab das Wort an ihren Rechtsanwalt. "Werte Anwesende: Namens meiner Mandantin, der Signora Dottoressa Beatrice Tedesci-Orlando, Witwe nach Dottore Bruno Tedesci, gebe ich folgenden Inhalt eines Ehevertrages bekannt!" Die Familie Carabello und auch Celestino sahen die Feierlichkeit der Zeremonie. Sie wussten auch nicht, dass die Signora eine Dottoressa war, offenbar aus eigenem, denn eine Vererbung des Titels ihres verstorbenen Gatten gab es nicht. So sahen sich Mamma und Vater Carabello an, und der Rechtsanwalt setzte fort, den Inhalt des Ehevertrages zu verlesen. Er las Namen und Daten von der Signora und von Celestino und den geplanten Hochzeitstermin vor und kam dann zum Kern des Vertrages:

"Im Falle des Todes der Signora erhält Celestino Carabello die Hälfte ihres Vermögens. Sollte ihr zukünftiger Gemahl die Signora verlassen, aus welchem Grund auch immer, bekommt er ihr gesamtes Vermögen!" Einen so ungewöhnlichen Vertrag hatte der Rechtsanwalt noch niemals aufzusetzen gehabt und auch der Questore war erstaunt. Doch es war genauso aufgesetzt, wie Beatrice es dem Celestino in Wien versprochen hatte, in einer Situation allergrößter Romantik und Verliebtheit.

"Das kann ich nicht unterschreiben", sagte Celestino schwach und auch seine Familie schüttelte leise den Kopf. Mehr innerlich zwar als sichtbar, aber deutlich. "Du begibst dich in totale Abhängigkeit von mir!", sagte er. Beatrice lächelte, stand auf, ging zu ihm, küsste ihn und sagte: "Dann darfst du mich eben nicht verlassen!" und führte ihn zum Tisch Platz zu nehmen und zu unterschreiben. Nach kurzer Unsicherheit und Überlegung tat er es und auch Beatrice unterschrieb. Es war besiegelt. Der Questore sah darin einen giftigen Stachel. Er war Jurist. Er war nicht verliebt.

20

Die drei Wochen bis zum einundzwanzigsten September waren wie im Flug vergangen, mit viel Aufregung und Organisatorischem und allem eben, was so eine Hochzeit an Emotionen und Turbulenzen mit sich bringt. Questore Pizzo hatte sich dazwischen ein wenig Urlaub gegönnt, denn auch er stand auf der Gästeliste zur venezianischen Traumhochzeit, und musste sich von der Belastung des vorigen Falles erholen. Außerdem wollte er seine Schuhe wiederhaben.

Die Frauen im Umfeld der Braut waren in besonderem Erregungszustand, die Männer vergesslich, was Ort, Datum und Anlass betraf. Beatrice und Celestino aber notierten mit überlegter Genauigkeit die einzuladenden Gäste und viele Details der Zeremonien. Die Hochzeit sollte Venedig, in der Basilika dei Santi Giovanni e Paolo stattfinden, das anschließende große Fest im Palazzo Grimani, nur fünf Minuten davon entfernt. Die engsten Mitglieder der Familie sollten mit dem Boot kommen, der Bräutigam samt Gefolge in einer schwarzen Gondel und zuletzt die Braut mit dem Brautführer in einer silbernen. So war es geplant und so ist es auch abgelaufen.

Es war ein trüber Tag in Venedig. Die meisten Gäste waren bereits am Vortag eingetroffen und hatten die von Beatrice vorbestellten Quartiere bezogen. Alle waren vollzählig erschienen, keiner hatte abgesagt oder war erkrankt. Graf Hothyany aus Wien war auch eingeladen, samt Begleitung, deren Name er bitte zur Vorbereitung der Kärtchen rechtzeitig übermitteln sollte. So antwortete er per Brief, dass er eine Gräfin Ludmilla Jakubowska mitbringen werde, seine "Gräfin des Herzens". Gleichzeitig ließ er sich bestätigen, dass die Einladung samt Anreise und Übernachtungen, sowie Verpflegung und Getränke auf Kosten des Hauses gingen und erbat zusätzlich einen kleinen Vorschuss für künftige Führungen, wo auch immer auf der Welt, denn er kenne sich überall gut aus. Beides wurde ihm zugesichert, beziehungsweise gewährt. Mit einem Lächeln der Signora und einem Abdruck ihrer Lippen auf dem Antwortschreiben. Sie mochte den charmanten Grafen aus Österreich-Ungarn. Eingeladen waren auch alle Kollegen des Commissario, Agostino Pinna samt seiner (schwangeren) Frau, Ornella mit ihrer Partnerin sowie alle anderen Kollegen Celestinos, Frau Garazza samt Partner (sie kam alleine), die Sekretärin des Questore (sie kam mit zwei Begleitern) und die Familie des getöteten Polizisten. Beatrice hat darauf bestanden und ihr während ihres ersten Besuches bereits eine kleine Rente ausgesetzt, zusätzlich zur staatlichen. Nicht eingeladen waren die beiden Tigerkatzen und Donatella - aus gutem Grund.

Ein wenig begannen sich die Wolken zu lichten, die Sonne versuchte sich im Beleuchten der Basilika, mit mäßigem Erfolg. Aber immerhin regnete es nicht. Es war warm. Die Gäste waren am Vorplatz der Basilika versammelt und wurden von der Zeremonienmeisterin nun in die Kirche gebeten und am Eingangstor vom Bischof begrüßt. Einzeln und persönlich. Die Gäste nahmen alle ihre vorbestimmten und beschrifteten Plätze ein, genau nach Plan, den sie am Vortag erhalten hatten. Zuletzt kamen die engsten Verwandten des Bräutigams in das Gotteshaus, schließlich noch jene der Braut. Als allerletzter der Gäste kamen Graf Hothyany und seine "Gräfin" Ludmilla Jakubowska. Auch sie suchten ihre Plätze. Es war, als würden sie ein wenig wanken. Der Graf aus bekannten und verständlichen Gründen, die "Gräfin" vielleicht wegen ihrer zu hohen Stöckel, wenn man guten Willens war. Die Gräfin war aber durchaus sehr attraktiv, was man daran erkannte, dass die

Männer sie mit Wohlwollen und einem Lächeln betrachteten, die Frauen hingegen mit messenden und teilweise bitteren Blicken, was ein untrügliches Zeichen für die Schönheit einer anderen Frau ist, zumindest für ihre Attraktivität, bezogen auf die Vorstellungen und Phantasien der Männer. Und attraktiv war sie, die Jakubowska, ohne Frage. Vielleicht zu übertrieben das enge Kleid, zu sehr auch die Betonung des Hinterteils, des Vorderteils, der Lippen, der Beine, der Fingernägel. Aber durchaus attraktiv, konnte man sagen. Als Vorletzter kam Celestino als Bräutigam samt Gefolge und begab sich ganz nach vor, gemessenen Schrittes, trotz seiner strahlenden Jugend. Er war ein schöner Bräutigam, das erkannten alle Hochzeitsgäste an, Männer wie Frauen. Nun aber war der große Auftritt zu erwarten, das Eintreffen der Braut, das Vorfahren der silbernen Gondel, ihr Entsteigen daraus an der Hand der Gondolieri und ihres Brautführers. In der Kirche war es still, es gab eine lange Pause in gespannter Erwartung auf das Hereinkommen der Braut. Dann endlich, endlich, langsam und zeremoniell wurde sie in die Kirche geführt, langsam drehten sich die Gäste nach ihr um, sahen sie und atmeten voll Bewunderung lange aus oder ein, je nach Charakter. Ehrlich und aufrecht war ihre Bewunderung. Signora Beatrice kam als vollendete Königin in die Kirche, geführt vom Questore Pizzo, den sie sich als Brautführer anstelle ihres so früh verstorbenen Vaters gewünscht hatte. Auch der Questore war eine würdige Erscheinung, neben dem es sich gut zur Geltung kommen ließ. Ein Vertreter des Maestro Armani war auch unter den Gästen. Er hatte der Braut das Kleid einer Königin gemacht, das sie als strahlende schöne Braut erscheinen ließ. In einer schlichten aber umso eleganteren Linie, einem gedeckten Weiß mit einem Hauch von Eisschnee und einem zarten Diadem mit blaugrünen Steinen. So schritten Braut und Brautführer ganz langsam durch das lange Kirchenschiff nach vor zum Altar.

Celestino quälte es, sich nicht umdrehen zu dürfen, er spürte und hörte das feine Raunen der Gäste in der Basilika, er atmete die Stille der Bewunderung für seine Braut und es dauerte eine Ewigkeit, bis er ihre Schritte näher auf sich zukommen hörte und sie endlich neben ihm stand, mit dem strahlendsten Lächeln des vollendeten Glücks. Der Bischof hob seine Hände zur Segnung, die Trauungsmesse begann, an deren Ende wie immer der Höhepunkt der Zeremonie und der Tränen der weiblichen Gäste standen, indem der Priester sagte:

"Il Signore benedica questi anelli che vi donate scambievolmente in segno di amore e di fedeltà" (Der Herr segne und heilige diese Ringe, die sie einander als Zeichen der Liebe und Treue geben).

"O Signore, benedici e santifica l'amore di questi sposi: l'anello che porteranno come simbolo di fedeltà li richiami continuamente al vicendevole amore." (Oh Herr, segne und heilige die Liebe dieser Eheleute: Der Ring, den sie als Symbol der Treue tragen, erinnere sie ständig an die gegenseitige Liebe).

Dann sprach Celestino das Wort der Worte an Beatrice: "Vuoi connettere la tua vita con la mia vita davanti a Dio, il Signore, che ci crea e ci redime ha?" (Willst du dein Leben mit meinem Leben verbinden vor Gott, dem Herrn, der uns erschaffen und erlöst hat?) und Beatrice antwortete: "Sì, con la grazia di Dio lo voglio" (Ja, mit der Gnade Gottes will ich es) - gefolgt von der Umkehrung durch die Braut an Celestino, gefolgt von der Formel:

"Ricevi questo anello, segno del mio amore e della mia fedeltà. Nel nome del Padre, del Figlio e dello Spirito Santo." (Empfange diesen Ring als Zeichen meiner Liebe und meiner Treue, im Namen des Vaters, des Sohnes und des Heiligen Geistes). Und alle Kameras hielten diese Augenblicke in Bild und Ton und Foto fest für die Ewigkeit. Celestino und Beatrice waren nun Mann und Frau vor Gott.

Alles strömte aus der Kirche, langsam, gemessenen Schrittes, erfreut über die erhebende Zeremonie. Die Gäste nahmen draußen Aufstellung und erwarteten das Brautpaar. Die Sonne hatte sich wieder verzogen, ein Nebel kam vom Meer herüber. Kein Blatt bewegte sich im Wind, als wollte man alles den Brautleuten überlassen. Als sich diese dem Tor der Basilika zum Ausgang näherten, applaudierten die Hochzeitsgäste und die umstehenden Personen aus Venedig und aus aller Welt. Arm in Arm schritten die Eheleute aus dem Dom. Man küsste und umarmte sie und es dauerte eine lange Weile, bis alle wieder mit ihren Gondeln und den Booten und auch zu Fuß drüben angekommen waren, im Palazzo Grimani, wo das Hochzeitsfest stattfand. Auch dort zog man in Reihenfolge der Ankommenden ein, immer aber darauf achtend, dass die engste Familie zuletzt und die Eheleute zu allerletzt kamen. So wurde es ein rauschendes und wunderbares Fest der Familien und Freunde des Celestino Carabello und der Dottoressa Beatrice Carabello-Orlando, so hieß sie nun auch nach dem amtlichen Teil vor den Staatsorganen. Mit großem Vergnügen aß und trank und tanzte man bis in den frühen Morgen, Graf Hothyany setzte sich ans Klavier und spielte zur besonderen Freude der Signora und der Familie Carabello, die in Wien gewesen war, den Kupelwieser Walzer, den Franz Schubert zweihundert Jahre zuvor zur Hochzeit seine Freundes und Malers Leopold Kupelwieser komponiert und dort selbst gespielt hatte. Danach setzte sich der Questore ans Klavier und spielte neapolitanische Volkslieder, denn er war in Neapel aufgewachsen und erst als Student nach Rom gekommen. Gräfin Jakubowska küsste den Questore beim Spielen auf die Wange. Ihr schien ihr mit seiner römischen Staatspension die fettere Beute zu sein, als der verarmte Graf aus Wien. Dennoch waren Graf Hothyany und der Questore im Laufe des Abends dicke Freunde geworden. Der Graf erholte sich gern von seiner Gräfin des Herzens. Schon längst war sie die Gräfin der Herzen anderer geworden, denn nicht nur den Questore hatte sie auf die Wange geküsst.

Langsam und in Wellen lichtete sich der Saal. Mamma Carabello und ihr Mann waren schon zu Bett gegangen, die Kollegen Celestinos noch durch die venezianische Nacht, Ornella mit ihrer Partnerin zum Campanile, wo sie sich ebenfalls die Ehe versprachen, Signora Garazza mit dem zweiten Begleiter der Sekretärin des Questore, der ihr ebenfalls von Glück und Ehe sprach, die Sekretärin selbst ganz ohne Mann, der Vertreter des Maestro Armani nach Mailand. So blieben bis zum Schluss noch etliche, die ewig durchhalten konnten, die Eheleute, der Questore und Hothyany mit seiner Gräfin des Herzens, Ludmilla Jakubowska. Als auch diese beiden sich verabschiedeten schien es, als würde der Graf stark wanken und die Gräfin dazu. Da stürzten beide auch schon, dass der Graf der Länge nach über den Boden rutschte und sich die schöne Jakubowska das Knie aufschlug, dass es blutete.

So endete die Hochzeit der Eheleute Carabello-Orlando mit zwei glücklichen Menschen am Beginn einer liebevollen Ehe und dem blutigen Knie der Gräfin Jakubowska. Vielleicht aber war sie gar keine echte Gräfin, sondern nur eine Leiharbeiterin aus der Ukraine. Zuletzt und ganz allein blieben Beatrice und Celestino im großen Saal des Palazzo Grimani.

Celestino erhob sich, bot seiner Gemahlin die Hand, führte sie aufs Tanzparkett und tanzte mit ihr einen Walzer aus Phantasie, vielleicht jenen des Franz Schubert, vielleicht jenen des Johann Strauß, vielleicht. Es war auf alle Fälle ein Wiener Walzer im schillernden Venedig, wenn es nicht sogar der Walzer des Guiseppe Verdi war, der im Gattopardo in Viscontis Film in der Schlussszene so lange zu hören ist, und also doch etwas Italienisches.

Als sie ausgetanzt hatten, umarmte Celestino seine Frau lange und innig. Lange und innig sahen sie sich an, verliebt, wie am ersten Tag, vergessend alle die Bedrückungen der vergangenen Zeit. Endlich angekommen aus einem Dschungel an Verstrickungen, hierher nach Venedig, ins Paradies. Wenn es ein solches Paradies wirklich gibt, dann wird es bestimmt auch eine Ecke haben, das aussieht, wie Venedig, so sagte es Beatrice nun ihrem Celestino, ihrem jungen Gatten, den sie sosehr in ihr Herz geschlossen hatte, den sie sosehr brauchte für sich selbst, den sie sosehr verwöhnte, dem sie sich sosehr ausgeliefert hat, auch mit einem ungewöhnlichen Vertrag für ihr Ehe. Sie vertraute ihm ihr ganzes Leben an, sie vertraute ihm auch ihr gesamtes Vermögen an. Sie wusste es in guten Händen, bei diesem jungen Commissario.

So wollte Beatrice am Ende dieses wunderbaren Hochzeitsfestes nur noch mit ihm allein sein, mit ihm, mit ihren Gemahl Celestino. Eng drückte sie sich an ihn, als wäre sie noch niemals zuvor allein mit ihm gewesen. Eng drückte auch er sich an sie, als wäre er zum ersten Mal mit einer Frau allein. Er hatte sich wohl niemals zuvor Gedanken über die Ehe gemacht, nun war er nach wenigen Monaten nach der ersten Begegnung mit Beatrice mit ihr verheiratet. Er dachte an die Worte des Priesters in der Kirche, an diese schönen Wort, die im Italienischen noch schöner klingen, als in irgendeiner anderen Sprache der Welt, die jedes Brautpaar bewegen sollten, nur in Italien zu heiraten und kämen sie aus den fernsten Teilen dieser Erde. Man müsste jedenfalls den Brautleuten aus Europa raten, in Italien zu heiraten und wie Celestino war fest entschlossen sein, sich an diese Worte zu halten:

„Willst du dein Leben mit meinem Leben verbinden vor Gott, dem Herrn, der uns erschaffen und erlöst hat?"

"Sì, con la grazia di Dio lo voglio." Diese Worte klangen den beiden nach. Es sind die Worte der Verbindung auf ewig.

Im Palazzo Grimani war es nun still. Die Musik war verklungen, die Gespräche, das Lachen, die Tränen der Freude, alles war vorüber nun. Vor den beiden Eheleuten lag nun die große Zeit ihrer gemeinsamen Zukunft. Niemand zweifelte an ihnen, niemand konnte sich ein Paar vorstellen, das sosehr aufeinander gewartet hatte, wie es schien.

Mag sein, dass sich der erste Sonnenstrahl auf den Weg machte, einen neuen Tag einzuleuchten für Beatrice und Celestino. Dann küssten sie sich, draußen sang ein Vogel. Celestino hörte ihn: "Horch, die

Lerche!" Beatrice hörte hin: "Es ist die Nachtigall, nicht die Lerche! Und es ist Hochzeitsnacht."

Als sie aus dem letzten Flur bogen und die Tür zu ihrem Zimmer öffneten, da hielt Celestino noch einen Augenblick inne. Er betrachtete seine Frau, er betrachtete sie in ihrem wunderschönen Kleid, er betrachtete eine außergewöhnliche Frau, eine schöne Frau, eine gebildete Frau, seine Frau. Er ließ Beatrice den Vortritt ins Gemach, schloss den einen Flügel der Doppeltür, dann den anderen, blickte ein letztes Mal nach hinten, da war es, als würde Questore Pizzo aus dem Zimmer der "Gräfin" Jakubowska kommen. Aber das war wohl ein Irrtum eines jung verliebten Ehemannes. Der Questore hatte ja gar keine Schuhe an.

Website:

romkrimi.beepworld.de

Kontakt zum Autor:

office@abs.or.at

Weitere Rom-Krimis von Alessandro Nonno mit dem jungen Commissario Celestino Carabello (CCC), finden Sie samt Textauszügen auf den folgenden Seiten.

Alessandro Nonno

Commissario Carabello

Rom-Krimi Nr 1

Der Tod kommt lautlos durch die Nacht

Eine Geschichte von Verbrechen und Liebe

Roman

238

Commissario Carabello

Der Tod kommt lautlos durch die Nacht

Rom-Krimi 1

Der berühmte römische Rechtsanwalt Bruno Tedesci lehnte in der stillsten aller römischen Nächte an der steinernen Brüstung der Ponte Sant´ Angelo und blickte hinab in den Tiber. Nichts war zu hören, gar nichts, nicht einmal das Fließen des Wassers tief unter ihm. Nur eine Brückenlaterne surrte leise im heran-ziehenden Nebel. Schon seit einer Stunde lehnte er dort und dachte an seine Frau Beatrice. Sie ging ihm auf die Nerven, sie stand ihm im Weg, er wollte sie loswerden. Und er wusste auch schon wie, denn er kannte die gesamte römische Unterwelt. Rizzardi würde es für ihn erledigen. Hunderttausend Anzahlung, hunderttausend nach der Tat. Rizzardi, der arbeitslose Kampftaucher würde ein Boot mit Beatrice an Bord auf einem stillen See zum Kentern bringen. Er aber, der Rechtsanwalt Bruno Tedesci und Ehegatte Beatrices, wäre derweil in Südamerika und niemand würde ihn verdächtigen können, so dachte er bis ans Ende der tiefen, stillen Nacht und blickte hinunter in den Tiber.

Ab 1.10.2019 im Buchhandel

Alessandro Nonno

Commissario Carabello

Rom-Krimi Nr 2

Tod eines Tangotänzers

Eine Geschichte vom Todestanz um die Liebe

Roman

Tod eines Tangotänzers

Rom-Krimi 2

Roberto Gonzales wusste nicht, dass er der Sohn des Don Juan de Navarra war, des großen Don, des Herrschers über viele Ländereien und Haciendas in Südamerika, von Columbien bis Argentinien. Roberto Gonzales war Pferdehirte. Pferde- und Rinderhirte auf einer der Haciendas des großen Don. Als Roberto etwa fünfundzwanzig Jahre alt war, versetzte er seiner Frau in Buenos Aires vor allen Leuten und auf offener Tanzfläche eine Ohrfeige, so, wie er es von seinen Rindern her gewohnt war. Und es war gut, dass er nicht wusste, wessen Sohn er war, denn der große Don duldete keine Ausfälle seiner leiblichen Söhne, schon gar nicht gegen deren Ehefrauen, schon gar nicht vor allen Leuten, schon gar nicht in Buenos Aires, der Hauptstadt Argentiniens. Bei einem Pferdehirten konnte er jedoch eine Ausnahme machen, wenngleich auch ihn eine größere Strafe zu treffen hatte, nicht aber der Tod durch Erschießen oder Ertränken oder zu Tode Schleifen, wie es bei einem leiblichen Sohn der Fall gewesen wäre.

Ab 10.10.2019 im Buchhandel

Alessandro Nonno

Commissario Carabello

Rom-Krimi Nr 3

Tod im Orchestergraben

Eine Geschichte Verbrechen, Eifersucht und Liebe

Roman

Commissario Carabello

Tod im Orchestergraben

Rom-Krimi 3

Der Bassgeiger Tomaso Soravia hasste seinen Chefdirigenten, den berühmten Francesco Casetti. Aber nicht nur Tomaso hasste ihn, auch der Hornist, die Cellistin und der Pauker hassten den Dirigenten, ja kaum einen im Orchester gab es, der ihn nicht hasste. Auch untereinander hassten sich die einzelnen Orchestergruppen: die Flöten, die Bratschen, die Posaunen, und auch von erster Flöte zu zweiter Flöte, vom ersten Horn zum zweiten Horn, von Geige zu Geige und von Frauen zu Männern ging der Hass quer durchs Orchester und kannte eigentlich keine Grenzen. Wen wunderte es also, dass der Dirigent, der berühmte Francesco Casetti, eines Abends nicht mehr aufzufinden war und erst am nächsten Morgen kopfüber in einer Pauke steckend tot aufgefunden wurde, von der Frau des Hausmeisters! "Schon wieder! Schon wieder!", rief sie verärgert, die kleine Signora Lupandi, denn der Casetti, der berühmte Dirigent war nicht der erste gewesen, der tot in der Pauke steckte.

Ab 1.11.2019 im Buchhandel

Alessandro Nonno

Commissario Carabello

Rom-Krimi Nr 4

Tod einer Hochstaplerin

Eine Geschichte von Tod und Gaunerei

Roman

Commissario Carabello

Tod einer Hochstaplerin

Rom-Krimi Nr 4

In der Kanzlei des berühmten Berliner Rechtsanwalts und Strafverteidigers Wolfgang Wochinz, der auch eine Kanzlei in Rom unterhielt, residierte die junge und schöne Sekretärin Ludmilla Santoz als Frau Doktor Ludmilla, so wurde sie von den Klienten respektvoll genannt, denn Ludmilla Santoz war militärisch streng, obwohl sie erst Anfang dreißig und sogar besonders attraktiv war. In Wahrheit hieß sie gar nicht Santoz sondern Ostrovsky, so stand es auch in ihrem Pass. Sie nannte sich jedoch Santoz, weil sie einmal mit einem Artisten vom rumänischen Zirkus ein Verhältnis hatte, dem zwei Kinder entsprungen sind. Verheiratet war sie mit dem Santoz nicht, so hieß der rumänische Artist, ein Messerwerfer, seinen Namen verwendete sie aber, weil ihr das von Vorteil schien. Auch der Artist hieß nicht Santoz sondern Popescu, aber er fand Santoz besonders gut zu einem Messer-werfer passend. Frau Doktor Ludmilla war schlank, blond, sexy, streng, zurechtweisend und manchmal sogar charmant. Und zwar dann und nur dann, wenn es sich um besonders reiche Klienten handelte. Zu den einfachen Verbrechern, den Räuber, Mördern, Kindsverderbern und Betrügern war sie streng. Ab 1.1.2020 im Buchhandel

Alessandro Nonno

Commissario Carabello

Rom-Krimi Nr 5

Tod im Glockenturm

Eine Geschichte von reiner Liebe und blankem Hass

Roman

Tod im Glockenturm

Rom-Krimi Nr 5

Tante Ginger hatte alles arrangiert und im Voraus bezahlt. Ihr Tod mit fünfundachtzig sollte würdig und mit dem Segen des Himmels gefeiert werden, und so standen am offenen Grab am Friedhof in der Nähe Roms ihre älteren Schwestern Barbara und Rosaria, ihre Großnichte und der junge Pater Ricardo aus Santa Cruz in Brasilien, ein ausgesprochen schöner, sympathischer, blonder Jüngling mit Deutschen Wurzeln, der im römischen Umland als Priester tätig war. Ihn hatte sich Tante Ginger ausdrücklich gewünscht. Die Trauergäste hatten ihn zuvor nie gesehen und so kam es, dass die beiden alten Schwestern der Tante Ginger Mühe hatten zu trauern, und mehr auf diesen schönen südländischen Seelsorger blickten, als auf den Sarg. Freude erfüllte ihr Herz, Trauer hätte es sein sollen. Auch die Großnichte hätte trauern sollen, sie wurde von Tante Ginger immer besonders verwöhnt, doch auch sie hatte den Jüngling, den Priester, den Blondschopf bereits von weitem erblickt und ihr Herz erfasste ein glückliches Beben, dass sie nur noch ins offene Grab schaute, nicht jedoch zum Priester, zu sehr war sie verängstigt, er könne sie übersehen haben. Dabei hatte auch er keine Totenfeier mehr im Sinn, sondern nur die zarte junge Person ihm gegenüber.

Ab 1.2.2020 im Buchhandel

Alessandro Nonno

Commissario Carabello

Rom-Krimi Nr 6

Das Ende derer von Trotta

Die Geschichte einer großen Familie

Roman

Commissario Carabello

Das Ende derer von Trotta

Rom-Krimi Nr 6

In der Silvesternacht des Jahres zweitausendundacht, inmitten der festlichen großen Pariser Gesellschaft, meiner Gesellschaft, musste ich mir eingestehen, dass ich pleite war. Endgültig, unwiderruflich. Gleich am nächsten Tag wollte ich es meiner Frau sagen. Heute sprach ich ihr die besten Wünsche aus fürs Neue Jahr, küsste sie flüchtig und fühlte mich zu besoffen, es ihr gleich zu sagen. Durch all meinen Rausch fühlte ich das ganze echte Versagen. Die Ehrlosigkeit, Besitzlosigkeit, Mittellosigkeit. Verzockt. Verirrt. Pleite. Ich, der beliebte, geliebte, charmante Eugen Laveraville. Vors Gericht würde ich kommen, ausschließen würde man mich aus der Pariser Gesellschaft, vor Gericht und hinter Gittern würde ich landen, für Jahre. Und meine Frau, ich kannte sie, würde keinen Finger rühren, mich zu befreien, zu mir zu stehen, mir Mut zu machen, nein. Mitgefangen mitgehangen? Niemals. Bis dass das Konto euch scheidet. So würde sie denken, die Ukrainerin! Ja, meine Frau war Ukrainerin und ich, der echte Pariser, der gebürtige, hatte sie unbedingt haben wollen, ganz für mich allein, hatte ich sie haben wollen.

Ab 1.3.2020 im Buchhandel

Alessandro Nonno

Commissario Carabello

Rom-Krimi Nr 7

#Me Too, Tenor

Die Vernichtung eines Opernsängers

Roman

Commissario Carabello

#Me Too, Tenor

Rom-Krimi Nr 7

Dulciano Sabado schrie und schleuderte die Times auf den Boden, dass es krachte und ein starker Luftzug durch das Büro des Opern-direktors wehte. "Da!", erregte er sich, dass ihm die Adern am Hals zu platzen drohten, "Da! Lies Enrico. Lies!!!" schrie er und trampelte auf der Schlagzeile der Times.

"Dulciano! Denk an deine Stimme, deine goldene Stimme! Wenn du so weiterschreist, ist sie bald hin! Tot wird sie sein, schneller, als dein Ruf!", versuchte ihn der Direktor zu beruhigen. Aber der ließ sich nicht mäßigen, der Dulciano Sabado, der mittelmäßige Tenor von über sechzig Jahren.

"Diese Schlampen, diese elenden Schlampen!", schrie er weiter. "So! So haben sie sich auf meinen Schoß geworfen, so!" Und er sprang zur Demonstration auf den sitzenden Operndirektor, dass beide mit dem Sessel auf den großen Teppich umstürzten.

Ab 1.4.2020 im Buchhandel

Alessandro Nonno

Commissario Carabello

Rom-Krimi Nr 8

Die schwarze Witwe

Die Geschichte vorgetäuschter Liebe

Roman

Die Schwarze Witwe

Rom-Krimi Nr 8

Maria Chiara war viermal verheiratet und viermal Witwe geworden. Ihre Männer waren verstorben. Einfach so. Viermal auch war sie Alleinerbin geworden und viermal hatte die Familie der Verstorbenen das Testament angefochten, Ohne Erfolg. Maria Chiara blieb das Erbe nach ihren verstorbenen Männern zugesprochen, bis Commissario Carabello den Fall auf seinen Schreibtisch bekam. Es störte ihn, dass eine stadtbekannte Frauensperson alleinstehende Männer geheiratet hat, die kurz darauf verstorben waren. Kaum länger als neun Monate hatten die Ehen gehalten, dann kam der überraschende Tod. In allen vier Fällen war es das gleiche Muster. Maria Chiara war eine sehr attraktive Frau, in ihrer Jugend bestimmt sehr schön, in früheren Zeiten bereits zweimal verheiratet, sogar sehr lange und bestimmt aus Liebe, dennoch aber auch damals schon mit dem Tod der Ehepartner endend. Danach eine lange Pause ohne Partner, ohne Ehe, ohne Tod. Aber dann: Schlag auf Schlag. Inserat, Partner gesucht, gern auch Pflegefall, Mann gefunden, Ehe eingegangen, neun Monate vergehen lassen (höchstens), Tod abgewartet, Erbe angetreten. Das stank zum Himmel!

Ab 1.5.2020 im Buchhandel

Alessandro Nonno

Commissario Carabello

Rom-Krimi Nr 9

Die Sünderin

Die Geschichte von der Schwester des Bischofs

Roman

Die Sünderin

Rom-Krimi Nr 9

Bischof Salvatore Rafanno, Commissario Umberto Carabello und Pippo Locco, der Unterweltkönig von Rom, waren Schulfreunde aus Kindertagen, dann aber haben sich ihre Wege getrennt. Mit sechs Jahren waren sie alle von etwa gleicher Statur und ähnlichen Interessen, heute, mit über sechzig, gab es gar nichts Gemeinsames mehr und ihre Ansichten waren grundverschieden, wie auch ihre Statur. Am deutlichsten wurde dies zum Ausdruck gebracht, als Pippo Locco eines Tages erschossen mitten auf der Piazza Navona lag und im Sterben um den Segen seines einen Schulfreundes Bischof Rafanno bat und um das Ohr seines anderen Schulfreundes, Commissario Umberto Carabello, des Vaters des jungen Celestino Carabello.

In Kindertagen aber hatte sie alle drei gleiche Interessen an Fußball, Radfahren und Boxen, mit zehn begann sich einer von ihnen bereits für das Stehlen zu interessieren, mit vierzehn für in großer Zahl Mädchen und mit siebzehn war seine Entwicklung abgeschlossen, als künftiger König der römischen Unterwelt gekrönt zu werden, so, wie ein Pianist oder ein Geiger mit siebzehn fertig ausgebildet ist. Die Rede ist natürlich von Pippo Locco.

Ab 1.6.2020 im Buchhandel

Alessandro Nonno

Commissario Carabello

Rom-Krimi Nr 10

La Pasticcera

(Die Zuckerbäckerin)

Roman

La Pasticcera

(Die Zuckerbäckerin)

Rom-Krimi Nr 10

Das Leben des Giovanni dal Monte konnte gar nicht anders enden, als durch seine Ermordung. Zu sehr hatte der Treulose, Ruchlose, Gewissenlose ein Leben aus Illusionen, Träumen, Täuschungen geführt. Am Höhepunkt seiner Verstrickungen, an jenem Mittwoch gegen elf Uhr, wo er der Zuckerbäckerin, der Pasticcera, der Konditorin aus Porto Cesareo vor den Augen seiner Frau zu verfallen begann, obwohl diese gut fünf Jahre älter war als Suzanna, seine Frau, keineswegs schöner und zudem verheiratet, aber Giovanni verfiel ihr, vom ersten Augenblick an, als die Konditorin die Süßspeisen einpackte, die Suzanna ausgewählt und er bezahlt hatte an der Kassa der Konditorei. Schön sitzen und aufs Meer hinausschauen kann man dort von der Terrasse aus. An jenem Mittwoch gegen elf Uhr aber hat das endgültige Verderben begonnen. Alles schien friedvoll und freudvoll an diesem Tag, bis es ans Auswählen und ans Zahlen ging und Giovanni ihr zum ersten Mal gegenüberstand, der Pasticcera Annarita, wie er ihren Vornamen am nächsten Tag in Erfahrung gebracht hatte.

Ab 1.7.2020 im Buchhandel

Alessandro Nonno

Commissario Carabello

Rom-Krimi Nr 11

Mord aus Liebe

Die Geschichte von flammender Sehnsucht

Roman

Tod aus Liebe

Rom-Krimi 11

Ein Jahr nach seiner letzten Lesung war Roberto Montelucca, der Autor der schönsten Liebesromane, tot. Ermordet aus Liebe, aus Eifersucht, aus Verzweiflung, aus Rache. Ermordet, von einer schönen, reichen Witwe, so schien es, ermordet ohne Not, ermordet mit einem großen, scharfen Beil, einem Henkersbeil nach alter Tradition, das ihm von hinten den Kopf abschlug, als er am Schreibtisch saß, wo er verträumt aus dem Fenster seines Piccolo Castello in die schöne Landschaft und nach Rom hinunter blickte und gerade den letzten Satz seines neuesten Liebesromans notiert hatte: „Aus Eifersucht wollte sie ihm den Kopf abschlagen, mit einem großen, scharfen Beil!" Das waren seine letzten Worte. Nicht gesprochen, sondern geschrieben von eigener Hand auf einem Bogen schönen Bütten-papiers, denn Roberto Montelucca schrieb mit der Hand. Nun war diese Hand, die rechte Hand, mit der er alle seine großen Liebes-romane geschrieben hatte, voller Blut und sein Kopf, sein mit dem Beil abgeschlagener Kopf, lag daneben auf dem Büttenpapier und es war, als würden die toten Augen ein letztes Mal auf diese Hand schauen, die so viel von Liebe und Herz geschrieben hatte und vielleicht doch auch vom Tod hätte schreiben sollen, ein wenig zumindest.

Ab 1.8.2020 im Buchhandel

Alessandro Nonno

Commissario Carabello

Rom-Krimi Nr 12

Die zwei Geliebten der Contessa

Die Geschichte quälender Eifersucht

Roman

Die zwei Geliebten der Contessa Belluna

Rom-Krimi 12

Contessa Belluna war eine selbstbewusste Frau aus der gehobenen Gesellschaft. Doch ihre Vorstellungen von Ehe, Liebe, Partnerschaft standen im Gegensatz zu den Gewohnheiten. Sie aber ging unbeirrt ihren Weg mit zwei Männern an ihrer Seite, bis sich ein böses Verbrechen ereignete. Noch aber war die Welt für die Contessa vollkommen im Lot, hatte sie doch, was sie sich immer gewünscht hatte: zwei Männer. Einen für die schönen Stunden, wenn der andere gerade unpässlich oder unlustig war, den anderen, wenn der erste gerade zickig oder "krank" war, denn sie hasste kranke Männer, sie hasste launische Männer, sie hasste Männer überhaupt, sie benutzte sie nur. Niemals kam ihr das Wort Liebe über die Lippen, außer, wenn sie sich in den Spiegel schaute, da fand sie sich so schön, dass sie liebte, und zwar sich selbst. Im Zustand äußerster Leidenschaft, vielleicht, da entfuhren ihr die Worte: "Ich liebe dich", was aber nichts anderes bedeutete, als dass sie gerade dem Höhe-punkt zustrebte und also wiederum nur sich selbst und ihre Lust liebte, von der sie sich, zugegeben, gern überwältigen ließ. Aus allen den vielen Männern hatte sie eines Tages, und nach reiflicher Prüfung, jene beiden jungen ausgewählt, die sie nunmehr abwechselnd durchs Leben begleiteten.

Ab 1.9.2020 im Buchhandel

Alessandro Nonno

Commissario Carabello

Rom-Krimi Nr 13

Die Dirne und der Graf

Die Geschichte von gebrochener Verantwortung

Roman

Commissario Carabello

Die Dirne und der Graf

Rom-Krimi 13

Am schweren Eichentor des Bordells Nummer fünf traten die besoffenen amerikanischen Soldaten mit ihren Stiefeln gegen die dort eingeschmiedeten Eisendornen und stachen sich die die dicken Sohlen auf, dass es bis zu ihren nackten Füßen vordrang und das Blut durch die Löcher der Stiefelsohlen herausfloss. Sie spürten es nicht. Zu sehr waren sie im Rausch billigen Whiskeys narkotisiert und wollten nur eines: Lust kaufen. Mit blutigen Schritten und Fäusten voller Dollar wankten sie um das Haus und wollten irgendwo Einlass finden. Man verwehrte es ihnen. Man holte die Polizei. Mit gewohnter Einsatzroutine rasten drei Streifenwagen herbei und nahmen die Daten der sechs Amerikaner auf, drei Schwarze, drei Weiße. Immer dieselben, sie waren amtsbekannt, sie wurden immer ihrer Einheit gemeldet, sie wurden dort immer bestraft, sie kamen immer wieder, manchmal mit, manchmal ohne den Grafen, der sich etwa zur gleichen Zeit Einlass verschaffen wollte, der ebenfalls immer abgewiesen wurde. Nicht wegen Brutalität, der Graf war alt, sondern wegen Geldmangels. Auch der Graf wollte Lust, aber ohne Geld. Er war pleite, er war alt, obendrein: „Ich bin Stammgast!" rief er den Polizisten zu, die auch ihn abführten. Auch er war amtsbekannt

Ab 1.10.2020 im Buchhandel

Alessandro Nonno

Commissario Carabello

Rom-Krimi Nr 14

Endstation Galgen

Venezia - Roma

Roman

Commissario Carabello

Endstation Galgen

Venezia – Roma

Rom-Krimi 14

„Nein! Es ist ganz anders! Sie können sich das überhaupt nicht vorstellen! Es ist eben nicht, wie bei einem Orgasmus, ist tausendmal intensiver! Versuchen Sie es einmal! Es ist, wie wenn man als Gott Herr über Leben und Tod ist!" Mit leuchtenden Augen, die nicht von dieser Welt sind, schilderte der mehrfache Mörder Rizzo Petronelli der Polizeipsychiaterin seine Gefühle beim Morden, und warum er nicht unterlassen kann, diesem göttlichen Antrieb zu folgen. Es überkommt ihn, er muss die Herrschaft an sich reißen, er kann sich nicht unterordnen, er ist nicht Teil der Gesellschaft, wo jeder seinen Platz hat, er steht über der Gesellschaft. Er ist der Gott über Leben und Tod. Er ist nicht der Teufel, er ist nicht gefallen, er ist nicht vertrieben aus dem Paradies, er ist im Paradies, wenn er mordet, und er wird es immer wieder tun. In der Freiheit, in der Zelle, im Altersheim, wenn er eines Tages entlassen werden sollte. Nur sich selbst würde er niemals töten. Das könnte ihm keine Lust bereiten, das wisse er.   Ab 1.11.2020 im Buchhandel

Alessandro Nonno

Commissario Carabello

Rom-Krimi Nr 15

Ein perfekter Mord

Die Geschichte eines Apothekers in Not

Roman

Commissario Carabello

Ein perfekter Mord

Die Geschichte eines Apothekers in Not

Rom-Krimi 15

Am zehnten Oktober, es war ihr fünfzigster Geburtstag, stürzte Vanessa Carnevale von einem Felsvorsprung in die Tiefe. Hundert Meter fiel sie im freien Fall, hundert Meter hörte man ihr Schreien, dann schlug sie auf einer Kante auf, stürzte nochmal hundert Meter weiter und lag verstümmelt inmitten einer Steinwüste. Ihr Blut floss aus allen Wunden und sammelte sich unter ihr zu einem kleinen See. Jeder hatte ihren Sturz gesehen, jeder hatte ihr Schreien gehört. Ihr Mann war einen Kilometer weit entfernt, er konnte mit dem Absturz nichts zu tun haben. Dennoch stellte er sich zehn Jahre später bei der Polizei: "Ich habe meine Frau ermordet!", das waren seine Worte. Zehn Jahre lang hatte er einen perfekten Mord verschwiegen, am zehnten Jahrestag stellte er sich, doch niemand wollte ihm glauben. Commissario Carabello bekam den Fall auf seinen Tisch, auch er glaubte dem Apotheker nicht.

Ab 1.12.2020 im Buchhandel

Alessandro Nonno

Commissario Carabello

Rom-Krimi Nr 16

Der Tote auf dem Pferd

Eine Geschichte von Unterdrückung und Rache

Roman

Commissario Carabello

Der Tote auf dem Pferd

Die Geschichte von Unterdrückung und Hass

Rom-Krimi 16

Roberto Gonzales wusste nicht, dass er der Sohn des Don Juan de Navarra war, des großen Don, des Herrschers über viele Ländereien und Haciendas in Südamerika, von Columbien bis Argentinien. Roberto Gonzales war Pferdehirte. Pferde- und Rinderhirte auf einer der Haciendas des großen Don. Als Roberto etwa fünfundzwanzig Jahre alt war, versetzte er seiner Frau in Buenos Aires vor allen Leuten und auf offener Tanzfläche eine Ohrfeige, so, wie er es von seinen Rindern her gewohnt war. Und es war gut, dass er nicht wusste, wessen Sohn er war, denn der große Don duldete keine Ausfälle seiner leiblichen Söhne, schon gar nicht gegen deren Ehefrauen, schon gar nicht vor allen Leuten, schon gar nicht in Buenos Aires, der Hauptstadt Argentiniens. Bei einem Pferdehirten konnte er jedoch eine Ausnahme machen, wenngleich auch ihn eine größere Strafe zu treffen hatte, nicht aber der Tod durch Erschießen oder Ertränken oder zu Tode Schleifen, wie es bei einem leiblichen Sohn der Fall gewesen wäre.

Ab 1.12.2020 im Buchhandel

Alessandro Nonno

Commissario Carabello

Rom-Krimi Nr 17

Mord unter Engeln

Die Geschichte eines betrunkenen Professors

Roman

Commissario Carabello

Mord unter Engeln

Die Geschichte eines betrunkenen Professors

Rom-Krimi 17

Ein letztes Mal an diesem Tag beschwor der Professor für Geschichte der Neuzeit seine Studenten, sich ein Beispiel an den bedeutenden Persönlichkeiten der Vergangenheit zu nehmen. Nicht an denen des römischen Reichs, sondern an Napoleon. "Morgen schon werden alle Zeitungen davon berichten, dass ein Mann, verkleidet als der große Feldherr, sich von der Engelsburg in den Tiber gestürzt hat, mit dem abgesägten Kopf einer Studentin in der einen Hand und einer blutverschmierte Säge in der anderen!"

Das Auditorium wieherte vor Lachen. Jede Vorlesung hatte der eigenwillige Professor höheren Alters mit einem aufwühlenden Appell beendet, mit dem er seine Hörer unter Androhung seines Selbstmordes zum Lernen an einem bestimmten Thema verpflichten wollte, andernfalls er sich als Lehrer gescheitert fühle und sich also das Leben nehmen müsse.

Ab 1.1.2021 im Buchhandel